Félix Lope de Vega y Carpio (Madrid, 1562-1635), con su variada y prolífica obra, es uno de los autores más importantes de la historia de la literatura española. Aunque también escribió magníficas novelas, es en la lírica y en el teatro donde cultivó sus mayores éxitos. De hecho, su aportación como dramaturgo marcó un antes y un después en el panorama literario de la época: con centenares de comedias, consiguió hacer del teatro del Siglo de Oro un fenómeno de masas y sirvió como precedente a autores de la talla de Calderón de la Barca. Entre sus obras cabe destacar *El castigo sin venganza*, *El caballero de Olmedo*, *El perro del hortelano*, *Peribáñez y el Comendador de Ocaña*, *Fuenteovejuna*, y *Rimas humanas y divinas del licenciado Tomé de Burguillos*.

Ismael López Martín (Cáceres, 1987) es profesor de literatura y doctor en Estudios Filológicos y Lingüísticos por la Universidad de Extremadura. Su tesis doctoral, por la que recibió el Premio Internacional «Academia del Hispanismo», versó sobre la anagnórisis en la obra de Lope. Sus líneas de investigación se han centrado en géneros y autores del siglo XVIII y, muy especialmente, en el teatro áureo y la obra de Lope de Vega. Para esta misma colección ha editado el *Don Juan Tenorio* de José Zorrilla y la *Vida de este capitán* de Alonso de Contreras.

LOPE FÉLIX DE VEGA CARPIO

La dama boba

El perro del hortelano

Edición de

ISMAEL LÓPEZ MARTÍN

PENGUIN CLÁSICOS

Papel certificado por el Forest Stewardship Council®

MIXTO
Papel procedente de fuentes responsables
FSC® C117695

Primera edición: mayo de 2019

Printed in Spain — Impreso en España

ISBN: 978-84-9105-422-1
Depósito legal: B-7.608-2019

Compuesto en M. I. Maquetación, S. L.

Impreso en Novoprint
Sant Andreu de la Barca (Barcelona)

PG 5 4 2 2 1

Penguin Random House Grupo Editorial

Índice

Para mi familia, los que están y los que no,
porque ellos me han convertido en quien soy

Introducción

1. Vida y obra de Lope de Vega

Lope Félix de Vega Carpio nació en Madrid en 1562, hijo de un bordador y un ama de casa. Aun procediendo de familia humilde, desde muy tierna edad empezó a leer castellano y latín y a componer algunas piezas líricas y cartas para personajes pertenecientes a familias acomodadas. Estudió durante unos años en el extinto Colegio de los Manriques, pero nunca se tituló.

Su carácter personal, más allá de la genialidad de sus escritos o, cuando menos, de los firmes pilares de su producción por aquellos primeros años, distaba poco de la gracia, la picaresca y lo festivo. Era Lope un joven a quien le agradaban los juegos de cortejos, pero también era extremadamente inteligente. A finales de 1587 el Fénix es encarcelado como consecuencia de la denuncia que el autor de comedias Jerónimo Velázquez interpuso contra él por unos libelos en los que atacaba a su hija, Elena Osorio (Filis, Zaida, Felisalba o Dorotea en la lírica lopesca), y al resto de su familia. Es destacable el hecho de que estos escritos se gestaran por los celos que Lope tenía de la mujer con la que mantenía una relación sentimental desde hacía algunos años: la propia Elena Osorio. Tras un juicio, Lope es desterrado cinco años de la corte y dos del reino, pena que fue aumentada por reincidencia a ocho años de destierro de la corte, si bien se mantuvieron los dos del reino. Así pues, era toda una década la que el Fénix debía alejarse de esas tierras.

Lope se marcha a Valencia, donde entrará en contacto con el grupo teatral y los principales intelectuales de la época en la zona, como los dramaturgos Guillén de Castro, Gaspar Aguilar, Ricardo de Turia o Andrés Rey de Artieda, miembros de la popularísima Academia de los Nocturnos de Valencia. No puede olvidarse que Lope, durante su estancia en la capital del Turia, viajó algunas veces a Madrid (contraviniendo su sentencia de destierro), a Lisboa (para enrolarse en la Armada Invencible) y, a su vuelta del desastre bélico, a Toledo.[1]

En 1588 se casó por poderes con Isabel de Urbina, a quien raptó con su consentimiento. Esta dama es la Belisa de sus composiciones poéticas.

A los dos años, en 1590, el dramaturgo entra al servicio del V duque de Alba, don Antonio Álvarez de Toledo y Beaumont, como secretario, y a su lado residió en Toledo y en Alba de Tormes, además de recorrer otras zonas como el norte de la provincia de Cáceres. En esos años Lope está trabajando y haciendo ensayos sobre la fórmula dramática de la comedia nueva, escribiendo numerosas piezas líricas, narrativas (como *La Arcadia*) y teatrales (como *Las Batuecas del duque de Alba*, *El favor agradecido*, *Laura perseguida* o *La serrana de La Vera*, entre otras). Esos años fueron muy prolíficos para Lope, y uno de sus principales valores, como se ha apuntado, es que esas primeras obras, además de contener referencias biográficas de gran utilidad incluso para escribir notas sobre su vida en esos años (que no son muy abundantes), son producto de un reflexivo proceso en el que dio forma a lo que posteriormente se conocerá como comedia nacional.[2]

Dos amigos suyos testifican a su favor en 1595 y Lope consigue regresar a Madrid, aun habiendo cumplido solo parcialmente su condena. Pocos años más tarde contrae matrimonio con Juana de Guardo; sin embargo, siguió manteniendo sus queridas: Micaela de Luján (la Camila Lucinda, Lucinda o Celia de su poesía), Jerónima de Burgos (Gerarda en sus composiciones poéticas) o Antonia Trillo, con quien fue acusado de amancebarse. Llegó, incluso, a tener hijos con sus queridas.

1. Jesús Cañas Murillo, «Lope de Vega, Alba de Tornes y la formación de la comedia», *Anuario Lope de Vega*, VI (2000), pp. 80-81.

2. *Ibid.*, *passim.*

A partir de 1605 entró al servicio de don Luis Fernández de Córdoba Cardona y Aragón, VI duque de Sessa, con quien mantuvo una interesante amistad, sellada en un riquísimo epistolario que se conserva, y también una relación de vasallaje pecuniario, pues era una de las formas que tenía Lope de ganarse la vida, y ello a pesar del éxito de sus comedias, tanto en las tablas como en las prensas, pues vio varias impresas; llegó a haber veinticinco partes de comedias del Fénix, un número verdaderamente sobresaliente y excepcional.

Ya consagrado en el teatro, en 1609 escribió y dio a conocer el *Arte nuevo de hacer comedias en este tiempo*, una oración académica[3] en la que defendía su teatro y describía su poética; un texto autoapologético que dirigió a la Academia de Madrid, institución formada por unos miembros tan notables como conservadores, artísticamente hablando, lo que iba en contra de la fórmula teatral creada por Lope.

Conscientes de que la literatura española veía en su siglo a un creador cuyo genio sobreviviría al paso del tiempo, el doctor frey Lope Félix de Vega Carpio[4] fue objeto de vituperios y elogios por

3. *Vid.* Jesús Cañas Murillo, «Una oración académica: *Arte nuevo de hacer comedias en este tiempo*», *Cuadernos del Lazarillo*, 35 (2008), pp. 2-9, y «Texto y contexto del *Arte nuevo* de Lope de Vega», *Analecta Malacitana*, XXXV, 1-2 (2012), pp. 37-59.

4. Lope publicó su poema *Corona trágica. Vida y muerte de la serenísima reina de Escocia María Estuardo* en 1627, y lo dedicó «A nuestro serenísimo padre Urbano VIII, P. M. [Pontífice Máximo]». El cardenal Antonio Barberini escribió, el 1 de diciembre de 1627, una carta de agradecimiento a Lope de parte de su tío, el papa Urbano VIII, quien, además, le concedía el título de doctor en Teología por el *Collegium Sapientiae* de Roma y la Cruz de la Orden de San Juan de Jerusalén (que le permitía utilizar el tratamiento de *frey*). *Vid.* Américo Castro y Hugo Albert Rennert, *Vida de Lope de Vega (1562-1635)*, Salamanca, Anaya (Col. Temas y Estudios), 1969, p. 283. La carta del cardenal Barberini puede leerse en Cayetano Alberto de la Barrera y Leirado, *Nueva biografía de Lope de Vega*, Madrid, Atlas (Col. Biblioteca de Autores Españoles desde la formación del lenguaje hasta nuestros días, CCLXII), 1973, vol. 1, p. 283. Lope escribe al duque de Sessa haciéndole saber que «Ayer me embió Su Santidad un breve en que me haze gracia de un hávito de San Juan. Ya le despaché a Malta para que el Gran Maestre le

parte de sus detractores y seguidores, respectivamente. Por un lado, Pedro de Torres Rámila y su desaparecida *Spongia* (1617) o los miembros de la Academia de Madrid, institución a la que dedicó Lope su *Arte nuevo de hacer comedias en este tiempo* (1609) para defender su estilo dramático, atacaron, con total seguridad, su forma de hacer teatro. Por otro, lo elogiaron escritores de la talla de Tirso de Molina y otros, como los que escribieron la *Expostulatio Spongiae* en 1618 para responder a Torres Rámila. Recuérdense, en este punto, las célebres palabras del ilustre Miguel de Cervantes: «Entró luego el monstruo de naturaleza, el gran Lope de Vega, y alzóse con la monarquía cómica; avasalló y puso debajo de su juridición a todos los farsantes»,[5] que confirman, en el prólogo a sus *Ocho comedias y ocho entremeses nuevos, nunca representados*, que Lope ya era, en 1615, el indiscutible maestro del teatro nacional.[6] Lo cierto es que su obra literaria, no solo dramática, influyó en la literatura posterior de manera decisiva.[7]

---

confirme» (Cayetano Alberto de la Barrera y Leirado, *Nueva biografía de Lope de Vega*, Madrid, Atlas [Col. Biblioteca de Autores Españoles desde la formación del lenguaje hasta nuestros días, CCLXIII], 1974, vol. 2, p. 130). Pero, además, el papa le concedió los títulos de «Promotor-Fiscal de la Reverenda Cámara Apostólica, y el de Notario escrito en el Archivo Romano» (José Antonio Álvarez y Baena, *Hijos de Madrid ilustres en santidad, dignidades, armas, ciencias y artes*, Madrid, Oficina de D. Benito Cano, 1790, tomo III, pp. 357-358), que añadió a su dignidad de Familiar del Santo Oficio de la Inquisición.

5. Miguel de Cervantes Saavedra, *Entremeses*, Florencio Sevilla Arroyo y Antonio Rey Hazas, eds., Madrid, Alianza (Col. Cervantes completo, XVII), 1999, pp. 12-13.

6. Augusto Guarino analiza la comedia lopesca de *La ingratitud vengada* como una obra teatral que era del gusto de Cervantes, y demuestra que, por esas fechas, la relación entre ambos escritores no se había roto. *Vid.* Augusto Guarino, «"La ingratitud vengada" de Lope de Vega. ¿Un modelo de comedia?», *Etiópicas. Revista de Letras Renacentistas*, 3 (2007), pp. 1-34.

7. Véase, a modo de ejemplo, Ismael López Martín, «Antonio de Zamora frente a Lope de Vega: la comedia de magia dieciochesca y sus antecedentes narrativos en *El peregrino en su patria*», en María Luisa Lobato, Javier San José y Germán Vega, eds., *Brujería, magia y otros prodigios en la literatura española del Siglo de Oro*, Alicante, Biblioteca Virtual Miguel de Cervantes, 2016, pp. 351-381.

En 1614 se ordenó sacerdote, aunque ello no evitó que siguiera manteniendo relaciones con amantes y que, incluso, se enamorara de Marta de Nevares (Amarilis, Marcia Leonarda o Leonarda en sus poemas)[8] y que fuera padre de su hija Antonia Clara. En 1627 ingresa en la Orden de Malta y el papa le concede un doctorado honorífico, como se ha explicado.

Poco antes, empezó a sufrir algunas desgracias familiares que le marcaron sobremanera: la ceguera de Marta de Nevares producida hacia 1623 y posterior locura,[9] su muerte en 1632.[10] el fallecimiento de su hijo Lope Félix[11] frente a las costas de Venezuela en 1634 y el rapto de su hija Antonia Clara por un caballero de la corte ese mismo año.[12]

Lope, que había gozado del éxito literario durante décadas, muy especialmente en las tablas de los corrales e, incluso, en la impresión de sus partes de comedias, perdió el favor de las élites culturales. Se fue imponiendo una estética culterana y gongorista en lo poético y calderoniana en lo dramatúrgico que no le era propia y que, de la mano de autores como Luis de Góngora, Pedro Calderón de la Barca y José Pellicer de Tovar, dominaba el gusto literario y escenográfico de la corte del rey Felipe IV. Lope criticó en varias de sus obras, como la *Epístola a Claudio* o el *Huerto deshecho* (también en las *Rimas de Burguillos*), toda esa corriente, a la que él no se adscribía y que también suponía su alejamiento de palacio. Lope ya no era el predilecto y nunca obtuvo de la corte lo que pretendía.[13]

8. Como ha podido comprobarse, Lope inventó numerosos pseudónimos y heterónimos tanto para las mujeres con las que se relacionó como para él mismo. Para un panorama de los heterónimos del Lope véase Ismael López Martín, «Itinerario de la ocultación de la identidad en Lope de Vega: del pseudónimo al heterónimo», *Heterónima*, 2 (2016), pp. 58-63.

9. Américo Castro y Hugo Albert Rennert, *op. cit.*, p. 235.

10. *Ibid.*, p. 236.

11. *Ibid.*, p. 317.

12. *Ibid.*, pp. 317 y 549.

13. *Vid.* Ismael López Martín, «La visión de la Corte de Felipe IV desde las *Rimas de Burguillos*», en José Martínez Millán y Manuel Rivero Rodríguez,

En lo económico-laboral tampoco pasaba por un buen momento. Lope había dejado de representar comedias con regularidad, lo que le impedía obtener beneficios por la venta de sus piezas. También tuvo que afrontar una serie de gastos familiares que le ocasionaron desvelos por cuestiones económicas.

Pretendió, asimismo, conseguir un puesto en la corte del rey, y lo hizo en varias ocasiones. Pero los continuos rechazos llevaron a Lope a confirmar que su sitio no estaba tampoco allí, aunque en los últimos años se había dedicado a limpiar su imagen personal de mujeriego y licencioso, y literaria de dramaturgo del vulgo, a través de su sacerdocio y del cultivo del género lírico, incluso con temas sacros. Pero es que además Lope ya era anciano y los poetas de la corte eran mucho más jóvenes que él; no tenía estudios universitarios aunque el papa Urbano VIII le había otorgado un doctorado honorífico; no era noble a pesar de la prebenda del mismo pontífice al concederle el hábito de la Orden de San Juan de Jerusalén y el tratamiento de *frey*,[14] y eran continuos sus desatinos al presentarse como descendiente de Bernardo del Carpio e imprimir escudos de armas ficticios en las portadas de algunas de sus obras,[15] circunstancias que causaban burla en la corte.

En 1634 Lope vio su último libro impreso en vida, salido de las prensas de la Imprenta del Reino de Madrid; fue el poemario *Rimas humanas y divinas del licenciado Tomé de Burguillos*.

Un año más tarde, en 1635, murió en Madrid y el pueblo le concedió un entierro de bandera. Hoy, los restos del dramaturgo español más importante de todos los tiempos y uno de los mayo-

---

dirs., *La Corte de Felipe IV (1621-1665): Reconfiguración de la Monarquía católica*, tomo III: «Corte y cultura en la época de Felipe IV», vol. 3: «Espiritualidad, literatura y teatro», Madrid, Polifemo (Col. La Corte en Europa. Temas, 9), 2017, pp. 2013-2033.

14. Juan Manuel Rozas López, «Lope de Vega y Felipe IV en el "ciclo *de senectute*"», en Jesús Cañas Murillo, ed., *Estudios sobre Lope de Vega*, Madrid, Cátedra (Col. Crítica y estudios literarios), 1990, p. 127.

15. Antonio Sánchez Jiménez, *Lope pintado por sí mismo. Mito e imagen del autor en la poesía de Lope de Vega Carpio*, Woodbridge, Tamesis (Col. Támesis. Serie A: Monografías, 229), 2006, p. 202.

res exponentes de la dramaturgia universal yacen en paradero desconocido, un símbolo más de la desidia de los españoles por la memoria de sus héroes.

2. El teatro del Siglo de Oro

Es asumible que una realidad tan distinguida como el teatro español del Siglo de Oro haya cosechado una bibliografía copiosa, lo cual no parece negativo, sino abrumador por la inmensidad de títulos, que abarcan desde la generalidad de estudios de conjunto hasta los trabajos que responden a cuestiones muy específicas sobre algunas obras concretas, que, indudablemente, también son pertinentes y dan respuesta a necesidades muy definidas, al servir para completar estudios globales. La importancia del género de la comedia nueva fue apreciada ya en el siglo xvii por autores que reconocían la formidable extensión del teatro nacional; puede citarse, a este respecto, el siguiente texto del padre Ignacio de Camargo, recogido en su *Discurso teológico sobre los teatros y comedias de este siglo* (1689): «sin que haya apenas ciudad que no tenga su corral o patio fabricado de propósito para oírlas públicamente».[16] Como las referencias bibliográficas son ingentes, la labor del investigador debe orientarse hacia la selección de los materiales que mejor se adecuen a su tema de estudio, basándose en criterios como la calidad y la novedad científica.

Por ello se opta por ofrecer un comentario que, progresivamente, lleve al lector desde la generalidad del teatro español del Siglo de Oro hasta la clasificación del teatro del Fénix. Conviene hacer la salvedad de que existen algunos estudios clásicos o con cierta antigüedad que continúan vigentes, es decir, que contienen conclusiones o contribuciones científicas que aún no han sido superadas por estudios posteriores, y por este motivo han de ser

16. Federico Sánchez Escribano y Alberto Porqueras Mayo, *Preceptiva dramática española del Renacimiento y el Barroco*, Madrid, Gredos (Col. Biblioteca Románica Hispánica; IV. Textos, 3), 1972, p. 328.

citados como verdaderas obras clásicas de referencia y obligada consulta para el investigador. Debido a su dilatada tradición crítica, este hecho es particularmente notorio en esta parcela de la historia de la literatura, quizá más que en cualquier otra etapa o género. Por otro lado, los avances científicos y tecnológicos han permitido ofrecer soluciones nuevas para algunos problemas críticos o metodológicos tradicionales, aunque el estudioso debe conocer la existencia de todas las fuentes y de herramientas o mecanismos a través de los cuales puede acceder a ellas, como los repertorios bibliográficos.

Sobre el contexto dramático, sobre el teatro barroco y sus constituyentes, y sobre Lope de Vega se han realizado innumerables investigaciones. Es objetivo de este trabajo ofrecer un panorama que recoja algunos de los aspectos más importantes que se han abordado, entre los muchos que se han tratado.

2.1. El teatro barroco y la comedia nueva

2.1.1. *Clasificación del drama aurisecular*

En función de la temática de las obras, del público o del espacio en el que se representan las comedias, se pueden hacer tipologías de la dramaturgia barroca: el teatro humanístico, el teatro religioso, el teatro cortesano y el teatro público.

García Soriano[17] publicó hace varias décadas un clásico trabajo sobre el teatro universitario, aportando textos desconocidos, un compendio de títulos de obras propias de este ambiente, características de textos humanísticos, particularidades sobre los actores y su proceso de dramatización o explicaciones acerca de los espacios de representación.

17. Justo García Soriano, *El teatro universitario y humanístico en España. Estudios sobre el origen de nuestro arte dramático; con documentos, textos inéditos y un catálogo de antiguas comedias escolares*, Toledo, Tipografía de R. Gómez-Menor, 1945.

Wardropper[18] centró parte de sus esfuerzos en el teatro religioso, reflexionando sobre el origen y evolución del género del auto sacramental, y estableció como límite temporal de sus investigaciones el momento en que lo cultivó Calderón de la Barca. Sin embargo, y a pesar del análisis realizado desde distintos puntos de vista, se echa en falta, no obstante las justificaciones del autor, una definición de «auto sacramental» que englobe y sistematice la crítica de todo el volumen. A definir, clasificar y estudiar el auto se han dedicado, más modernamente, Arellano y Duarte.[19]

Pero el drama religioso no se limita a los autos sacramentales, y a propósito de la religiosidad popular estudia Bolaños[20] cómo Lope, en algunas de sus obras, aprovecha la funcionalidad educativa del espectáculo teatral para referirse a celebraciones tradicionales como la noche de San Juan, la festividad de San Pedro, la Cruz de Mayo, el Corpus Christi o las devociones hagiográficas y mariana, según la categorización que la propia investigadora señala.

De exponer las características del teatro cortesano a partir de sucesos o encargos concretos para representar comedias en un contexto palaciego se ha encargado, en varios trabajos, Sabik,[21] aunque no deben olvidarse ni el estudio documental de Shergold y

18. Bruce W. Wardropper, *Introducción al teatro religioso del Siglo de Oro*, Madrid, Anaya (Col. Temas y Estudios, 248), 1967.

19. Ignacio Arellano Ayuso y José Enrique Duarte, *El auto sacramental*, Madrid, Laberinto (Col. Arcadia de las Letras, 24), 2003.

20. Piedad Bolaños Donoso, «La religiosidad popular sevillana en la literatura (Lope de Vega y su teatro)», en *I Jornadas sobre religiosidad popular sevillana*, Sevilla, Área de Cultura del Excelentísimo Ayuntamiento de Sevilla/Secretariado de Publicaciones de la Universidad de Sevilla, 2000, pp. 63-96.

21. Kazimierz Sabik, «El teatro cortesano español en el Siglo de Oro (1613-1660)», en Carlos Mata Induráin y Miguel Zugasti, eds., *Actas del Congreso «El Siglo de Oro en el Nuevo Milenio»*, Navarra, EUNSA, 2005, vol. II, pp. 1543-1560. *Vid.* Kazimierz Sabik, *El teatro de corte en España en el ocaso del Siglo de Oro (1670-1700)*, Varsovia, Universidad de Varsovia (Col. Cátedra de Estudios Ibéricos, 2), 1994.

Varey[22] ni el dirigido por Díez Borque[23] con colaboraciones de varios hispanistas de prestigio, en el que se analizan los elementos escenográficos de este tipo de representaciones, el papel de los monarcas o particularidades referidas a los actores.

Teatro público es el grupo al que se adscribe el género literario histórico de la comedia nueva, y por ello se explica con mayor detenimiento más adelante; pero es pertinente llamar la atención sobre una visión especial de lo popular, el teatro breve, un conjunto que engloba piezas dramáticas que se insertaban en distintos momentos durante la fiesta teatral barroca y que tienen sus propias convenciones. Huerta Calvo[24] ha contribuido a la difusión y mejor conocimiento de estas obras. De referencia es, igualmente, el catálogo de Cotarelo, modernamente editado.[25]

2.1.2. *Periodización e influencias de la comedia nueva*

La crítica filológica se ha centrado, a lo largo de los años, en varios aspectos de la comedia nueva; uno de los más interesantes es el de los orígenes del género, que se ha saldado con diversidad de opiniones, las cuales no suponen posturas diametralmente enfrentadas e irreconciliables. Aceptando el destacado papel que desempeñó Lope de Vega en la conformación de la poética de la comedia nueva, varios críticos difieren en el momento y lugar en que las características del género llegaron a su estadio definitivo

22. Norman David Shergold y John Earl Varey, *Representaciones palaciegas: 1603-1699. Estudio y documentos*, Londres, Tamesis (Serie Fuentes para la historia del teatro en España, I), 1982.

23 José María Díez Borque, dir., *Teatro cortesano en la España de los Austrias*, Madrid, Compañía Nacional de Teatro Clásico (Col. Cuadernos de teatro clásico, 10), 1998.

24 Javier Huerta Calvo, dir., *Historia del teatro breve en España*, Madrid/Frankfurt am Main, Iberoamericana/Vervuert (Col. Teatro breve español, III), 2008.

25 Emilio Cotarelo y Mori, *Colección de entremeses, loas, bailes, jácaras y mojigangas desde fines del siglo XVI a mediados del XVIII*, José Luis Suárez y Abraham Madroñal, eds., Granada, Universidad de Granada, 2000.

o, al menos, aproximado. Froldi[26] y Oleza Simó[27] defienden la importancia del período valenciano del Fénix, para quienes el contacto con el grupo dramático de la zona fue determinante. Por su parte, Cañas Murillo[28] no niega la influencia valenciana, pero explica cómo Lope escribe una serie de comedias durante los años que estuvo al servicio de don Antonio Álvarez de Toledo y Beaumont, V duque de Alba, que siguen siendo ensayos porque no desarrollan en plenitud algunos elementos fundamentales de la poética del género, como el tema del honor o los tipos del gracioso o el figurón.

No son exiguos los trabajos que versan sobre las influencias que tuvo la comedia nueva. Clásica es la monografía de Arróniz,[29] que analiza evolutiva y tipológicamente el influjo de la comedia italiana en el naciente teatro español, y lo hace desde 1492 (con Juan del Encina) hasta 1587, cuando Lope de Vega ya está consolidado en las tablas, según el autor. La comparación temática y estructural de obras españolas e italianas anteriores a Lope de Rueda da buena cuenta de que dicha influencia fue destacada desde finales del siglo XV hasta bien entrado el XVII, cuando se produjeron destacadas reformas escenográficas.

Pero también son importantes los estudios sobre el denominado «teatro prelopesco», es decir, aquel que se desarrolló con anterioridad a la renovación lopiana de la escena. A este respecto cabe recordar cómo algunas investigaciones enjuician el teatro renacentista español como precedente (en el mejor de los casos)

26 Rinaldo Froldi, *Lope de Vega y la formación de la comedia. En torno a la tradición dramática valenciana y al primer teatro de Lope*, Madrid, Anaya (Col. Temas y Estudios, 249), 1968.

27 Joan Oleza Simó, «Hipótesis sobre la génesis de la comedia barroca y la historia teatral del XVI», en *Teatro y prácticas escénicas. I, El Quinientos valenciano*, Valencia, Institució Alfons el Magnànim (Col. Politècnica, 16), 1984, pp. 9-41.

28 Jesús Cañas Murillo, «Lope de Vega, Alba de Tormes y la formación de la comedia», *op. cit.*

29 Othón Arróniz, *La influencia italiana en el nacimiento de la comedia española*, Madrid, Gredos (Col. Biblioteca Románica Hispánica; II. Estudios y ensayos, 133), 1969.

del teatro barroco, opinión a la que se oponen Froldi[30] y Pérez Priego,[31] quienes defienden la entidad propia del drama del Quinientos. Que el teatro áureo bebió de la estética anterior es obvio, como también lo es que sirvió como referente, en algunos casos, para el drama romántico.

De la evolución del género desde una perspectiva amplia se ha encargado Cañas Murillo en dos trabajos complementarios. El primero de ellos[32] se centra en la etapa de lo que el autor denomina «fase de creación» y, el segundo,[33] en la «fase de reforma». Estas etapas se dividen en varios períodos en función de la situación de la poética de la comedia nueva en cada momento.

2.1.3. *Elementos de la poética del género*

La grandeza de la comedia nueva ha permitido la publicación de numerosas monografías y artículos científicos en los que se analizan distintos componentes estructurales o motivos del género, integralmente o aplicados a un determinado corpus de obras, temáticas o autores. Se da cuenta, a continuación, de algunos trabajos que han contribuido notablemente al mejor y más efectivo conocimiento de la comedia barroca en relación con los personajes, los temas y los motivos o recursos que aparecen.

30. Rinaldo Froldi, «Reconsiderando el teatro de Juan de la Cueva», en Felipe Blas Pedraza Jiménez y Rafael González Cañal, eds., *El teatro en tiempos de Felipe II. Actas de las XXI Jornadas de teatro clásico. Almagro, julio de 1998*, Almagro, Universidad de Castilla-La Mancha/Festival de Almagro (Col. Corral de Comedias, 9), 1999, pp. 15-30.

31. Miguel Ángel Pérez Priego, *El teatro en el Renacimiento*, Madrid, Laberinto (Col. Arcadia de las Letras, 25), 2004.

32. Jesús Cañas Murillo, «Sobre la trayectoria y evolución de la comedia nueva», *Káñina. Revista de Artes y Letras de la Universidad de Costa Rica*, XXIII, 3 (1999), pp. 67-80.

33. Jesús Cañas Murillo, «Lope de Vega y la renovación teatral calderoniana», *Anuario Lope de Vega*, XVI (2010), pp. 27-44.

El trabajo de Prades[34] sobre los agonistas en la comedia es un clásico, y sentó las bases definitorias para estudios posteriores. Apreciar la diferencia entre *tipo* y *personaje* es el primer paso para entender las características atribuibles a cada uno de los intervinientes en una obra: el personaje es la concreción del tipo, que mantiene unas funciones básicas relacionadas con el papel que juega en la pieza. Se admiten los siguientes tipos de personajes: dama, galán, criado, viejo, poderoso, gracioso y figurón:

- La *dama* es joven y bella, suele conservar la dulzura, el recato y la discreción, y se preocupa por su honor. Desarrolla temas como el del amor, el de la honra o el de las relaciones paternofiliales. Pedraza Jiménez, González Cañal y García González[35] han editado un volumen que analiza la función de este tipo desde distintas perspectivas y, en general, la de la mujer en el drama barroco, con aportaciones de varios especialistas.
- El *galán* es joven e impetuoso. Presenta, generalmente, una actitud irreflexiva, idealista e intrépida, y se desenvuelve con mayor o menor fortuna en varios ámbitos temáticos y funcionales coincidentes con los de la dama. Aunque selecciona unas obras concretas, es útil el trabajo de Couderc[36] para entender las funciones de los galanes y su relación con las damas.
- El *criado* es el fiel acompañante de su amo, y representa funciones similares a este desde una perspectiva más realista o paródica, aunque no tiene por qué introducir elementos de comicidad. A menudo son confidentes de sus señores y se

34. Juana de José Prades, *Teoría sobre los personajes de la comedia nueva*, Madrid, Consejo Superior de Investigaciones Científicas (Col. Anejos de *Revista de Literatura*, 20), 1963.

35. Felipe Blas Pedraza Jiménez, Rafael González Cañal y Almudena García González, eds., *Damas en el tablado. XXXI Jornadas de teatro clásico. Almagro, 1, 2 y 3 de julio de 2008*, Cuenca, Universidad de Castilla-La Mancha (Col. Corral de Comedias, 26), 2009.

36. Christophe Couderc, *Galanes y damas en la comedia nueva. Una lectura funcionalista del teatro español del Siglo de Oro*, Madrid/Frankfurt am Main, Iberoamericana/Vervuert (Col. Biblioteca Áurea Hispánica, 23), 2006.

convierten en personajes de relación, en consejeros o en transmisores de noticias. Las criadas suelen incluir un componente de astucia. García Lorenzo ha trabajado recientemente en la revisión de la bibliografía, antecedentes y funciones de varios tipos del teatro español del Siglo de Oro, y uno de ellos ha sido el de la criada,[37] aunque la mayoría de sus funciones son extrapolables al criado en su versión masculina.

– El *viejo* suele ser una persona mayor dotada de experiencia, sensatez y reflexión. Avisa de situaciones previsibles y participa en los temas del honor y de las relaciones paternofiliales. Más allá de la actual obra de García Lorenzo,[38] los estudios sobre este tipo son parciales.

– El *poderoso* es el que tiene la autoridad, que le puede haber sido conferida por varios procedimientos. Sin importar su edad, suele pertenecer a una clase social alta, aunque su concreción puede ser positiva (si resuelve problemas y crea anticlímax) o negativa (si propicia situaciones de tensión dramática). En cualquier caso, se le atribuyen poderes decisivos en los desenlaces y se le encarga la misión de impartir justicia poética para transmitir una enseñanza. Sobre el poderoso han trabajado García Lorenzo,[39] Pedraza Jiménez[40] y Ruiz Ramón.[41]

37. Luciano García Lorenzo, ed., *La criada en el teatro español del Siglo de Oro*, Madrid, Fundamentos (Col. Arte; Serie Teoría teatral, 171), 2008.

38. Luciano García Lorenzo, ed., *La madre en el teatro clásico español. Personaje y referencia*, Madrid, Fundamentos (Col. Arte; Serie Teoría teatral, 194), 2012.

39. Luciano García Lorenzo, ed., *El teatro clásico español a través de sus monarcas*, Madrid, Fundamentos (Col. Arte; Serie Teoría teatral, 158), 2006.

40. Felipe Blas Pedraza Jiménez, *Sexo, poder y justicia en la comedia española (cuatro calas)*, Vigo, Academia del Hispanismo (Col. Biblioteca de Theatralia, 8), 2007.

41. Francisco Ruiz Ramón, «La figura del Poder y el poder de las contradicciones en el teatro español del siglo XVII», en Jean-Pierre Étienvre, ed., *Littérature et Politique en Espagne aux siècles d'or*, París, Klincksieck (Col. Témoins de l'Espagne, 1), 1998, pp. 250-268.

- El *gracioso*, que no aparece en la poética inicial del género —aunque cuenta con antecedentes como el *bobo* en el teatro renacentista—, muestra su juventud, cobardía, simpleza y miedo cuando es mensajero, narra sucesos no escenificados, introduce elementos cómicos o muestra sus preocupaciones más perentorias: comer, beber y poseer dinero. De nuevo, García Lorenzo[42] ha editado un volumen donde se analizan la comicidad implícita en el tipo, cuestiones particulares como la figura de Juan Rana o su evolución hacia el teatro del siglo XVIII.
- El *figurón* también tiene una aparición tardía. Perteneciente a una clase social elevada, expone su ridiculez y extravagancia en su participación en la comedia. Sus desvelos son el vestido, el peinado y el qué dirán, y por eso es engreído y cree en su perfección, dando lugar a la comicidad, a la sátira, a ciertas formas afeminadas y a la ejemplificación moral a partir de un comportamiento reprobable. Suele estar presente en los temas relacionados con la libertad de la mujer para elegir marido y con los matrimonios desiguales por razón de edad, condición social o nivel económico. García Lorenzo,[43] Cañas Murillo[44] y Serralta[45] han trabajado sobre el figurón aportando visiones sobre sus características, su

42. Luciano García Lorenzo, ed., *La construcción de un personaje: el gracioso*, Madrid, Fundamentos (Col. Arte; Serie Teoría teatral, 147), 2005.

43. Luciano García Lorenzo, ed., *El figurón: texto y puesta en escena*, Madrid, Fundamentos (Col. Arte; Serie Teoría teatral, 165), 2007.

44. Jesús Cañas Murillo, «En los orígenes del tipo del figurón: *El caballero del milagro* (1593), comedia del destierro del primer Lope de Vega», en Joaquín Álvarez Barrientos, Óscar Cornago Bernal, Abraham Madroñal Durán y Carmen Menéndez-Onrubia, coords., *En buena compañía. Estudios en honor de Luciano García Lorenzo*, Madrid, Consejo Superior de Investigaciones Científicas, 2009, pp. 159-169.

45. Frédéric Serralta, «Sobre el "prefigurón" en tres comedias de Lope (*Los melindres de Belisa*, *Los hidalgos de la aldea* y *El ausente del lugar*)», *Criticón*, 87-88-89. *Estaba el jardín en flor... Homenaje a Stefano Arata*, Toulouse, Presses Universitaires du Mirail, 2003, pp. 827-836.

presencia en las obras y su génesis y evolución a lo largo de las distintas etapas del género de la comedia nueva.

Más allá de estos tipos, universalmente aceptados por la crítica, existen otros estudios que inciden en algunos estereotipos, y con sus singularidades son tratados el *salvaje*, por Antonucci,[46] como aquel niño abandonado que viste de harapos o de pieles y que se encuentra al margen de la civilización; el *negro*, por Fra Molinero,[47] como ese personaje —a veces, esclavo— objeto de risa y perteneciente a categorías sociales, morales e intelectuales inferiores, o el *villano*, por Salomon,[48] como una realidad que se ajusta a distintas situaciones que no han de ser, necesariamente, cómicas.

En cualquier caso, los personajes no suelen estar construidos según las características de un solo tipo, sino que varias particularidades y funciones confluyen en un mismo agonista a través del sincretismo de tipos.

Los códigos de la comedia nueva se definen como el conjunto de tópicos o características intrínsecas que definen los temas, es decir, las realidades de contenido que poseen las obras. En el género de que se trata, aparecen, entre otros, los siguientes: la monarquía teocéntrica, la jerarquización social, las relaciones paternofiliales, los matrimonios desiguales, el incesto o los cambios de fortuna (a favor o en contra),[49] que en ocasiones se convierte en un componente más de la obra. Muchos de ellos están relacionados entre sí y lo más habitual es que no aparezcan en exclusiva. Adviértase que existen otros temas más generales y típicos del género que se explican, con mayor detenimiento, a continuación:

46. Fausta Antonucci, *El salvaje en la comedia del Siglo de Oro. Historia de un tema de Lope a Calderón*, Pamplona/Toulouse, RILCE (Universidad de Navarra)/LESO (Université de Toulouse) (Col. Anejos de *RILCE*, 16), 1995.

47. Baltasar Fra Molinero, *La imagen de los negros en el teatro del Siglo de Oro*, Madrid, Siglo XXI de España (Col. Lingüística y teoría literaria), 1995.

48. Noël Salomon, *Lo villano en el teatro del Siglo de Oro*, Madrid, Castalia (Col. Literatura y sociedad, 36), 1985.

49. *Vid.* Jesús Gutiérrez, *La «Fortuna bifrons» en el teatro del Siglo de Oro*, Santander, Sociedad Menéndez Pelayo, 1975.

– El *amor* es uno de los grandes elementos vertebradores de las obras, fundamentalmente en la relación que sostienen dama y galán, como estudió Serés,[50] cuyo trato suele comenzar con un rechazo que se convierte en correspondencia amorosa por la insistencia del galán, que vive siempre en un estado de desasosiego.
– El *honor* aparece ligado, en muchas ocasiones, al amor. Es uno de los contenidos más importantes de las obras, y su defensa se antoja una necesidad imperiosa tanto para hombres como para mujeres —aunque unos y otras no lo protegen de igual modo—, y la construcción de duelos u otro tipo de enfrentamientos duales contribuyen a favorecer la expectación del público. Es necesario distinguir entre *honor* y *honra*, siendo el primero la concepción interna y, la segunda, el reconocimiento público de la existencia de honor, una diferencia apreciada por Cañas Murillo.[51] Pero sobre el honor también han trabajado Oliva Olivares[52] y Rey Hazas,[53] quienes destacan la importancia estructural de los casos de honor y honra en las comedias del Siglo de Oro.
– El *poder*, muy vinculado a la jerarquización social, se concibe como ese orden creado para organizar una comunidad pero que tiene que ser, a la vez, correcto y ejemplar, espe-

50. Guillermo Serés Guillén, «Amor y mujer en el teatro áureo», en Felipe Blas Pedraza Jiménez, Rafael González Cañal y Almudena García González, eds., *Damas en el tablado. XXXI Jornadas de teatro clásico. Almagro, 1, 2 y 3 de julio de 2008*, Cuenca, Universidad de Castilla-La Mancha (Col. Corral de Comedias, 26), 2009, pp. 153-188.

51. Jesús Cañas Murillo, *Honor y honra en el primer Lope de Vega: las comedias del destierro*, Cáceres, Servicio de Publicaciones de la Universidad de Extremadura (Col. Anejos de *Anuario de Estudios Filológicos*, 18), 1995.

52. César Oliva Olivares, «El honor como oponente al juego teatral de galanes y damas», *Gestos*, 3 (1987), pp. 41-51.

53. Antonio Rey Hazas, «Algunas reflexiones sobre el honor como sustituto funcional del destino en la tragicomedia barroca española», en Manuel V. Diago y Teresa Ferrer Valls, eds., *Comedias y comediantes. Estudios sobre el teatro clásico español*, Valencia, Universitat de València (Col. Oberta), 1991, pp. 251-262.

cialmente en el ejercicio del gobierno sobre los ciudadanos. Carreño-Rodríguez[54] estudia el drama barroco más allá de la propaganda política, y sistematiza varias formas de tratamiento del comportamiento de los poderosos en las obras, desde la dicotomía entre positivos y negativos, hasta los textos meramente encomiásticos y sobre el desgobierno.

Estos tres temas aparecen con asiduidad en aquellos momentos o situaciones en que se producen anagnórisis en las obras, aunque los más frecuentes son, en este caso, los dos primeros.

La vinculación entre personajes y contenidos ha permitido a la crítica efectuar clasificaciones temáticas del teatro barroco: comedias de capa y espada,[55] de enredo,[56] de santos[57] o de caballerías.[58]

Tras los personajes y los temas es el momento de informar acerca de los estudios sobre algunos motivos presentes en las obras dramáticas barrocas.

Los *celos* son un componente muy destacado de las obras, y Morales Raya y González Dengra[59] coordinaron un volumen en el que

54. Antonio Carreño-Rodríguez, *Alegorías del poder, crisis imperial y comedia nueva (1598-1659)*, Woodbridge, Tamesis (Col. Támesis; Serie A, Monografías, 274), 2009.

55. VV. AA., *La comedia de capa y espada*, Madrid, Compañía Nacional de Teatro Clásico (Col. Cuadernos de teatro clásico, 1), 1988.

56. Felipe Blas Pedraza Jiménez y Rafael González Cañal, eds., *La comedia de enredo. Actas de las XX Jornadas de teatro clásico. Almagro, julio de 1997*, Ciudad Real, Universidad de Castilla-La Mancha/Festival de Almagro (Col. Corral de Comedias, 8), 1998.

57. Felipe Blas Pedraza Jiménez y Almudena García González, eds., *La comedia de santos. Coloquio Internacional. Almagro, 1, 2 y 3 de diciembre de 2006*, Cuenca, Universidad de Castilla-La Mancha (Col. Corral de Comedias, 23), 2008.

58. Felipe Blas Pedraza Jiménez, Rafael González Cañal y Elena Marcello, eds., *La comedia de caballerías. Actas de las XXVIII Jornadas de Teatro Clásico de Almagro. Almagro, 12, 13 y 14 de julio de 2005*, Almagro, Universidad de Castilla-La Mancha/Festival de Almagro (Col. Corral de Comedias, 19), 2006.

59. Remedios Morales Raya y Miguel González Dengra, coords., *La pasión de los celos en el teatro del Siglo de Oro. Actas del III Curso sobre teoría y práctica del*

se analizan pormenorizadamente, resaltando particularidades como la ocasional ridiculez de los celos, su tipología e incluso su relación con el cromatismo.

La *violencia* y la *venganza* son especialmente relevantes en el drama barroco en su relación con el tema del honor o con los distintos enfrentamientos duales u oposiciones binarias. Como observa Petro del Barrio, «la venganza por motivos de honra es una sacralización de la sociedad que es la que mantiene ese código, en otras palabras, la que obliga al individuo ofendido a matar al ofensor, si no quiere perder su estatus social y dejar de ser parte de esa comunidad».[60]

Como el caso anterior, las *mentiras* forman parte de la comedia nueva de una manera destacada, incluso están vinculadas a las agniciones, aunque esto pueda parecer contradictorio: en determinadas ocasiones, mentir a un personaje también es una anagnórisis, pues cree en la veracidad de la información que le ha sido transmitida, aunque sea mentira. Además, como explica Otero-Torres a propósito de *La villana de Getafe*, «el escándalo y la mentira convulsionan el tejido dramático lopesco»,[61] generando clímax y situaciones de tensión para el público.

2.1.4. *Versificación y métrica*

La versificación en el drama barroco se ha estudiado con mucha menor frecuencia, y muchos de esos trabajos concentran su parcialidad en obras determinadas o en autores concretos, como Lo-

---

teatro, organizado por el Aula Biblioteca Mira de Amescua y el Centro de Formación Continua, celebrado en Granada (8-11 de noviembre, 2006), Granada, Universidad de Granada, 2007.

60. Antonia Petro del Barrio, *La legitimación de la violencia en la comedia española del siglo XVII*, Salamanca, Universidad de Salamanca (Col. *Acta salmanticensia*; Estudios filológicos, 315), 2006, p. 39.

61. Dámaris M. Otero-Torres, «Escándalo, mentiras e ideologías en *La villana de Getafe*», en Ysla Campbell, ed., *El escritor y la escena VII. Estudios sobre teatro español y novohispano de los Siglos de Oro. Dramaturgia e ideología*, Ciudad Juárez, Universidad Autónoma de Ciudad Juárez, 1999, p. 170.

pe de Vega o Calderón de la Barca, que cuenta con trabajos como los de Hofmann,[62] Marín[63] o Lobato.[64]

Sin embargo, existen investigaciones sobre la métrica del teatro barroco a nivel general, pero son escasas, lo cual no es óbice para destacar la relevancia de los análisis de Bruerton,[65] Dixon[66] y Garnier-Verdaguer,[67] que tratan sobre recurrencias versales y estróficas, y su función en el espectáculo. Como sucede a propósito de Lope, muchas de las características que la crítica atribuye a Calderón o a otros dramaturgos son extensibles a la métrica general de la comedia nueva.

2.1.5. *Representación y sociología del teatro*

Durante mucho tiempo la crítica obvió la importancia de la escenificación de la comedia barroca y centró sus esfuerzos en el texto como elemento literario cerrado. En el caso del teatro es un error, y cada vez con mayor frecuencia se publican trabajos sobre los espacios o la representación de la literatura dramática, los cuales perfeccionan los estudios sobre la dramaturgia desde una pers-

62. Gerd Hofmann, «Sobre la versificación en los autos calderonianos: *El veneno y la triaca*», en Luciano García Lorenzo, dir., *Calderón. Actas del «Congreso Internacional sobre Calderón y el teatro español del Siglo de Oro» (Madrid, 8-13 de junio de 1981)*, Madrid, Consejo Superior de Investigaciones Científicas (Col. Anejos de la revista *Segismundo*, 6), 1983, tomo II, pp. 1125-1138.

63. Diego Marín, «Función dramática de la versificación en el teatro de Calderón», en Luciano García Lorenzo, dir., *Calderón. Actas del «Congreso Internacional sobre Calderón y el teatro español del Siglo de Oro» (Madrid, 8-13 de junio de 1981)*, *op. cit.*, tomo II, 1983, pp. 1139-1146.

64. María Luisa Lobato, «Métrica del teatro cómico breve de Calderón», *Canente*, 3 (1987), pp. 69-94.

65. Courtney Bruerton, «La versificación dramática española en el periodo 1587-1610», *Nueva Revista de Filología Hispánica*, X (1956), pp. 337-364.

66. Victor Dixon, «The Uses of Polimetry: An Approach to Editing the *Comedia* as Verse Drama», en Frank Paul Casa y Michael D. McGaha, eds., *Editing the* Comedia, Ann Arbor, University of Michigan, 1985, vol. 1, pp. 104-125.

67. Emmanuelle Garnier-Verdaguer, «Métrica y "puesta en espacio" del texto dramático», *Anuario Lope de Vega*, 8 (2002), pp. 121-138.

pectiva, sin duda, complementaria. En las anagnórisis el papel del público es fundamental, pues muchos de los descubrimientos sobre personajes o situaciones tienen la finalidad de generar expectación en el auditorio, si bien es cierto que, en otros casos, las agniciones son para los propios agonistas y los espectadores son testigos o confidentes de cada engaño o reconocimiento al poseer todos los datos con antelación.

Rubiera Fernández[68] analiza varias comedias y ofrece conceptos interesantes como el de «espacio itinerante», circunstancia que relaciona con la aristotélica unidad de lugar; destaca, además, los elementos que los autores introducen en sus obras para informar al público y lograr una relación entre los espacios y lo que significan en el contexto general de la pieza. En esta línea se inscribe la aportación de Kaufmant,[69] un novedoso estudio sobre algunos espacios de la naturaleza que aparecen en los textos, como el monte o el mar. Para la autora, que sistematiza su estudio en tipologías, estos espacios tienen relación con los personajes y ofrecen un simbolismo metafórico individual. Cabe citar un volumen editado por González[70] en el que se tratan los espacios en obras concretas, incluyendo el teatro breve. Más reciente es el trabajo de Sáez Raposo,[71] en el que sintetiza y ejemplifica los espacios y las distancias entre personajes del primer teatro pastoril del Fénix.

La conexión entre el texto dramático y el público a través de la representación también está en el germen de otro grupo de estudios que se encargan de lo que se ha venido en llamar «sociología del teatro». El espacio en el que confluían miembros pertenecientes a todas las clases sociales (desde el pueblo llano hasta el rey, pasan-

68. Javier Rubiera Fernández, *La construcción del espacio en la comedia española del Siglo de Oro*, Madrid, Arco Libros (Col. Perspectivas), 2005.

69. Marie-Eugénie Kaufmant, *Poétique des espaces naturels dans la* Comedia Nueva, Madrid, Casa de Velázquez (Col. Bibliothèque de la Casa de Velázquez, 48), 2010.

70. Aurelio González, ed., *Texto, espacio y movimiento en el teatro del Siglo de Oro*, México, El Colegio de México (Serie Estudios del lenguaje, 4), 2000.

71. Francisco Sáez Raposo, «Proxemia y espacio dramático en el teatro pastoril del primer Lope de Vega», *Anuario Lope de Vega*, XXII (2016), pp. 409-431.

do por la burguesía y los miembros de la nobleza o del clero) se convierte en el marco apropiado para analizar la realidad del teatro barroco como un auténtico fenómeno social de masas en la época. Díez Borque estudia los modelos de sociedad que se muestran en las comedias[72] y aspectos más externos de la comedia barroca, como la gestión de los corrales de comedias.[73]

2.1.6. *Puesta en escena*

Más allá de los espacios, cobra también importancia el componente musical. García Lorenzo[74] incide en la relevancia de este elemento, esa melopeya aristotélica tan crucial en un espectáculo interesante y entretenido. El investigador arguye una útil tipología temática de las canciones que aparecen en el teatro lopesco, aunque acepta que «podría extenderse al resto de los dramaturgos con ciertas matizaciones»:[75] autobiográficas, de personajes o sucesos coetáneos del Fénix, amorosas, nupciales, de trabajos campesinos, propias de romerías y fiestas, de tema americano y de origen histórico o legendario.

Reyes Peña[76] dirige un interesante volumen en el que se estudia el vestuario a través de ensayos de varios especialistas y desde una perspectiva amplia que abarca el teatro público, el cortesano, el breve o los autos sacramentales.

72. José María Díez Borque, *Sociología de la comedia española del siglo XVII*, Madrid, Cátedra (Col. Crítica y estudios literarios), 1976.

73. José María Díez Borque, *Sociedad y teatro en la España de Lope de Vega*, Barcelona, Antoni Bosch (Col. Ensayo), 1978.

74. Luciano García Lorenzo, «El elemento folklórico-musical en el teatro español del siglo XVII: de lo sublime a lo burlesco», en VV. AA., *Música y teatro*, Madrid, Compañía Nacional de Teatro Clásico (Col. Cuadernos de teatro clásico, 3), 1989, pp. 67-79.

75. *Ibid.*, p. 71.

76. Mercedes de los Reyes Peña, dir., *El vestuario en el teatro español del Siglo de Oro*, Madrid, Compañía Nacional de Teatro Clásico (Col. Cuadernos de teatro clásico, 13-14), 2007.

2.1.7. *La crítica*

En un último estadio podrían situarse los estudios dedicados a la propia crítica sobre el teatro del Siglo de Oro. Cítense, en este punto, a Rodríguez Sánchez de León,[77] que antologa una serie de textos que valoran la fórmula de la comedia nueva desde distintas perspectivas, y a García Santo-Tomás,[78] que edita varios trabajos sobre recepción y canon dramático barroco.

Los estudios sobre el drama barroco también se han dedicado a analizar la vida, obra, técnicas, estilo, vocabulario o influencias de distintos autores y obras.

2.2. El Fénix: vida y obra

Lope de Vega es uno de los escritores que mayor número de referencias bibliográficas cosecha en la literatura universal; pero es que es el dramaturgo barroco español del que se han escrito más monografías y artículos —los cuales versan sobre los asuntos más variopintos de su vida y obra—, y se seguirán escribiendo, porque no puede olvidarse que se trata de uno de los autores de mayor fama mundial y prestigio literario. Por ello, como en el caso de todo el teatro áureo, es fundamental una labor de discriminación de los estudios, sin que ello implique desconocer fuentes que, aunque en muchos casos están superadas, siguen ofreciendo datos que fueron novedosos en su momento e inaccesibles, incluso hoy, de otro modo. Es el caso de las investigaciones de Menéndez y Pelayo,[79] cuyos orígenes están en sus ediciones del teatro de Lope

77. María José Rodríguez Sánchez de León, *La crítica ante el teatro barroco español (Siglos XVII-XIX)*, Salamanca, Almar (Col. Patio de escuelas, 6), 2000.

78. Enrique García Santo-Tomás, ed., *El teatro del Siglo de Oro ante los espacios de la crítica. Encuentros y revisiones*, Madrid/Frankfurt am Main, Iberoamericana/Vervuert, 2002.

79. Marcelino Menéndez y Pelayo, *Estudios sobre el teatro de Lope de Vega*, Enrique Sánchez Reyes, ed., Madrid, Consejo Superior de Investigaciones Científicas (Col. Edición Nacional de las Obras Completas de Menéndez Pelayo, XXIX, XXX, XXXI, XXXII, XXXIII, XXXIV), 1949, 6 vols.

y fueron publicadas exentas con posterioridad, o las de Montesinos,[80] con un primer estudio dedicado al *Arte nuevo* que hace un repaso por la crítica al texto —históricamente incomprendido— y destaca sus principales aportaciones como poética (aunque incompleta) de una nueva fórmula teatral que ya triunfaba en las tablas cuando se publicó.

Aunque cada vez es más fácil acceder a las aportaciones sobre el tema a través de bases de datos informatizadas o recopilaciones bibliográficas digitales, procede reconocer el valor de repertorios como los de Grismer,[81] Parker y Fox,[82] Pérez Pérez[83] o Simón Díaz y Prades,[84] siendo útil este último para localizar artículos clásicos sobre preceptiva y sobre algunos temas y recursos del teatro de Lope, del que destaca la sencilla y funcional clasificación de las más de dos mil cuatrocientas entradas. Para una valoración sobre los compendios bibliográficos de Lope véase el reciente trabajo de Presotto.[85]

Como curiosidad se cita el muy interesante trabajo de Cuenca Muñoz,[86] que introduce una revisión paleográfica de las firmas autógrafas de Lope, que revelan las distintas relaciones vitales y amorosas del Fénix a lo largo de su vida.

80. José Fernández Montesinos, *Estudios sobre Lope de Vega*, Madrid, Anaya (Col. Temas y Estudios, 262), 1967.

81. Raymond Leonard Grismer, *Bibliography of Lope de Vega. Books, Essays, Articles and Other Studies on the Life of Lope de Vega, His Works, and His Imitators*, Nueva York, Kraus Reprint, 1977.

82. Jack Horace Parker y Arthur Meredith Fox, *Lope de Vega Studies 1937-1962. A critical survey and anotated bibliography*, Toronto, University of Toronto Press, 1964.

83. María Cruz Pérez y Pérez, *Bibliografía del teatro de Lope de Vega*, Madrid, Consejo Superior de Investigaciones Científicas (Col. Cuadernos Bibliográficos, 29), 1973.

84. José Simón Díaz y Juana de José Prades, *Ensayo de una bibliografía de las obras y artículos sobre la vida y escritos de Lope de Vega Carpio*, Madrid, Centro de Estudios sobre Lope de Vega, 1955.

85. Marco Presotto, «El teatro de Lope, la bibliografía y la red», *Teatro de palabras. Revista sobre teatro áureo*, 7 (2013), pp. 71-85.

86. Paloma Cuenca Muñoz, «Lope de Vega en sus firmas», *Anuario Lope de Vega*, XXV (2019), pp. 231-256.

En las siguientes páginas se comentan algunos estudios sobre el Fénix, aunque se asume que los críticos han abordado otros asuntos de notable interés, pero cuya revisión no parece que deba situarse en el marco de este trabajo.

2.2.1. *Vida*

Biografías de Lope se han escrito varias, y algunas muy recientes, como las de Sánchez Jiménez,[87] Arellano Ayuso y Mata Induráin[88] o la de Martínez;[89] sin embargo, aunque la primera edición del clásico de Castro y Rennert[90] se remonta a 1919, su vigencia como punto de partida es indiscutible en cualquier estudio sobre Lope de Vega. De ella pueden destacarse sus ingentes datos biobibliográficos y su combinación con textos de la producción literaria del dramaturgo como fuente de conocimiento de su vida.

2.2.2. *Producción dramática*

Del Fénix de los Ingenios se han editado sus comedias, su lírica y sus novelas, pero también su teatro breve, su epistolario y otro tipo de obras, como el *Arte nuevo*. Es evidente que no todo lo que escribió Lope tiene la misma calidad, pero en torno a su figura suele situarse un halo de excepcionalidad. Y no todo está dicho sobre Lope: en 2014 se publicitó la atribución de una comedia que estaba perdida en la Biblioteca Nacional de España, *Mujeres y criados*, localizada por García Reidy.[91]

87. Antonio Sánchez Jiménez, *Lope: el verso y la vida*, Madrid, Cátedra, 2018.

88. Ignacio Arellano Ayuso y Carlos Mata Induráin, *Vida y obra de Lope de Vega*, Madrid, Homo Legens, 2011.

89. José Florencio Martínez, *Biografía de Lope de Vega 1562-1635*, Barcelona, Promociones y Publicaciones Universitarias, 2011.

90. Américo Castro y Hugo Albert Rennert, *op. cit.*

91. Alejandro García Reidy, «*Mujeres y criados*, una comedia recuperada de Lope de Vega», *Revista de Literatura*, LXXV, 150 (2013), pp. 417-438. La obra fue publicada más tarde: Lope Félix de Vega Carpio, *Mujeres y criados*, Alejandro García Reidy, ed., Madrid, Gredos (Col. Biblioteca Lope de Vega), 2014.

Aunque no desapareció del todo, la reforma dirigida por Calderón de la Barca eclipsó en cierta medida el teatro de Lope, sobre todo en la segunda mitad del siglo XVII, al convertirse en la base de la comedia de espectáculo dieciochesca y de toda la dramaturgia de corte barroco. De hecho, el Fénix no apareció en la selección supuestamente canónica que Vicente García de la Huerta publicó en su *Theatro Hespañol* (1785), circunstancia que le fue criticada por algunos de sus contemporáneos.[92] El triunfo del drama romántico a partir del segundo tercio del siglo XIX no facilitó un escenario propicio para la defensa del teatro áureo.

Juan Eugenio Hartzenbusch ordenó, entre 1853 y 1860, unas *Comedias escogidas de Frey Lope Félix de Vega Carpio* en cuatro volúmenes para la colección «Biblioteca de Autores Españoles desde la formación del lenguaje hasta nuestros días».[93]

Sin embargo, fue el eminente filólogo Marcelino Menéndez y Pelayo uno de los primeros y más fervientes reivindicadores del teatro lopesco, y así se infiere de sus novedosas ediciones de las *Obras de Lope de Vega*, publicadas al amparo de la Real Academia Española en quince volúmenes entre 1890 y 1913.[94] Más tarde,

92. Se trata de un texto atribuido a Tomás de Iriarte, la *Carta* á *Don Vicente Garcia de la Huerta, en la que se responde a varias inepcias de sus impugnadores; y se proponen dos dudas al señor colector P. D. I. D. L. C.*, publicado en 1787. Este particular es citado en Jesús Cañas Murillo, *Theatro Hespañol. Prólogo del Colector*, Málaga, Universidad de Málaga (Col. Anejos de *Analecta Malacitana*, LXXXVII), 2013, p. 118.

93. Lope Félix de Vega Carpio, *Comedias escogidas de Frey Lope Félix de Vega Carpio*, Juan Eugenio Hartzenbusch, ed., Madrid, Manuel Rivadeneyra (Col. Biblioteca de autores españoles desde la formación del lenguaje hasta nuestros días, XXIV, XXXIV, XLI, LII), 1853-1860, 4 tomos. Esta obra fue reimpresa por la editorial Atlas, para la misma colección, entre 1946 y 1952.

94. Lope Félix de Vega Carpio, *Obras de Lope de Vega*, Marcelino Menéndez y Pelayo, ed., Madrid, Sucesores de Rivadeneyra, 1890-1913, 15 vols. El primer volumen contiene la *Nueva biografía de Lope de Vega* que redactó Cayetano Alberto de la Barrera y Leirado, que tuvo una edición posterior en dos volúmenes incorporados a la «Biblioteca de Autores Españoles desde la formación del lenguaje hasta nuestros días» con los números CCLXII y CCLXIII, que vieron la luz en 1973 y 1974.

se reimprimieron en treinta y tres volúmenes para la célebre colección «Biblioteca de Autores Españoles», de 1946 a 1972.[95]

Una denominada «Nueva edición» de las *Obras de Lope de Vega* fue publicada por Emilio Cotarelo y Mori de 1916 a 1930, en trece tomos que contaban, como en el caso anterior, con la protección de la Real Academia Española.[96]

La colección «Biblioteca Castro» ha previsto la edición de las obras completas de Lope de Vega en cuarenta y un volúmenes, de los cuales se han editado los tres correspondientes a la prosa, los seis de la poesía y quince de los treinta y dos previstos para las comedias del autor. Estos ciento cincuenta textos dramáticos, publicados entre 1993 y 1998,[97] se ordenan según la cronología canónica establecida por Morley y Bruerton[98] y están preparados por Jesús Gómez Gómez y Paloma Cuenca Muñoz.

95. Lope Félix de Vega Carpio, *Obras de Lope de Vega*, Marcelino Menéndez y Pelayo, ed., Madrid, Atlas (Col. Biblioteca de Autores Españoles desde la formación del lenguaje hasta nuestros días, XXIV, XXXIV, XXXVIII, XLI, LII, CLVII, CLVIII, CLIX, CLXXVII, CLXXVIII, CLXXXVI, CLXXXVII, CLXXXVIII, CXC, CXCI, CXCV, CXCVI, CXCVII, CXCVIII, CCXI, CCXII, CCXIII, CCXIV, CCXV, CCXXIII, CCXXIV, CCXXV, CCXXXIII, CCXXXIV, CCXLVI, CCXLVII, CCXLIX, CCL), 1946-1972, 33 vols. Los volúmenes primero, segundo, cuarto y quinto se corresponden con la reimpresión de las *Comedias escogidas de Frey Lope Félix de Vega Carpio* editadas por Juan Eugenio Hartzenbusch. El volumen tercero es la reimpresión de la *Colección escogida de obras no dramáticas de frey Lope Félix de Vega Carpio*, editada por Cayetano Rosell y López y publicada por primera vez, ya en la misma colección —aunque por Manuel Rivadeneyra—, en 1856.

96. Lope Félix de Vega Carpio, *Obras de Lope de Vega, publicadas por la Real Academia Espa*ñola (nueva edición), Emilio Cotarelo y Mori, ed., Madrid, Tip. de la «Rev. de Arch., Bibl. y Museos»/Sucesores de Rivadeneyra/Imprenta de Galo Sáez, 1916-1930, 13 tomos.

97. Lope Félix de Vega Carpio, *Obras completas de Lope de Vega. Comedias*, Jesús Gómez Gómez y Paloma Cuenca Muñoz, eds., Madrid, Turner (Col. Biblioteca Castro), 1993-1998, 15 vols.

98. Sylvanus Griswold Morley y Courtney Bruerton, *Cronología de las comedias de Lope de Vega. Con un examen de las atribuciones dudosas, basado todo ello en un estudio de su versificación estrófica*, Madrid, Gredos (Col. Biblioteca Románica Hispánica; I. Tratados y monografías, 11), 1968.

Destacan, en esta edición, la limpieza y regularidad del texto que ofrece.

Un avance notable en la edición del teatro del Fénix se encuentra en las *Comedias de Lope de Vega* que está publicando el grupo Prolope de la Universitat Autònoma de Barcelona, dirigido por Alberto Blecua Perdices. Sigue las partes de comedias de Lope que vieron la luz en la época. Desde 1997 se han editado diecisiete de las veinticinco partes previstas en el proyecto, que constituyen un total de cuarenta volúmenes con ciento ochenta y cuatro comedias y algunas piezas de teatro breve.[99]

De forma complementaria se editan críticamente comedias que superan las publicaciones, también sueltas, que se produjeron desde el primer tercio del siglo XX. A esto hay que sumar reproducciones facsimilares y ediciones digitales, como las del grupo Artelope, dirigido por Joan Oleza Simó en la Universitat de València.

Sobre el teatro de Lope de Vega se ha estudiado su cronología y periodización. A este respecto, cabe citar, en primer lugar, el clásico trabajo de Morley y Bruerton,[100] que analiza las frecuencias de versificación de toda la producción dramática de Lope y las utiliza para datar obras de las que no se conoce su fecha de composición. Con el paso de los años se han confirmado los datos ofrecidos por dicho estudio.

La obra del Fénix se ha dividido en tres etapas: el *Lope-preLope*, el *Lope-Lope* y el *Lope-postLope*, términos acuñados por Weber de Kurlat[101] (los dos primeros) y Rozas López[102] (el último). Los estudiosos que propusieron estas denominaciones se basaban en las

99. Lope Félix de Vega Carpio, *Comedias de Lope de Vega*, Alberto Blecua Perdices y Guillermo Serés Guillén, dirs., Lérida/Madrid/Barcelona, Milenio/Gredos (Col. Biblioteca Lope de Vega), 1997-2018, 40 vols.

100. Sylvanus Griswold Morley y Courtney Bruerton, *op. cit.*, *passim*.

101. Frida Weber de Kurlat, «El Lope-Lope y Lope-preLope. Formación del subcódigo de la comedia de Lope y su época», *Segismundo*, XII (1976), p. 115.

102. Juan Manuel Rozas López, «Texto y contexto en *El castigo sin venganza*», en Jesús Cañas Murillo, ed., *Estudios sobre Lope de Vega*, Madrid, Cátedra (Col. Crítica y estudios literarios), 1990, p. 377. Este trabajo fue publicado por primera vez en 1986.

particularidades de las comedias en un rango de fechas, y la decisión sobre estas fue tomada, generalmente, en función de algún acontecimiento personal destacado en la vida de Lope. Pero, además, Rozas López propuso la denominación de «Lope *de senectute*»,[103] cada vez más aceptada, para englobar la producción del último Lope. Por su parte, Cañas Murillo etiqueta como «comedias del destierro»[104] las que el Fénix escribió durante esa etapa de su vida.

En cualquier caso, aunque las fechas son aproximadas entre las distintas nomenclaturas, se trata de establecer una división de la obra del dramaturgo (más allá de implicaciones metodológicas y didácticas) para situar una serie de elementos comunes a la poética dramática lopesca de cada una de sus fases creativas, como proponen Oleza Simó[105] y Gómez.[106]

Los estudios que se han dedicado a analizar los elementos constituyentes del teatro lopesco responden, como en el caso de todo el género de la comedia nueva, a las necesidades científicas en relación con los personajes, los temas y los recursos de composición.

El trabajo de Arco y Garay,[107] superado parcialmente en investigaciones posteriores, sentó las bases para observar los distintos componentes sociales en el drama de Lope de Vega, incluso apunta procesos históricos que tienen su correspondencia en las tablas o, al menos, en las obras. Por su parte, Herrero García[108] analiza los

103. Juan Manuel Rozas López, «Lope de Vega y Felipe IV en el "ciclo *de senectute*"», en Jesús Cañas Murillo, ed., *Estudios sobre Lope de Vega*, *op. cit.*, p. 75.

104. Jesús Cañas Murillo, *Honor y honra en el primer Lope de Vega: las comedias del destierro*, *op. cit.*, p. 23.

105. Joan Oleza Simó, «La propuesta teatral del primer Lope de Vega», en José Luis Canet Vallés, coord., *Teatro y prácticas escénicas. II, La Comedia*, Londres, Tamesis (Col. Támesis; Serie A, Monografías, CXXIII), 1986, pp. 251-308.

106. Jesús Gómez, *El modelo teatral del último Lope de Vega (1621-1635)*, Valladolid/Olmedo, Universidad de Valladolid/Ayuntamiento de Olmedo (Serie Literatura; Col. Olmedo Clásico, 9), 2013.

107. Ricardo del Arco y Garay, *La sociedad española en las obras dramáticas de Lope de Vega*, Madrid, Escelicer, 1942.

108. Miguel Herrero García, *Oficios populares en la sociedad de Lope de Vega*, Madrid, Castalia (Col. Literatura y sociedad, 13), 1977.

oficios relacionados con la servidumbre, la alimentación y el calzado en la sociedad barroca, ilustrando sus afirmaciones con algunos fragmentos de obras de Lope y de otros autores, los cuales permiten entender mejor esta parte de la sociología de las comedias del Fénix, con tipos como el del *tabernero* que agua el vino, el del *tinelo* como pésimo comedor de criados o la enorme tipología de zapatos.

Cañas Murillo concluye que «en el primer Lope de Vega el esquema de tipos predominante era el de damas y galanes para la confección de personajes. El resto de los tipos tenía un uso y una importancia bastante limitados».[109]

También se ha prestado atención a algunos agonistas concretos, como hizo Weber de Kurlat[110] analizando, en distintas obras en las que aparece, las múltiples innovaciones que el Fénix realiza sobre el tipo del *negro* (especialmente los santos negros y las mulatas) a partir de los rasgos canónicos creados en Portugal a comienzos del siglo XVI y difundidos, más tarde, por Rodrigo de Reinosa.

Como se ha indicado anteriormente, los temas del amor y del honor son de los más recurrentes en la comedia nueva y, por ende, en el teatro de Lope de Vega.

Así, sobre el amor han tratado Dupont[111] y Guimont y Pérez Magallón.[112] El primero de ellos hace una descripción de la legitimidad de las parejas basándose en el código del amor que propone Lope en sus obras. Así, el autor insiste en que el Fénix no castiga el

109. Jesús Cañas Murillo, «Tipología de los personajes en el primer Lope de Vega: las comedias del destierro», *Anuario de Estudios Filológicos*, XIV (1991), p. 94.

110. Frida Weber de Kurlat, «El tipo del negro en el teatro de Lope de Vega: tradición y creación», *Nueva Revista de Filología Hispánica*, XIX, 2 (1970), pp. 337-359.

111. Pierre Dupont, «La justification poétique des amours illégitimes dans le théâtre de Lope de Vega», en Agustín Redondo, dir., *Amours légitimes, amours illégitimes en Espagne (XVIe-XVIIe siècles)*, París, Publications de la Sorbonne (Col. Travaux du «Centre de Recherche sur l'Espagne des XVIe et XVIIe siècles», II), 1985, pp. 341-356.

112. Anny Guimont y Jesús Pérez Magallón, «Matrimonio y cierre de la comedia en Lope», *Anuario Lope de Vega*, IV (1998), pp. 139-164.

adulterio, y hace un repaso, además, por tres requisitos que ha de tener un buen marido, según las comedias del dramaturgo: permitir que su esposa reciba regalos y visitas, no fiarse de las apariencias y saber restituir su honor si verdaderamente es mancillado. Los segundos repasan algunas ideas tradicionales sobre los matrimonios que aparecen en los finales de comedias, analizando la función que cumple este proceso en algunas comedias de Lope. Concluyen que el escritor utiliza este recurso como guiño para regalar al público un final feliz y para tener contentos a los moralistas.

Los investigadores creen que existen muchas implicaciones en las bodas finales, por lo que no cabe la generalización. Además, esos finales (en ocasiones celebrados tras anagnórisis) contribuyen al restablecimiento del orden social. Cañas Murillo[113] trata el tema del honor en el primer Lope de Vega en un artículo ya citado.

Se han estudiado innumerables motivos estructurales de las comedias de Lope, aunque aquí solo se citan algunos.

Campana trabaja sobre el recurso del comienzo *in medias res* en las obras de la primera etapa del Fénix de los Ingenios. Tras un análisis de varias comedias concluye que «no es considerado imprescindible para el correcto desarrollo de la acción dramática ni para llamar la atención del público»,[114] aunque la agnición puede utilizarse —como, en efecto, sucede— para resolver esos principios truncados.

La aportación de Marín[115] a este estudio ha sido metodológica, pues el volumen parte de una tesis doctoral que analiza la frecuencia del recurso de la intriga secundaria en las comedias del Fénix. Además, defiende la profesionalidad de Lope de Vega a la hora de escribir y en sus meticulosos y recurrentes esquemas de composición.

113. Jesús Cañas Murillo, *Honor y honra en el primer Lope de Vega: las comedias del destierro*, *op. cit.*

114. Patrizia Campana, «*In medias res*: diálogo e intriga en el primer Lope», *Criticón*, 81-82 (2001), p. 83.

115. Diego Marín, *La intriga secundaria en el teatro de Lope de Vega*, México, Ediciones De Andrea (Col. *Studium*, 22), 1958.

Lama[116] se encarga del *engañar con la verdad*, delimitando su definición y extensión, haciendo una valoración de las opiniones vertidas sobre este concepto y proponiendo varios ejemplos de piezas de Lope y de otros autores, como Cervantes o Calderón.

Tras el análisis de un amplio corpus de obras del Fénix, Roso Díaz[117] clasifica distintos procedimientos de los que Lope se sirve para cultivar el recurso del engaño entre personajes. En numerosas ocasiones, el engaño (mezclado o no con el enredo) constituye el paso previo para llegar a una anagnórisis.

Precisamente sobre el recurso de la anagnórisis en el teatro de Lope versó un trabajo mío[118] en el que tuve la oportunidad de analizar más de medio millar de agniciones en ciento cincuenta comedias del Fénix, ofreciendo una propuesta de clasificación, de distribución y de síntesis del recurso en función de distintos elementos de la poética y el teatro del dramaturgo madrileño.

Es también destacable el recurso del disfraz, que puede ir acompañado o no de máscaras y de cambios de nombre. Su estudio ha ocupado a varios críticos desde hace tiempo. Uno de los primeros fue Romera-Navarro, quien da cuenta de documentación archivística al respecto y analiza la aparición del fenómeno en algunos textos, además de describir algunos elementos adicionales, ya que «podrá una mujer española cubrirse el rostro con careta, las manos con guantes, los pies con botas de hombre, las orejas con la gorra, y guardar silencio».[119]

116. Víctor de Lama, «"Engañar con la verdad", *Arte nuevo*, v. 319», *Revista de Filología Española*, XCI, 1 (2011), pp. 113-128.

117. José Roso Díaz, *Tipología de engaños en la obra dramática de Lope de Vega*, Cáceres, Servicio de Publicaciones de la Universidad de Extremadura (Col. Trabajos del Departamento de Filología Hispánica, 20), 2002.

118. Ismael López Martín, *La anagnórisis en la obra dramática de Lope de Vega*, Vigo, Academia del Hispanismo (Col. Biblioteca de Theatralia, 28), 2017.

119. Miguel Romera-Navarro, «Las disfrazadas de varón en la comedia», *Hispanic Review*, II, 4 (1934), p. 282.

En la misma década de los años treinta del siglo XX, Arjona[120] publica un trabajo en el que desarrolla una introducción sobre la utilización de dicho recurso en distintos dramaturgos. Tras demostrar que Lope fue quien más lo cultivó, el investigador clasifica y ejemplifica el disfraz varonil en algunas comedias del Fénix. Además, expone ciertas críticas morales y controversias que ello provocó. El artículo supone una interesante fuente metodológica y pragmática para este trabajo, pues en numerosas ocasiones el disfraz varonil se revela al final de las comedias y constituye una anagnórisis tan potente que cambia el desenlace de la acción.

Posteriormente, Bravo-Villasante puso de manifiesto que el recurso de la mujer vestida de hombre en el teatro áureo es de origen literario y no tiene su reflejo directo en la sociedad española real, aunque, evidentemente, con algunas excepciones. La investigadora propone un origen italiano del fenómeno (en autores como Ariosto o Tasso) y defiende su evolución y variabilidad en el Fénix de los Ingenios. Analiza su aparición en Lope de Vega, en Tirso de Molina, en Calderón de la Barca y en algunos escritores de las escuelas tanto de Lope como de Calderón. Por último, destaca el arrollador «éxito de las disfrazadas de hombre»[121] en las comedias en las que este motivo aparecía, en algunos casos basado en elementos cómicos.

El recurso del disfraz cuenta con varios estudios parciales, como los de Canavaggio,[122] Carrascón,[123] Nisa Cáceres y Moreno

120. José Homero Arjona, «El disfraz varonil en Lope de Vega», *Bulletin Hispanique*, XXXIX, 2 (1937), pp. 120-145.

121. Carmen Bravo-Villasante, *La mujer vestida de hombre en el teatro español (Siglos XVI-XVII)*, Madrid, Sociedad General Española de Librería (Col. Temas, 8), 1976, p. 129.

122. Jean Canavaggio, «Los disfrazados de mujer en la comedia», en *La mujer en el teatro y la novela del siglo XVII. Actas del II Coloquio del Grupo de Estudios sobre Teatro Español (G.E.S.T.E.). Toulouse, 16-17 Noviembre 1978*, Toulouse, Université de Toulouse-Le Mirail, 1979, pp. 135-152.

123. Guillermo Carrascón, «Disfraz y técnica teatral en el primer Lope», *Edad de Oro*, XVI (1997), pp. 121-136.

Soldevila,[124] Higashi[125] o González,[126] que analiza la figura de María de Navas, una actriz especializada en vestirse de hombre en las comedias.

Más allá de estudiar los elementos que, en distintos planos, conforman la base del teatro de Lope de Vega, la crítica ha dado respuesta a algunos otros particulares que no forman parte estricta de la poética del género que desarrolla el Fénix de los Ingenios, pero que enmarcan el texto dramático como producto literario y espectáculo de masas.

La versificación y métrica han sido tratadas, especialmente, desde la segunda mitad del siglo XX, y además del trabajo de Morley y Bruerton ya citado, conviene recordar las investigaciones de Marín[127] y, más recientemente, de Antonucci.[128] El primero relaciona los metros con la incorporación de elementos de construc-

124. Daniel Nisa Cáceres y Rosario Moreno Soldevila, «La mujer disfrazada de hombre en el teatro de Shakespeare y Lope de Vega: articulación e implicaciones de un recurso dramático», *Neophilologus*, LXXXVI, 4 (2002), pp. 537-555.

125. Alejandro Higashi, «La construcción escénica del disfraz en la comedia palatina temprana de Lope», *Nueva Revista de Filología Hispánica*, 53 (2005), pp. 31-66.

126. Lola González, «La mujer vestida de hombre. Aproximación a una revisión del tópico a la luz de la práctica escénica», en María Luisa Lobato y Francisco Domínguez Matito, eds., *Memoria de la palabra. Actas del VI Congreso de la Asociación Internacional Siglo de Oro. Burgos-La Rioja, 15-19 de julio 2002*, Madrid/Frankfurt am Main, Iberoamericana/Vervuert, 2004, vol. I, pp. 905-916. *Vid. et.* Lola González, «El motivo de la mujer vestida de hombre a la luz del *Arte nuevo de hacer comedias*. A propósito de *La serrana de la Vera*, de Lope de Vega», en Germán Vega García-Luengos y Héctor Urzáiz Tortajada, eds., *Cuatrocientos años del Arte nuevo de hacer comedias de Lope de Vega. Actas selectas del XIV Congreso de la Asociación Internacional de Teatro Español y Novohispano de los Siglos de Oro. Olmedo, 20 al 23 de julio de 2009*, Valladolid, Universidad de Valladolid (Serie Literatura; Col. Olmedo Clásico, 4), 2010, vol. 2, pp. 545-552.

127. Diego Marín, *Uso y función de la versificación dramática en Lope de Vega*, Valencia, Castalia (Col. Estudios de Hispanófila, 2), 1968.

128. Fausta Antonucci, ed., *Métrica y estructura dramática en el teatro de Lope de Vega*, Kassel, Reichenberger (Col. Teatro del Siglo de Oro; Estudios de Literatura, 103), 2007.

ción de la comedia, como la alternancia de escenas, siendo útil para observar una aplicación directa de la versificación. Por su parte, el volumen editado por Antonucci trata la versificación en períodos concretos como el primer Lope o en comedias específicas, como *Las bizarrías de Belisa*, *El perro del hortelano* o *Peribáñez y el comendador de Ocaña*.

Se ha prestado mucha atención a las fuentes que sirven a Lope para construir los argumentos de sus obras, como la materia del escritor renacentista italiano Matteo Bandello, pero también se han estudiado los mitos que sirven de referencia al Fénix y, relacionado con el epígrafe anterior, la implicación que las canciones tradicionales o la lírica castellana han tenido en las obras lopescas. Pueden leerse los libros de Jacas Kirschner y Clavero Cropper[129] y de Díez de Revenga,[130] respectivamente.

Las leyendas castellanas también están en la base de algunas comedias históricas de Lope, como sucede en la comedia *El conde Fernán González*, caso que fue analizado pormenorizadamente por Grande Quejigo y Roso Díaz.[131]

La representación de comedias de Lope engloba, igualmente, varios estudios que merecen una reflexión.

Penas Ibáñez[132] analiza cuantitativa y cualitativamente ciertos elementos semánticos y semiológicos en obras dramáticas del Fénix pertenecientes a distintas temáticas.

129. Teresa Jacas Kirschner y Dolores Clavero Cropper, *Mito e historia en el teatro de Lope de Vega*, Alicante, Universidad de Alicante, 2007.

130. Francisco Javier Díez de Revenga, *Teatro de Lope de Vega y lírica tradicional*, Murcia, Universidad de Murcia (Col. Publicaciones del Departamento de Literatura Española, 10), 1983.

131. Francisco Javier Grande Quejigo y José Roso Díaz, «Edad Media y Barroco: una reinterpretación propagandística de la figura de Fernán González», *Hesperia. Anuario de filología hispánica*, VIII (2005), pp. 85-101.

132. María Azucena Penas Ibáñez, *El lenguaje dramático de Lope de Vega*, Cáceres, Servicio de Publicaciones de la Universidad de Extremadura (Col. Anejos del *Anuario de Estudios Filológicos*, 16), 1996.

Profeti[133] edita tres volúmenes —de los que ha sido esencialmente relevante para la presente investigación el segundo de ellos— como resultado de un congreso. Está dedicado íntegramente al teatro lopesco (si bien el tercero contiene algunos trabajos tangencialmente dramáticos, de menor interés en este momento). Destacan «Lope: construcción de espacios dramáticos» (pp. 23-36), de Aurelio González, y «La figura femenina del donaire en el teatro de Lope de Vega» (pp. 75-83), de Paloma Fanconi Villar, de cuyas lecturas se ha extraído una clara diferencia entre la mera información dramática al auditorio y la creación de anagnórisis.

Un volumen dedicado al montaje dramático, a los recursos escenográficos, a la función del personaje colectivo, al ambiente que envuelve las comedias de Lope y al papel que desempeña el público (o, al menos, a lo que se espera de él) es el que firma Jacas Kirschner, para quien Lope, con «el uso del sonido, de la posición o gesticulación de un personaje y del aparato escénico (tramoyas, bofetones o simples cortinas) logra enmarcar la ensoñación de forma que su público queda involucrado en el desvelamiento de las zonas oscuras del alma de sus personajes».[134]

Procede mencionar algunos trabajos sobre la poética dramática de Lope de Vega y su relación con los preceptos neoaristotélicos. En concreto, para este estudio han sido de especial interés las investigaciones de Entrambasaguas[135] sobre la polémica que mantuvo Lope con los preceptistas aristotélicos. Explica las críticas de teóricos como Alonso López Pinciano y Francisco Cascales al teatro del autor barroco, pero también se centra en las disputas (en ocasiones, por celos) con escritores como Julián de Armendáriz, Miguel de Cervantes, Andrés Rey de Artieda, Cristóbal de Mesa, Cristóbal Suárez

133. Maria Grazia Profeti, ed., «Otro Lope no ha de haber». *Atti del Convegno Internazionale su Lope de Vega. 10-13 Febbraio 1999*, Florencia, Alinea Editrice (Col. Secoli d'Oro, 13, 14, 15), 2000, 3 vols.

134. Teresa Jacas Kirschner, *Técnicas de representación en Lope de Vega*, Londres, Tamesis (Col. Támesis; Serie A, Monografías, 171), 1998, p. 137.

135. Joaquín de Entrambasaguas, *Estudios sobre Lope de Vega*, Madrid, Consejo Superior de Investigaciones Científicas, 1946-1958, 3 vols.

de Figueroa y, sobre todo, Pedro de Torres Rámila, quien publicó en 1617 la ya citada *Spongia*, una obra perdida que criticaba la producción e intelecto de Lope y que tuvo su respuesta en la *Expostulatio Spongiae* y otros escritos provenientes de los defensores de Lope.

Más allá del clásico y todavía útil repertorio de poéticas de Prades,[136] Llanos López[137] hace un exhaustivo análisis de la idea de comedia que se tiene en las preceptivas escritas desde la Antigüedad grecolatina (con un amplio estudio de la teoría aristotélica, que excede al propio filósofo) hasta el siglo XVII.

Ley[138] advierte que Lope leyó a autores como Elio Donato (gramático del siglo IV) y Francesco Robortello (siglo XVI), de donde extrajo algunos juicios para su *Arte nuevo de hacer comedias*.

Por su parte, González Maestro[139] explica que el Fénix no rompió, ni en el *Arte nuevo* ni en sus textos, con las ideas aristotélicas, sino que respetó la base de la poética del Estagirita, como los conceptos de *causalidad* y *verosimilitud*. El autor sostiene que el opúsculo de Lope es una interpretación barroca de la *Poética* de Aristóteles, que basa el hecho teatral en la experiencia dramática y en su recepción.

Green[140] defiende una interesante visión sobre el final de las comedias españolas del Siglo de Oro, que vuelven al orden social

136. Juana de José Prades, *La teoría literaria (retóricas, poéticas, preceptivas, etc.)*, Madrid, Instituto de Estudios Madrileños (Col. Monografías Bibliográficas, III), 1954.

137. Rosana Llanos López, *Historia de la teoría de la comedia*, Madrid, Arco Libros (Col. Perspectivas), 2007.

138. Charles David Ley, «Lope de Vega y los conceptos teatrales de Aristóteles», en Maxime Chevalier, François Lopez, Joseph Pérez y Noël Salomon (†), dirs., *Actas del Quinto Congreso Internacional de Hispanistas. Celebrado en Bordeaux del 2 al 8 de septiembre de 1974*, Burdeos, Instituto de Estudios Ibéricos e Iberoamericanos de la Universidad de Burdeos III, 1971, vol. II, pp. 579-585.

139. Jesús González Maestro, «Aristóteles, Cervantes y Lope: el *Arte nuevo*. De la poética especulativa a la poética experimental», *Anuario Lope de Vega*, IV (1998), pp. 193-208.

140. Otis H. Green, «Lope and Cervantes: *Peripeteia* and Resolution», en A. David Kossoff y José Amor y Vázquez, eds., *Homenaje a William L. Fichter. Estudios sobre el teatro antiguo hispánico y otros ensayos*, Madrid, Castalia, 1971, pp. 249-256.

preestablecido como resolución a la deformación que efectúa la peripecia en el desarrollo de la pieza. Años antes ya proclamó esta postura Parker[141] al considerar el matrimonio de los finales de las obras como garantes de la estabilidad del orden social.

El *Arte nuevo de hacer comedias en este tiempo* es ese breve trabajo de preceptiva dramática que Lope de Vega publicó en 1609. De él se han hecho varias ediciones y se han publicado numerosos estudios, aunque pueden citarse las investigaciones de Rozas López[142] para desentrañar con maestría los distintos aspectos que transmite el opúsculo y de Cañas Murillo[143] para describir el contexto académico en el que surge el tratado.

En cualquier caso, el enfoque de la crítica hacia el teatro de Lope de Vega se ha centrado en varias particularidades (también generalidades) que, en mayor o menor medida, están relacionadas con el recurso de la anagnórisis. La riqueza artística del Fénix y las investigaciones científicas sobre su producción han colocado la dramaturgia lopesca en el canon del teatro universal, como estudia García Santo-Tomás.[144]

2.3. El corpus de comedias de Lope de Vega

Lope de Vega escribió varios cientos de comedias a lo largo de su vida, lo que resulta una producción ingente. Sin embargo, no todos los títulos que se proponen como de autoría lopesca lo son, de tal modo que, según Morley y Bruerton, existen «comedias

141. Alexander A. Parker, «The Approach to the Spanish Drama of the Golden Age», *The Tulane Drama Review*, vol. 4, 1 (1959), pp. 42-59.

142. Juan Manuel Rozas López, *Significado y doctrina del* Arte nuevo *de Lope de Vega*, Madrid, Sociedad General Española de Librería (Col. Temas, 9), 1976.

143. Jesús Cañas Murillo, «Texto y contexto en el *Arte nuevo* de Lope de Vega», *Analecta Malacitana*, XXXV, 1-2 (2012), pp. 37-59.

144. Enrique García Santo-Tomás, *La creación del «Fénix». Recepción crítica y formación canónica del teatro de Lope de Vega*, Madrid, Gredos (Col. Biblioteca Románica Hispánica; II. Estudios y ensayos, 421), 2000.

auténticas»,[145] «comedias que probablemente son de Lope»,[146] «comedias dudosas»[147] y «textos que no son de Lope».[148]

La división de la producción dramática de Lope en tres fases pertenece, ya, a la tradición, aunque los estudiosos han propuesto varias periodizaciones o, acaso, han modificado las denominaciones o las fechas que se toman para el inicio y término de cada etapa.

Para Weber de Kurlat, metodológicamente, el Lope-Lope «resume una obra de estructura formalizada, de madurez, típica de su autor y su género»,[149] mientras que el Lope-preLope «implica que la obra no ha alcanzado la condición señalada».[150] Asume que el año de 1590 es la frontera entre ambas fases, cuando el pre-Lope va quedando atrás.

Por su parte, Cañas Murillo[151] entiende que el conjunto de piezas fechadas entre 1588 y 1595 constituyen un conglomerado con características similares, especialmente las relativas a determinados temas, como el del honor. Así, vinculando la trayectoria vital del Fénix con su producción teatral, Cañas denomina «comedias del destierro» a ese conjunto de obras que Lope escribió en dicho período, localizado a ambos lados de la frontera que Weber de Kurlat situó para el final del Lope-preLope.

Rozas advirtió una serie de características y circunstancias que le llevaron a hablar del Lope *de senectute*,[152] un ciclo de obras (más

145. Sylvanus Griswold Morley y Courtney Bruerton, *Cronología de las comedias de Lope de Vega. Con un examen de las atribuciones dudosas, basado todo ello en un estudio de su versificación estrófica*, *op. cit.*, p. 590 y ss.

146. *Ibid.*, p. 601 y ss.

147. *Ibid.*, p. 603 y ss.

148. *Ibid.*, pp. 606-607.

149. Frida Weber de Kurlat, «El Lope-Lope y Lope-preLope. Formación del subcódigo de la comedia de Lope y su época», *Segismundo*, *op. cit.*, p. 115.

150. *Ibid.*, *loc. cit.*

151. Jesús Cañas Murillo, *Honor y honra en el primer Lope de Vega: las comedias del destierro*, *op. cit.*, p. 23.

152. Juan Manuel Rozas López, «Lope de Vega y Felipe IV en el "ciclo *de senectute*"», en Jesús Cañas Murillo, ed., *Estudios sobre Lope de Vega*, *op. cit.*, p. 75.

allá del género teatral) situadas entre 1627 (año de la firma del primer testamento del Fénix) y 1635 (fecha de su muerte). Dividió esta fase en dos períodos: «la etapa en la que se va gestando, de 1627 a 1630 [...]; y la específica y definitiva, [...] que va de principios de 1631 hasta su muerte».[153] Además, Rozas acuñó la forma «Lope-postLope» para referirse a esos rasgos finales que están presentes en la obra del Fénix: «creo que hay que crear un nuevo término y hablar de un post-Lope».[154] La misma nomenclatura siguió Profeti al afirmar que «como existe un Lope pre-Lope, según estudió Weber de Kurlat, existe un Lope post-Lope, que supera su propia fórmula de inicio de siglo, y que no tiene nada de *senex*».[155]

Según los distintos lopistas, el Fénix fue evolucionando en su poética, y esos cambios son más o menos visibles a partir de las fechas que se han propuesto. Como síntesis, se opta por la siguiente división en tres etapas:

- Lope joven: Este primer Lope existe desde 1579, fecha *post quem* de composición de su primera comedia conservada —*Los hechos de Garcilaso de la Vega y moro Tarfe*—, hasta 1595, cuando finaliza su destierro.
- Lope maduro: La mayor parte de su obra coincide con esta fase, enmarcada entre 1595 y 1627, año de la firma de su primer testamento.
- Lope viejo: Sin que la nomenclatura sirva para expresar características literarias de sus obras, esta fase final del dramaturgo se sitúa entre 1627 y 1635, año de su fallecimiento.

153. *Ibid.*, p. 83.

154. Juan Manuel Rozas López, «Texto y contexto en *El castigo sin venganza*», en Jesús Cañas Murillo, ed., *Estudios sobre Lope de Vega*, *op. cit.*, p. 377.

155. Maria Grazia Profeti, «El último Lope», en Felipe Blas Pedraza Jiménez y Rafael González Cañal, eds., *La década de oro de la comedia española, 1630-1640. Actas de las XIX Jornadas de teatro clásico. Almagro, julio de 1996*, Almagro, Universidad de Castilla-La Mancha/Festival de Almagro (Col. Corral de Comedias, 7), 1997, p. 39.

2.4. Las clasificaciones del teatro de Lope de Vega

Aunque se han propuesto varias a lo largo de los años (unas con mayor fortuna que otras para la crítica), se resumen, a continuación, algunas de las clasificaciones del teatro de Lope por las que los estudiosos han apostado a lo largo del siglo xx.

Menéndez y Pelayo[156] —además de los autos (sacramentales, del Corpus y del nacimiento), de los coloquios de devoción y otras piezas religiosas breves, de las loas y de los entremeses— clasifica las comedias en los siguientes grupos temáticos: comedias religiosas (fundadas en asuntos del Antiguo Testamento, del Nuevo Testamento, en vidas de santos y otras personas piadosas y en leyendas o tradiciones devotas), mitológicas, de argumentos de la historia clásica, de historia extranjera, de crónicas y leyendas dramáticas de España, novelescas (pastoriles, caballerescas y fundadas en fábulas), románticas, de costumbres (de malas costumbres y de costumbres urbanas y caballerescas) y aristocráticas o palatinas.

Rozas,[157] por su parte, asumió «tres grandes grupos: las obras que tienen como base una historia (sea mitológica, bíblica, hagiográfica, cronística o legendaria); las que proceden de una fuente novelesca; y las que crecen desde la propia invención, retratando e idealizando, a la vez, la realidad de su tiempo, ya en tono palaciego, ya en el medio urbano, ya en ambiente pastoril o rústico».

Vitse y Serralta[158] dividen la comedia en comedia seria (que será palatina o heroica), cómica (palaciega, de capa y espada o de figurón), burlesca y teatro menor. Frente a la comedia sitúa la tragedia.

156. Marcelino Menéndez y Pelayo, *Estudios sobre el teatro de Lope de Vega*, *op. cit.*, vol. I, pp. 6-10.

157. Juan Manuel Rozas López, «La obra dramática de Lope de Vega. Introducción», en Francisco Rico Manrique, ed., *Historia y crítica de la literatura española*, Barcelona, Crítica, 1983, vol. III: «Siglos de Oro: Barroco», pp. 302-303.

158. Marc Vitse y Frédéric Serralta, «El teatro en el siglo XVII», en José María Díez Borque, dir., *Historia del teatro en España*, Madrid, Taurus, 1990, tomo I: «Edad Media. Siglo XVI. Siglo XVII», p. 520.

Oleza[159] opina, sin negar el concepto de tragicomedia, que Lope cultivó dos macrogéneros: el drama y la comedia, distinguiendo entre las comedias pastoriles, mitológicas, palatinas, urbanas de capa y espada, picarescas, dramas privados de la honra, dramas históricos de la honra o dramas de hechos famosos.

Arellano[160] diferencia entre obras dramáticas *serias* (las tragedias, las comedias serias, los autos y las loas sacramentales) y *cómicas* (de capa y espada, de figurón, palatinas, burlescas, entremeses y otras piezas de teatro breve cómicas).

3. *La dama boba* y *El perro del hortelano*

Estas dos comedias fueron escritas por Lope de Vega en 1613, y presentan algunos puntos de concomitancia en relación con su análisis interno que merece la pena explicar de manera unitaria,[161] pues tal es el propósito de este volumen y de estas ediciones. Ello no implica, sin embargo, que no existan elementos de disimilitud entre una y otra pieza.

Lo cierto es que son dos obras teatrales muy conocidas en el panorama dramático lopeveguesco; forman parte de ese canon de diez o doce obras que han sido siempre conocidas y que siguen

159. Joan Oleza Simó, «Los géneros en el teatro de Lope de Vega: el rumor de las diferencias», en Ignacio Arellano Ayuso, Víctor García Ruiz y Marc Vitse, eds., *Del horror a la risa. Los géneros dramáticos clásicos*, Kassel, Reichenberger (Col. Teatro del Siglo de Oro. Estudios de literatura, 21), 1994, p. 241.

160. Ignacio Arellano Ayuso, *Historia del teatro español del siglo XVII*, Madrid, Cátedra (Col. Crítica y estudios literarios), 1995, pp. 138-139.

161. No es el único caso, ni mucho menos, que permite la sistematización de los análisis de comedias de Lope a partir de estudios conjuntos. Otro ejemplo es el realizado, a propósito de *El remedio en la desdicha* y *Fuente Ovejuna*, en Ismael López Martín, «Paralelismos en la doble acción dramática: el caso de dos comedias lopescas», en Alberto Escalante Varona, Ismael López Martín, Guadalupe Nieto Caballero y Antonio Rivero Machina, eds., *Nuevas perspectivas y aproximaciones sobre la crítica de la literatura en español*, Madrid, Liceus (Col. Cultura y Filologías Clásicas), 2018, pp. 67-82.

perteneciendo al acervo teatral español, con recurrentes montajes y adaptaciones cinematográficas.

3.1. La tipología y el cronotopo

Se trata de dos comedias urbanas, si bien *El perro del hortelano* podría encuadrarse dentro de la vertiente palatina. Una y otra ambientan sus acciones en lugares bien conocidos: la castiza Madrid en el caso de *La dama boba* —con alguna referencia al municipio toledano de Illescas— y la virreinal y noble Nápoles en *El perro del hortelano*. En cuanto al tiempo, ciertamente cada jornada dura un día, aunque entre una y otra transcurra un lapso indeterminado, de tal manera que es muy difícil precisar el tiempo interno de las comedias, si bien parece que *La dama boba* se desarrolla en unos dos meses. Precisamente este aspecto es controvertido en la poética de Lope: los preceptistas neoaristotélicos postulaban una unidad de tiempo verosímil y más o menos acotada, aunque el Fénix entendió que solo en los momentos de representación (cada acto o jornada) se aplicaría esa unidad, sin contravenir del todo los preceptos del filósofo estagirita.[162]

3.2. Los personajes y los temas

Lope propone unos personajes que tienen sus relaciones en una y otra obra, y esto es así porque todos están construidos sobre los tipos de la comedia nueva, es decir, siguiendo las notas que los definen en esa fórmula teatral.

En las dos obras aparece una pareja protagonista, pero la diferencia entre las realidades de una y otra viene motivada por la

162. Para comprobar cómo Lope de Vega no rompió radicalmente con las reglas aristotélicas y sí con las neoaristotélicas de los preceptistas del Siglo de Oro, eminentemente italianos, véanse Ismael López Martín, «Lope de Vega y el descubrimiento de la verdad en la comedia nueva», *Dicenda*, 32, número especial (2014), pp. 59-71, e Ismael López Martín, *La anagnórisis en la obra dramática de Lope de Vega*, *op. cit.*

preponderancia de uno u otro tema en la pieza. Así, en *La dama boba*, la pareja protagonista está integrada por dos hermanas, Nise y Finea, que presentan unas características dispares. Ahora no será el tema del amor el que específica y primeramente oriente la distribución de personajes, sino el de las relaciones paternofiliales, que también es uno de los más recurrentes de toda la comedia nueva, junto con el de la monarquía teocéntrica o, sobre todo, el binomio amor-honor. La descripción etopéyica se antoja fundamental en la configuración de los agonistas. Por un lado, Nise es una dama que presenta características propias de su tipo, como la discreción, pero también de las del viejo, como la sabiduría, llegando a ser, en ocasiones, *bachillera*, un carácter poco aconsejable para una mujer según los cánones del momento. Finea, por su parte, no es un alarde de erudición, más al contrario, es ducha en falta de entendimiento y sabiduría, en bobería, que da nombre a la pieza. Así, debido a la disparidad de caracteres, el padre de ambas, Otavio, otorga a cada una la dote que considera necesaria para poder casarlas con los galanes debidos, desarrollándose, de este modo, el tema de las relaciones paternofiliales.

El perro del hortelano tiene un protagonista dual basado en el arquetipo de la pareja de enamorados que protagonizan la dama y el galán. Diana, condesa de Belflor, es un personaje construido a partir del tipo cómico de la dama, y advierte características como la delicadeza, el buen hablar y la sutileza, pero también la intransigencia, los celos y la altivez. Es por ello por lo que Diana se siente enamorada, pero su alta posición social, dentro de la nobleza, le impide acercarse a su amado, su secretario plebeyo. La condesa utiliza tanto al secretario como a otros personajes para tejer redes que caminen a su favor, sembrando discordias y celos entre otros agonistas, como Marcela, criada. El secretario, Teodoro, es un plebeyo, y también se siente atraído por Diana, aunque explique que ama a alguna criada. Lo cierto es que la diferencia social existente entre Diana y Teodoro impide su relación sentimental. El galán es locuaz, vivo y sumiso, pero también advierte momentos de cierta rebeldía —siempre prudente— y templanza. El escollo que impide su relación se elimina mediante una estratagema que confiere a Teodoro cierta nobleza al descender de la alta cuna de un noble que había perdido a su hijo, que resultó ser el secretario. Así, finalmente pueden «servir al amor» sin contravenir las normas sociales del decoro.

En una y otra comedia el resto de personajes están construidos bajo el tipo del criado (que también se muestra gracioso), aunque encontramos algún viejo y algún ligero ejemplo de poderoso. No aparecen figurones.

Los criados y lacayos de Diana y de Teodoro no hacen sino acompañar a sus amos, servirles de confidentes e introducir notas de comicidad, siendo reflejo de las relaciones amorosas de sus dueños. En el caso de *La dama boba*, además de los criados también son interesantes los galanes, que no solo se distribuyen los amores de las dos damas protagonistas, sino que también se muestran criados y servidores de los caracteres introspectivos de una y otra.

Como se ha dicho, el amor y las relaciones paternofiliales son los dos temas o contenidos principales de cada una de las obras. En el caso de *La dama boba* es fundamental el tema de las relaciones paternofiliales que ejerce el padre de las dos damas protagonistas hacia ellas: ha de casarla, y, para ello, siendo consciente de las particularidades de cada una —y tomando partido al otorgar una diferencia cuantitativa en forma de dinero al carácter de una y otra— concede dotes diferentes, las cuales, se prevé, han de facilitar el matrimonio de una y otra. El amor sazona todos los incidentes de *El perro del hortelano*, y lo hace estructurando la obra en diferentes secuencias o escenas orientadas que contienen un juego de dimes y diretes, de informaciones ocultas, de hablar equívoco, de apartes y de dobles sentidos que no vienen a poner más que unos cómicos pretextos para una relación amorosa prohibida por una cuestión de honor: la diferencia de posición social entre los dos enamorados, Diana, condesa de Belflor, y Teodoro, su secretario. Cuando finalmente se propone la resolución de ese conflicto vinculado con el decoro y con esa otra perspectiva del tema bicefálico que es el honor, la relación amorosa puede llevarse a término.

3.3. Los recursos compositivos

Tanto en *La dama boba* como en *El perro del hortelano* se asiste a la modulación de la acción, de los agonistas, de los temas o del significado a través de la implementación de una serie de recursos de composición con aplicación dramática que no solo están presentes en estas dos comedias, sino que forman parte de la propia idiosincrasia de la poética lopesca, pero no de forma exclusiva, aunque se ha de reconocer que estos recursos dramáticos están presentes en toda su obra dramática, y por eso se recogen a continuación, citando obras de Lope que los albergan.

Estos recursos dramáticos son mecanismos que utiliza Lope para potenciar el funcionamiento de una comedia en todos sus aspectos.[163] Pertenecen a la tradición y a la técnica literaria en general, ya que pueden aparecer en otros géneros y son cultivados por otros autores; algunos son lingüísticos. Los recursos también pueden relacionarse entre ellos.

Aunque no todos tienen la misma importancia ni se utilizan con la misma frecuencia, se han registrado decenas de recursos en las comedias de Lope. Algunos de ellos, a su vez, presentan subclasificaciones. Para facilitar su consulta, se explica cada uno de ellos siguiendo un orden alfabético con algunos ejemplos de títulos de comedias lopescas que los incluyen.

La *acumulación de incidentes anticlimáticos* es un recurso que supone la sucesión, en un breve espacio de tiempo, de una serie de escenas encaminadas a rebajar la tensión dramática en una comedia. Aparece en *Belardo, el furioso* y en *Los locos de Valencia*, por ejemplo.

El caso inverso es la *acumulación de incidentes climáticos*, que contribuyen a mantener la expectación y la tensión en la obra, obligando a los espectadores a mantener su atención. Se encuentra en *Laura perseguida* o en *El galán escarmentado*.

163. *Vid.* Lope Félix de Vega Carpio, *Fuente Ovejuna*, Jesús Cañas Murillo, ed., Madrid, Libertarias (Col. Clásicos Libertarias, 14), 1998, pp. 37-39.

La *acumulación de justificaciones* es un recurso didáctico que surge de la necesidad de explicar el comportamiento de un personaje o el motivo de por qué el argumento se desarrolla del modo que sea. Se trata de una técnica importante para la recepción de la obra porque, si algo no se justifica, podría tener problemas con la censura, ya sea la de representación o la de impresión. *Las justas de Tebas y reina de las Amazonas* y *El cuerdo loco* tienen fragmentos en las que aparece este recurso.

La *alegoría* es una herramienta especialmente compleja que aparece en el teatro popular que escribe Lope de Vega por contaminación del auto sacramental. Implica el desarrollo de una comparación general que permita explicar de un modo más claro el significado de determinadas simbologías, cosmovisiones o asociación de elementos o personajes. Se ha localizado en *Las Batuecas del duque de Alba* y en *San Isidro, labrador de Madrid*.

La *alternancia entre sucesos narrados y escenificados* aparece para aumentar la intriga o para evitar actos violentos, ya que aquellos que son representados ante el auditorio suelen tener un contenido más liviano y anticlimático que los que se representan fuera de escena y, posteriormente, se cuentan al público. En *La octava maravilla* y en *Los Tellos de Meneses* está presente.

Una *alusión histórica* es un recurso didáctico que implica la inclusión en la obra de alguna referencia a la historia universal para ambientar una acción, para caracterizar un personaje o para aclarar mediante ejemplo algún suceso que esté desarrollándose en la comedia. Está presente en *El casamiento en la muerte* y en *Lo fingido verdadero*.

La *alusión literaria*, por su parte, anota un eco de la historia de la literatura, bien a través de una cita transcrita, bien a través del recuerdo de alguna obra. Lope emplea este recurso en *La viuda valenciana* y en *El desprecio agradecido*.

Es *alusión mitológica* la que permite la referencia o la caracterización de personajes a través de la atribución de propiedades de la tradición clásica grecolatina. En *Adonis y Venus* y en *La boba para los otros y discreta para sí* está presente.

Una última referencia didáctica es la *alusión religiosa*, que concita vínculos con los libros sagrados o las tradiciones religiosas, aunque el Fénix dará mayor importancia a la cristiana. Se encuentra en *Las almenas de Toro* y en *El mejor alcalde, el rey*.

Los *amores entrecruzados* son un procedimiento de generación de clímax y de conflicto que Lope y otros dramaturgos utilizan, con frecuencia, en relación con el motivo de las correspondencias entre amantes. Generalmente existe una pareja basada en términos de dama-galán a la que se incorporan dos terceros que se enamoran de la pareja principal, cuyos integrantes les corresponden ante la mirada celosa del potencial candidato a recibir el amor con total garantía. Es habitual que, a medida que avanza el conflicto, el binomio principal de dama-galán vuelva a unirse y que, incluso, los dos terceros lleguen a una correspondencia amorosa. Dos obras en las que aparece este recurso son *El perseguido* y *El desposorio encubierto*.

La *anagnórisis*, *agnición* o *reconocimiento* es un recurso que implica la revelación de la verdad acerca de la identidad o cualquier naturaleza de un personaje o una situación, especialmente cuando ello devenga en modificaciones o alteraciones de la acción o de algunos de sus incidentes.

La *analepsis* o *retrospección* es el recuerdo de incidentes que han ocurrido con anterioridad en la acción o que han tenido lugar en la prehistoria de la comedia. También puede recordar características o antecedentes de personajes y de sus verdaderas identidades. Se encuentra en *El enemigo engañado* y en *El lacayo fingido*.

Una *antífrasis* es la atribución a un personaje de una cualidad opuesta a la que realmente posee. En *El leal criado* y en *La bella malmaridada* está presente.

El *aparte* es un recurso típico del teatro. Consiste en la situación que enmarca la intervención de un personaje, que se comunica con otro o con el público sin que otros agonistas que se encuentren en escena se percaten de ello o, al menos, que no acierten a entender o a interpretar el contenido del parlamento. Se registra en *El Argel fingido y renegado de amor* y en *El caballero de Illescas*.

La *burla* es un procedimiento general del que se sirve Lope para marcar determinados elementos de una comedia con el fin de expresar sus verdaderas características a través de la comicidad.

Engloba tres procedimientos: la ironía, la parodia y la sátira. La *ironía* es el mecanismo que utiliza el autor para señalar características antifrásticas de un personaje o elemento de la comedia de modo cómico o, incluso, peyorativo. La *parodia* es el fenómeno intertextual que señala cómica o mordazmente las características de un texto que lo alejan del canon. La *sátira* ridiculiza los malos comportamientos para intentar corregirlos o para infundir en el público una noción dicotómica entre vicio-castigo y virtud-premio. Para ampliar el alcance de estas definiciones consúltese el trabajo de Hutcheon.[164] Se encuentra la ironía en *Las Batuecas del duque de Alba*. Hay parodia en *El dómine Lucas* y en *El remedio en la desdicha*. La sátira aparece, por ejemplo, en *La ingratitud vengada* y en *La viuda valenciana*.

Un *comentario didáctico* es una apostilla que Lope introduce en las obras para permitir al público reflexionar sobre determinados asuntos que resaltan los personajes y que están relacionados con la doctrina que se pretende transmitir. Este recurso está presente en *La boda entre dos maridos* y en *El duque de Viseo*.

La *comparación didáctica* explica mediante el símil y utilizando un esquema tópico alguna alusión cultural o un componente de la moraleja de la pieza. En primer lugar expone una idea, después la ejemplifica y, posteriormente, la aplica a la historia que la enmarca. Se encuentra en *San Segundo* y en *Fuente Ovejuna*.

El *contraste* es uno de los procedimientos más empleados por Lope de Vega. Se trata de la presentación de dos o más elementos antitéticos u opuestos que permiten conocer mejor determinadas características de la acción, de los personajes o de los temas de una comedia. Además, funciona muy bien con relación al didactismo de la obra y como mecanismo de generación de clímax. Si se enfrentan dos elementos aparece un *contraste dual*; en el caso de que sean más, sería un *contraste múltiple*. Al primero de ellos pertenece el *enfrentamiento dual* —físico o dialéctico— y la *oposición binaria*. Mientras que esta consiste en la dicotomía entre dos elementos o

164. Linda Hutcheon, *A Theory of Parody: The Teachings of Twentieth-century Art Forms*, Urbana/Chicago, University of Illinois Press, 2000.

características de personajes y aparece en *Los hechos de Garcilaso de la Vega y moro Tarfe* o en *La prueba de los amigos*, el *enfrentamiento dual dialéctico* es el desafío que se produce entre dos personajes por vía oral, como una discusión en *Los españoles en Flandes* y de *El ingrato arrepentido*; y el *enfrentamiento dual físico* es una disputa entre dos agonistas que rivalizan por un caso de honor u otro asunto relacionado con la temática de la comedia (está presente en *Jorge Toledano* y en *El primer rey de Castilla*).[165] Un modo particular de oposición binaria es la *oposición entre apariencia y realidad*, un recurso fundamentalmente didáctico que funciona creando interés por la acción y que, a menudo, se resuelve a través de un proceso de agnición; se registra en *El testimonio vengado* y en *El bastardo Mudarra y los siete infantes de Lara*. Cuando se oponen más de dos elementos pueden aparecen el *enfrentamiento múltiple* y la *oposición múltiple*. Esta aparece en *Laura perseguida* y en *El casamiento en la muerte*. El otro caso puede referirse a un *enfrentamiento múltiple dialéctico*, como se localiza en *Belardo, el furioso* y en *La serrana de Tormes*, o a un *enfrentamiento múltiple físico*, con ejemplos en *Los amores de Albanio e Ismenia* y en *La Santa Liga*. Además del número de objetos opuestos, no existen diferencias entre los contrastes duales y los múltiples.

La *conversación informativa* es el medio de realizar análisis de situaciones o de personajes, además de servir para comunicar antecedentes y desencadenar incidentes climáticos. No debe confundirse la anagnórisis con los sucesos (aunque sean climáticos o estén cargados de expectación) ni con las conversaciones informativas entre distintos personajes. La diferencia está en que la agnición es un recurso que, aunque a veces puede ser similar, presenta una estructura de causa-efecto superior a las conversaciones informativas y puede, en la mayoría de las situaciones, hacer cambiar o provocar un punto de inflexión importante en el desarrollo de la acción de ma-

165. Es frecuente que los enfrentamientos duales físicos acaben con daños, duelos, venganzas y muertes, tal y como se explica en Ismael López Martín, «El dolor y la muerte en las comedias de Lope de Vega», *Transitions*, 10 (2014), pp. 41-63.

nera súbita: la peripecia aristotélica. Con todo, se recogen conversaciones informativas en *El perseguido* y en *El desposorio encubierto*.

El *engaño* es un mecanismo básico en la comedia nueva barroca, y consiste en la ocultación de la realidad por muy diversos procedimientos, tal y como estudió Roso Díaz a propósito del drama lopesco.[166] En muchos casos supone el paso previo al reconocimiento, y el Fénix lo resuelve a través de una anagnórisis. Se registra en *Los embustes de Celauro* y en *La doncella Teodor*.

El *enredo* es la base de la comedia, pero Lope lo utiliza de distintas formas: puede ser producto de la casualidad o de la racionalidad. Poco a poco Lope es capaz de crear un tejido de enredos muy complejo que se resuelve con relativa pausa y sin recurrir a procedimientos inverosímiles y generales, propios de la primera etapa de su producción. En *Servir a señor discreto* y en *El poder vencido y amor premiado* hay enredo.

Una *escena de transición* tiene poco contenido argumental y su función es establecer la relación entre dos acciones o dos situaciones diferentes evitando que se produzcan cortes abruptos. En el teatro barroco tenía una importancia capital al principio de las jornadas segunda y tercera para, por ejemplo, recordar al espectador el final del acto inmediatamente anterior, cuyo hilo conductor podían haber perdido por la inclusión de alguna pieza de teatro breve en la representación. Hay escenas de transición en *La discreta enamorada* y en *La dama boba*.

La *expectación* aparece en un momento puntual de la acción que contiene gran interés climático para los espectadores, y estos se predisponen para que los incidentes se sucedan seguidamente con mayor celeridad. Está muy relacionado con la intriga y la tensión dramática. Hay expectación en *El gran duque de Moscovia y emperador perseguido* y *El laberinto de Creta*.

Aunque no en todos los casos, la *forma épica* suele aparecer en las obras barrocas de contenido histórico. Se trata de una forma especial de composición en la que se concibe la comedia como una

166. José Roso Díaz, *Tipología de engaños en la obra dramática de Lope de Vega*, *op. cit.*

sucesión de escenas, en cada una de las cuales se incluyen los sucesos más importantes del argumento. Dichas escenas se enlazan a través del recurso de la escena de transición. Aunque en el teatro clásico español se observan algunas de sus características, fue el alemán Bertolt Brecht quien, ya en el siglo XX, definió claramente y cultivó este tipo de dramaturgia. En las obras de Lope se registran casos en *Los donaires de Matico* y en *El marqués de Mantua.*

La *hipérbole* es una figura literaria que consiste en la exacerbación de las características de un tema o, sobre todo para el caso del drama lopesco, de los rasgos de un agonista. Está presente en *Los locos de Valencia* y en *El mármol de Felisardo.*

La introducción *in medias res* hace que una comedia no empiece la historia que va tratar desde el principio, sino que lo haga desde un punto intermedio; y, por tanto, será algún personaje el que se encargue de dar nociones al público sobre los hechos que no han sido representados y que —se supone— forman parte de la prehistoria de la comedia. Una de las técnicas más empleadas para dar cuenta de ese comienzo truncado es la de la anagnórisis. En obras como *La serrana de La Vera* y *La varona castellana* están, ambos recursos, presentes.

La *introspección* consiste en el análisis que un personaje hace de sí mismo. A menudo va acompañado de reflexiones emotivas y de sucesos que ayudan al auditorio a entender mejor a un agonista. *El ejemplo de casadas y prueba de la paciencia* y *El cuerdo loco* son obras que contienen ejemplos de este recurso.

La *justicia poética*, generalmente impartida al final de las comedias, se refiere a la distribución de premios a las virtudes y castigos a los vicios que otorga el dramaturgo a través de algún personaje dotado de autoridad, de la intervención divina o del destino (este último procedimiento es el menos frecuente). Perfecciona la moraleja que Lope pretende transmitir y permite a los espectadores acercarse con garantías al significado de la pieza. Hay ejemplos en *El lacayo fingido* y en *Peribáñez y el comendador de Ocaña.*

Un *largo parlamento* es una intervención extensa de un personaje en la que se narran determinados sucesos y se analiza la realidad, permitiendo el aumento de información para el público. Se exponen largos parlamentos de *Castelvines y Monteses* y de *La hermosa Ester*.

El *lirismo* supone la introducción de poemas o canciones dentro del argumento o, siquiera, de ciertos parlamentos que sirven para resaltar incidentes anticlimáticos, para proponer malos presagios y para acrecentar la introspección. En *El mejor mozo de España* y en *Porfiando vence amor* hay algunos ejemplos.

Un *monólogo* es la intervención unipersonal de un agonista en la que da su propia visión de la realidad que le rodea o de alguna característica de otra figura tomada de las *dramatis personae*. Aunque no participarán —pues, en ese caso, se trataría de un diálogo o de una conversación—, el interlocutor o interlocutores están presentes en escena junto al emisor, o monologuista. Obras como *La mayor virtud de un rey* y *La boba para los otros y discreta para sí* contienen ejemplos de monólogos.

La *mudanza de fortuna* es el cambio de suerte que sufre un personaje como consecuencia del desarrollo de la acción de la aparición del recurso de la anagnórisis. Dependiendo de la naturaleza y características del agonista y de su capacidad para sufrir desgracias o premios que infundan en el público la idea de personajes positivos frente a negativos, el destinatario de la mudanza de fortuna caerá en gracia o en desgracia, y si ese cambio es repentino se llega al concepto aristotélico de peripecia. En el *Arte nuevo de hacer comedias en este tiempo* Lope relacionó este particular con el recurso del engaño: «engañe siempre el gusto, y donde vea / que se deja entender alguna cosa, / dé muy lejos de aquello que promete».[167] Este recurso está presente en *El amor enamorado* y en *El desprecio agradecido*.

La *narración de un suceso no escenificado* guarda estrecha relación con la introducción *in medias res*, ya que implica que un personaje explique a sus interlocutores y al público un incidente que no se ha representado en escena, bien por formar parte de la prehistoria de la comedia o bien porque Lope decide no hacerlo,

167. Lope Félix de Vega Carpio, *Arte nuevo de hacer comedias*, *op. cit.*, p. 328, vv. 302-304.

por el motivo que sea; no solían representarse, por ejemplo, las escenas especialmente cruentas o violentas, como las del final de *Fuente Ovejuna*, de las que se da cuenta posteriormente o en el transcurso de la escenificación «dentro», de la que pueden oírse, como en el caso de la obra citada, hasta gritos. Este recurso se encuentra en *El galán escarmentado* y *La fuerza lastimosa*.

El *paralelismo* plantea aspectos de la obra de forma análoga, ya sean temas o personajes. Así, se configura en *El dómine Lucas* o en *El remedio en la desdicha*.

La *perspectiva múltiple* o *multiperspectivismo* permite analizar un aspecto de la obra, especialmente la idea que se tenga sobre un personaje o la visión sobre un determinado tema, desde varios puntos de vista, que no tienen por qué estar enfrentados para que el público los identifique claramente, sino que son, únicamente, distintos. Aparece en *Roma abrasada y crueldades de Nerón* y en *Los muertos vivos*.

La *prolepsis* o *prospección* consiste en la anticipación de determinados sucesos en la acción de una obra, antes de que sucedan. Es posible, incluso, que al final de una obra se facilite información sobre lo que pasará en la posthistoria de la comedia, como ocurre en *El caballero de Olmedo*. En este caso, que la justicia condene a los asesinos del protagonista no se considera una anagnórisis, sino una prolepsis que da a conocer el futuro, pero hasta que ese futuro no se produzca no se puede comprobar si es verdad o no en la propia obra, y como no existe constatación de la verdad —aunque se intuya que vaya a pasar—, no hay agnición porque la pieza concluye. Hay prolepsis en *La discreta venganza* y en *El vellocino de oro*.

A través del *resumen didáctico* se producen ciertas recapitulaciones tras los entreactos que sirven a Lope para recordar al público los hechos más importantes de la jornada anterior, sobre todo aquellos encaminados a fomentar la continuación de los sucesos que marquen la doctrina que el dramaturgo quiera transmitir al público a través de los personajes protagonistas y principales, y del tratamiento de los temas. Este recurso aparece en *El nacimiento de Ursón y Valentín, reyes de Francia* y en *San Diego de Alcalá*.

El *retardo en la resolución de un conflicto* consiste en aplazar hasta el final o, al menos, el mayor tiempo posible, la solución a un incidente climático, a un problema o a un enfrentamiento. Ese alargamiento del conflicto mantiene la atención del público. La idea fue postulada por Lope en su *Arte nuevo de hacer comedias en este tiempo*: «pero la solución no la permita / hasta que llegue a la postrera scena, / porque, en sabiendo el vulgo el fin que tiene, / vuelve el rostro a la puerta, y las espaldas / al que esperó tres horas cara a cara; / que no hay más que saber que en lo que para».[168] La relación con la anagnórisis, por ejemplo, aparece cuando, por medio de un descubrimiento situado muy al final de la obra, se resuelve algún conflicto que había tenido en suspense al auditorio durante largo tiempo. Se localiza este recurso en *La corona de Hungría y la injusta venganza* y en *Más pueden celos que amor*.

La *reunión de personajes* implica que varios agonistas afectados en un conflicto tomen —o, al menos, consulten o informen— sobre alguna decisión colegiada que permita solucionarlo. Se trata de momentos cómicos, aunque también (y fundamentalmente, en Lope) dramáticos. Este recurso, puesto que resuelve determinados inconvenientes, tiene su mayor frecuencia de aparición en los desenlaces de las comedias. Se registra en *La bella malmaridada* y en *El galán Castrucho*.

El *simbolismo* supone que determinados elementos físicos u objetos adquieran un significado especial y reiterativo a lo largo de la comedia. Esos elementos se identifican con valores morales, jurídicos, políticos, con personajes o con incidentes de la acción, pero también con otros recursos, como el de la anagnórisis.[169] En *La reina Juana de Nápoles* y en *El postrer godo de España* el simbolismo aparece.

El *símil* es la comparación de dos o más ideas, acciones o personajes en una comedia. Es un recurso muy frecuente en todos los

168. *Ibid.*, pp. 320-321, vv. 234-239.

169. A este respecto, véase Ismael López Martín, «*Los comendadores de Córdoba*, de Lope, desde la agnición y el simbolismo», *Anuario de Estudios Filológicos*, XL (2017), pp. 81-97.

géneros literarios. En el caso del drama lopesco se observa en *La vida de san Pedro Nolasco* y en *La boba para los otros y discreta para sí.*

Un *soliloquio* es, como el monólogo, una intervención unipersonal de un personaje, aunque la diferencia radica en que el emisor es el único agonista que está presente en escena y, por lo tanto, nadie, salvo el público y él mismo, escucha el parlamento. Se asiste a soliloquios en *Los comendadores de Córdoba* y en *La varona castellana*.

El *triángulo amoroso* es uno de los recursos típicos de la dramaturgia aurisecular española (también de otros géneros), y está muy vinculado al enredo. Implica el desarrollo de un conflicto en el que un tercero se inmiscuye en la relación amorosa de un galán y una dama con el fin de desestabilizarla para obtener la correspondencia de uno de los miembros de la pareja. Aparece en *La corona merecida* y en *Las bizarrías de Belisa*, por ejemplo.

3.4. La recepción de las obras

Como se ha indicado, tanto *La dama boba* como *El perro del hortelano* son dos obras, de 1613, que forman parte del selecto canon de Lope de Vega, dentro de su vasta producción, desde siempre. Está claro que durante los años y centurias posteriores a la muerte del Fénix este no gozó del mismo éxito, pero lo cierto es que siempre se mantuvo, tanto en España como en otros puntos de Europa e Hispanoamérica.[170]

170. *Vid.* Ismael López Martín, «La pervivencia de un canon neoclásico heredado: Lope de Vega a la luz del *Theatro Hespañol* de Vicente García de la Huerta», en Jesús Cañas Murillo, Miguel Ángel Lama Hernández y José Roso Díaz, eds., *Vicente García de la Huerta y su obra (1734-1787)*, Madrid, Visor Libros (Col. Biblioteca Filológica Hispana, 170), 2015, pp. 319-343. A propósito de la relación de Lope —y también de Calderón— con los textos de preceptiva y con los cánones del siglo siguiente al de su fallecimiento, el XVIII, véase Ismael López Martín, «Los tratados de poética del siglo XVIII y el tratamiento de dos figuras clave en el Barroco español: Lope de Vega y Calderón de la Barca», en Jesús Cañas Murillo, ed., *En los* inicios ilustrados *de la historiografía literaria española: miradas sobre la Edad Media y el Siglo de Oro (1700-1833)*, San Millán de la Cogolla, CILengua, en prensa.

Las dos obras fueron publicadas en las partes de comedias del Fénix: *La dama boba* vio la luz en *Doce comedias de Lope de Vega, sacadas de sus originales por él mismo. Dirigidas al excelentísimo señor don Luis Fernández de Córdoba y Aragón, duque de Sessa, Soma y Baena, marqués de Poza, conde de Cabra, Palamós y Olivita, vizconde de Iznájar, barón de Belpuche, Liñola y Calonge, gran almirante de Nápoles, su señor. Novena parte*, que se imprimieron en Madrid, por la Viuda de Alonso Martín de Balboa, en 1617. Se conserva, en la Biblioteca Nacional de España, en Madrid, el manuscrito autógrafo de *La dama boba*, fechado en la capital del reino el 28 de abril de 1613 y custodiado bajo la signatura VITR/7/5. Por su parte, *El perro del hortelano* se dio a la estampa en *Doce comedias de Lope de Vega Carpio, familiar del Santo Oficio, sacadas de sus originales. Dirigidas a don Bernabé de Vivanco y Velasco, caballero del Hábito de Santiago, de la Cámara de Su Majestad. Oncena parte*, impresa en Barcelona, por Sebastián de Cormellas, en 1618.

Tanto una como otra se conservan en varias copias y sueltas de los siglos XVII, XVIII y XIX. Han sido incluidas en colecciones: en las *Comedias escogidas de Frey Lope Félix de Vega Carpio*, editadas por Juan Eugenio Hartzenbusch (en el volumen I), en las *Obras de Lope de Vega, publicadas por la Real Academia Española (nueva edición)*, editadas por Emilio Cotarelo y Mori (*La dama boba* en el volumen XI y *El perro del hortelano* en el XIII) o en las *Comedias de Lope de Vega*, editadas por varios autores bajo la dirección de Alberto Blecua y de Guillermo Serés (*La dama boba* siguiendo la edición de Marco Presotto en el volumen 3 de la Parte IX y *El perro del hortelano* con edición de Paola Laskaris en el tomo I de la Parte XI).

Igualmente, y más allá de la abundante bibliografía secundaria que han generado estas dos comedias pueden citarse, entre otras las siguientes ediciones: de *La dama boba* la de Felipe Blas Pedraza Jiménez para Biblioteca Nueva en 2002, la de Diego Marín para Cátedra en 2005, la de Alonso Zamora Vicente para Espasa en 2015 y la de Rosa Navarro Durán para Edebé en 2018, que también recoge *El perro del hortelano*. En cuanto a esta segunda comedia, pueden destacarse la edición de Antonio Carreño para Espasa en 2007, la de Mauro Armino para Cátedra en el mismo año, la de Felipe Blas Pedraza Jiménez para Bruño en 2011 y la de A. David Kossoff para Castalia en 2012, que también edita en el mismo volumen *El castigo sin venganza*.

4. Bibliografía selecta

4.1. Ediciones

Ovidio, *Metamorfosis*, Consuelo Álvares y Rosa María Iglesias, eds., Madrid, Cátedra, 2005.

Vega Carpio, Lope Félix de, *Comedias escogidas de Frey Lope Félix de Vega Carpio*, Juan Eugenio Hartzenbusch, ed., Madrid, Manuel Rivadeneyra (Col. Biblioteca de autores españoles desde la formación del lenguaje hasta nuestros días, XXIV, XXXIV, XLI, LII), 1853-1860, 4 tomos.

—, *Obras de Lope de Vega, publicadas por la Real Academia Española (nueva edición)*, Emilio Cotarelo y Mori, ed., Madrid, Tip. de la «Rev. de Arch., Bibl. y Museos»/Sucesores de Rivadeneyra/Imprenta de Galo Sáez, 1916-1930, 13 tomos.

—, *Obras de Lope de Vega*, Marcelino Menéndez y Pelayo, ed., Madrid, Atlas (Col. Biblioteca de Autores Españoles desde la formación del lenguaje hasta nuestros días, XXIV, XXXIV, XXXVIII, XLI, LII, CLVII, CLVIII, CLIX, CLXXVII, CLXXVIII, CLXXXVI, CLXXXVII, CLXXXVIII, CXC, CXCI, CXCV, CXCVI, CXCVII, CXCVIII, CCXI, CCXII, CCXIII, CCXIV, CCXV, CCXXIII, CCXXIV, CCXXV, CCXXXIII, CCXXXIV, CCXLVI, CCXLVII, CCXLIX, CCL), 1946-1972, 33 vols.

—, *Obras completas de Lope de Vega. Comedias*, Jesús Gómez Gómez y Paloma Cuenca Muñoz, eds., Madrid, Turner (Col. Biblioteca Castro), 1993-1998, 15 vols.

—, *Comedias de Lope de Vega*, Alberto Blecua Perdices y Guillermo Serés Guillén, dirs., Lérida/Madrid/Barcelona, Milenio/Gredos (Col. Biblioteca Lope de Vega), 1997-2018, 40 vols.

—, *Fuente Ovejuna*, Jesús Cañas Murillo, ed., Madrid, Libertarias (Col. Clásicos Libertarias, 14), 1998, pp. 37-39.

—, *La dama boba*, Felipe Blas Pedraza Jiménez, ed., Madrid, Biblioteca Nueva (Col. ¡Arriba el telón!, 14), 2002.
—, *La dama boba*, Diego Marín, ed., Madrid, Cátedra (Col. Letras Hispánicas, 50), 2005.
—, *El perro del hortelano*, Antonio Carreño, ed., Madrid, Espasa (Col. Austral, 221), 2007.
—, *El perro del hortelano*, Mauro Armiño, ed., Madrid, Cátedra (Col. Letras Hispánicas, 417), 2007.
—, *La dama boba*, Marco Presotto, ed., en *Comedias de Lope de Vega*, Alberto Blecua Perdices y Guillermo Serés Guillén, dirs., Parte IX, vol. III, Marco Presotto, coord., Lérida, Milenio, 2007, pp. 1293-1466.
—, *El perro del hortelano*, Felipe Blas Pedraza Jiménez, ed., Madrid, Bruño (Col. Anaquel, 52), 2011.
—, *El perro del hortelano. El castigo sin venganza*, A. David Kossoff, ed., Barcelona, Castalia (Col. Clásicos Castalia, 25), 2012.
—, *El perro del hortelano*, Paola Laskaris, ed., en *Comedias de Lope de Vega*, Alberto Blecua Perdices, dir., Parte XI, tomo I, Laura Fernández y Gonzalo Pontón Gijón, coords., Madrid, Gredos (Col. Biblioteca Lope de Vega), 2012, pp. 53-262.
—, *Mujeres y criados*, Alejandro García Reidy, ed., Madrid, Gredos (Col. Biblioteca Lope de Vega), 2014.
—, *La dama boba*, Alonso Zamora Vicente, ed., Madrid, Espasa (Col. Austral, 177), 2015.
—, *La dama boba. El perro del hortelano*, Rosa Navarro Durán, ed., Barcelona, Edebé (Col. Clásicos edebé), 2018.

4.2. Estudios

Álvarez, Fausta, *El salvaje en la comedia del Siglo de Oro. Historia de un tema de Lope a Calderón*, Pamplona/Toulouse, RILCE (Universidad de Navarra)/LESO (Université de Toulouse) (Col. Anejos de *RILCE*, 16), 1995.
—, ed., *Métrica y estructura dramática en el teatro de Lope de Vega*, Kassel, Reichenberger (Col. Teatro del Siglo de Oro; Estudios de Literatura, 103), 2007.

ÁLVAREZ Y BAENA, José Antonio, *Hijos de Madrid ilustres en santidad, dignidades, armas, ciencias y artes*, Madrid, Oficina de D. Benito Cano, 1790.

ARCO Y GARAY, Ricardo del, *La sociedad española en las obras dramáticas de Lope de Vega*, Madrid, Escelicer, 1942.

ARELLANO AYUSO, Ignacio, *Historia del teatro español del siglo XVII*, Madrid, Cátedra (Col. Crítica y estudios literarios), 1995.

ARELLANO AYUSO, Ignacio y Carlos Mata Induráin, *Vida y obra de Lope de Vega*, Madrid, Homo Legens, 2011.

ARELLANO AYUSO, Ignacio y José Enrique Duarte, *El auto sacramental*, Madrid, Laberinto (Col. Arcadia de las Letras, 24), 2003.

ARRÓNIZ, Othón, *La influencia italiana en el nacimiento de la comedia española*, Madrid, Gredos (Col. Biblioteca Románica Hispánica; II. Estudios y ensayos, 133), 1969.

BARRERA Y LEIRADO, Cayetano Alberto de la, *Nueva biografía de Lope de Vega*, Madrid, Atlas (Col. Biblioteca de Autores Españoles desde la formación del lenguaje hasta nuestros días, CCLXII, CCLXIII), 1973-1974, 2 vols.

BOLAÑOS DONOSO, Piedad, «La religiosidad popular sevillana en la literatura (Lope de Vega y su teatro)», en *I Jornadas sobre religiosidad popular sevillana*, Sevilla, Área de Cultura del Excelentísimo Ayuntamiento de Sevilla/Secretariado de Publicaciones de la Universidad de Sevilla, 2000, pp. 63-96.

BRAVO-VILLASANTE, Carmen, *La mujer vestida de hombre en el teatro español (Siglos XVI-XVII)*, Madrid, Sociedad General Española de Librería (Col. Temas, 8), 1976.

BRUERTON, Courtney, «La versificación dramática española en el periodo 1587-1610», *Nueva Revista de Filología Hispánica*, X (1956), pp. 337-364.

CAMPANA, Patrizia, «*In medias res*: diálogo e intriga en el primer Lope», *Criticón*, 81-82 (2001), pp. 71-87.

CANAVAGGIO, Jean, «Los disfrazados de mujer en la comedia», en *La mujer en el teatro y la novela del siglo XVII. Actas del II Coloquio del Grupo de Estudios sobre Teatro Español (G.E.S.T.E.). Toulouse, 16-17 Noviembre 1978*, Toulouse, Université de Toulouse-Le Mirail, 1979, pp. 135-152.

Cañas Murillo, Jesús, «Tipología de los personajes en el primer Lope de Vega: las comedias del destierro», *Anuario de Estudios Filológicos*, XIV (1991), p. 94.

—, *Honor y honra en el primer Lope de Vega: las comedias del destierro*, Cáceres, Servicio de Publicaciones de la Universidad de Extremadura (Col. Anejos de *Anuario de Estudios Filológicos*, 18), 1995.

—, «Sobre la trayectoria y evolución de la comedia nueva», *Káñina. Revista de Artes y Letras de la Universidad de Costa Rica*, XXIII, 3 (1999), pp. 67-80.

—, «Lope de Vega, Alba de Tornes y la formación de la comedia», *Anuario Lope de Vega*, VI (2000), pp. 80-81.

—, «Una oración académica: *Arte nuevo de hacer comedias en este tiempo*», *Cuadernos del Lazarillo*, 35 (2008), pp. 2-9.

—, «En los orígenes del tipo del figurón: *El caballero del milagro* (1593), comedia del destierro del primer Lope de Vega», en Joaquín Álvarez Barrientos, Óscar Cornago Bernal, Abraham Madroñal Durán y Carmen Menéndez-Onrubia, coords., *En buena compañía. Estudios en honor de Luciano García Lorenzo*, Madrid, Consejo Superior de Investigaciones Científicas, 2009, pp. 159-169.

—, «Lope de Vega y la renovación teatral calderoniana», *Anuario Lope de Vega*, XVI (2010), pp. 27-44.

—, «Texto y contexto en el *Arte nuevo* de Lope de Vega», *Analecta Malacitana*, XXXV, 1-2 (2012), pp. 37-59.

—, *Theatro Hespañol. Prólogo del Colector*, Málaga, Universidad de Málaga (Col. Anejos de *Analecta Malacitana*, LXXXVII), 2013, p. 118.

Carrascón, Guillermo, «Disfraz y técnica teatral en el primer Lope», *Edad de Oro*, XVI (1997), pp. 121-136.

Carreño-Rodríguez, Antonio, *Alegorías del poder, crisis imperial y comedia nueva (1598-1659)*, Woodbridge, Tamesis (Col. Támesis; Serie A, Monografías, 274), 2009.

Castro, Américo y Hugo Albert Rennert, *Vida de Lope de Vega (1562-1635)*, Salamanca, Anaya (Col. Temas y Estudios), 1969.

Cervantes Saavedra, Miguel de, *Entremeses*, Florencio Sevilla Arroyo y Antonio Rey Hazas, eds., Madrid, Alianza (Col. Cervantes completo, XVII), 1999.

Cotarelo y Mori, Emilio, *Colección de entremeses, loas, bailes, jácaras y mojigangas desde fines del siglo xvi a mediados del xviii*, José Luis Suárez y Abraham Madroñal, eds., Granada, Universidad de Granada, 2000.

Couderc, Cristophe, *Galanes y damas en la comedia nueva. Una lectura funcionalista del teatro español del Siglo de Oro*, Madrid/Frankfurt am Main, Iberoamericana/Vervuert (Col. Biblioteca Áurea Hispánica, 23), 2006.

Cuenca Muñoz, Paloma, «Lope de Vega en sus firmas», *Anuario Lope de Vega*, XXV (2019), pp. 231-256.

Díez Borque, José María, *Sociología de la comedia española del siglo xvii*, Madrid, Cátedra (Col. Crítica y estudios literarios), 1976.

—, *Sociedad y teatro en la España de Lope de Vega*, Barcelona, Antoni Bosch (Col. Ensayo), 1978.

—, dir., *Teatro cortesano en la España de los Austrias*, Madrid, Compañía Nacional de Teatro Clásico (Col. Cuadernos de teatro clásico, 10), 1998.

Díez de Revenga, Francisco Javier, *Teatro de Lope de Vega y lírica tradicional*, Murcia, Universidad de Murcia (Col. Publicaciones del Departamento de Literatura Española, 10), 1983.

Dixon, Victor, «El auténtico *Antonio Roca* de Lope», en A. David Kossoff y José Amor y Vázquez, eds., *Homenaje a William L. Fichter. Estudios sobre el teatro antiguo hispánico y otros ensayos*, Madrid, Castalia, 1971, p.

—, «The Uses of Polimetry: An Approach to Editing the *Comedia* as Verse Drama», en Frank Paul Casa y Michael D. McGaha, eds., *Editing the* Comedia, Ann Arbor, University of Michigan, 1985, vol. 1, pp. 104-125.

Dupont, Pierre, «La justification poétique des amours illégitimes dans le théâtre de Lope de Vega», en Agustín Redondo, dir., *Amours légitimes, amours illégitimes en Espagne (xvi*e*-xvii*e *siècles)*, París, Publications de la Sorbonne (Col. Travaux du «Cen-

tre de Recherche sur l'Espagne des XVIe et XVIIe siècles», II), 1985, pp. 341-356.
ENTRAMBASAGUAS, Joaquín de, *Estudios sobre Lope de Vega*, Madrid, Consejo Superior de Investigaciones Científicas, 1946-1958, 3 vols.
FERNÁNDEZ MONTESINOS, José, *Estudios sobre Lope de Vega*, Madrid, Anaya (Col. Temas y Estudios, 262), 1967.
FRA MOLINERO, Baltasar, *La imagen de los negros en el teatro del Siglo de Oro*, Madrid, Siglo XXI de España (Col. Lingüística y teoría literaria), 1995.
FROLDI, Rinaldo, *Lope de Vega y la formación de la comedia. En torno a la tradición dramática valenciana y al primer teatro de Lope*, Madrid, Anaya (Col. Temas y Estudios, 249), 1968.
—, «Reconsiderando el teatro de Juan de la Cueva», en Felipe Blas Pedraza Jiménez y Rafael González Cañal, eds., *El teatro en tiempos de Felipe II. Actas de las XXI Jornadas de teatro clásico. Almagro, julio de 1998*, Almagro, Universidad de Castilla-La Mancha/Festival de Almagro (Col. Corral de Comedias, 9), 1999, pp. 15-30.
GARCÍA LORENZO, Luciano, «El elemento folklórico-musical en el teatro español del siglo XVII: de lo sublime a lo burlesco», en VV. AA., *Música y teatro*, Madrid, Compañía Nacional de Teatro Clásico (Col. Cuadernos de teatro clásico, 3), 1989, pp. 67-79.
—, ed., *La construcción de un personaje: el gracioso*, Madrid, Fundamentos (Col. Arte; Serie Teoría teatral, 147), 2005.
—, ed., *El teatro clásico español a través de sus monarcas*, Madrid, Fundamentos (Col. Arte; Serie Teoría teatral, 158), 2006.
—, ed., *El figurón: texto y puesta en escena*, Madrid, Fundamentos (Col. Arte; Serie Teoría teatral, 165), 2007.
—, ed., *La criada en el teatro español del Siglo de Oro*, Madrid, Fundamentos (Col. Arte; Serie Teoría teatral, 171), 2008.
—, ed., *La madre en el teatro clásico español. Personaje y referencia*, Madrid, Fundamentos (Col. Arte; Serie Teoría teatral, 194), 2012.
GARCÍA REIDY, Alejandro, «*Mujeres y criados*, una comedia recuperada de Lope de Vega», *Revista de Literatura*, LXXV, 150 (2013), pp. 417-438.

García Santo-Tomás, Enrique, *La creación del «Fénix». Recepción crítica y formación canónica del teatro de Lope de Vega*, Madrid, Gredos (Col. Biblioteca Románica Hispánica; II. Estudios y ensayos, 421), 2000.

—, ed., *El teatro del Siglo de Oro ante los espacios de la crítica. Encuentros y revisiones*, Madrid/Frankfurt am Main, Iberoamericana/Vervuert, 2002.

García Soriano, Justo, *El teatro universitario y humanístico en España. Estudios sobre el origen de nuestro arte dramático; con documentos, textos inéditos y un catálogo de antiguas comedias escolares*, Toledo, Tipografía de R. Gómez-Menor, 1945.

Garnier-Verdaguer, Emmanuelle, «Métrica y "puesta en espacio" del texto dramático», *Anuario Lope de Vega*, 8 (2002), pp. 121-138.

Gómez, Jesús, *El modelo teatral del último Lope de Vega (1621-1635)*, Valladolid/Olmedo, Universidad de Valladolid/Ayuntamiento de Olmedo (Serie Literatura; Col. Olmedo Clásico, 9), 2013.

González, Aurelio, ed., *Texto, espacio y movimiento en el teatro del Siglo de Oro*, México, El Colegio de México (Serie Estudios del lenguaje, 4), 2000.

González, Lola, «La mujer vestida de hombre. Aproximación a una revisión del tópico a la luz de la práctica escénica», en María Luisa Lobato y Francisco Domínguez Matito, eds., *Memoria de la palabra. Actas del VI Congreso de la Asociación Internacional Siglo de Oro. Burgos-La Rioja, 15-19 de julio 2002*, Madrid/Frankfurt am Main, Iberoamericana/Vervuert, 2004, vol. I, pp. 905-916.

—, «El motivo de la mujer vestida de hombre a la luz del *Arte nuevo de hacer comedias*. A propósito de *La serrana de la Vera*, de Lope de Vega», en Germán Vega García-Luengos y Héctor Urzáiz Tortajada, eds., *Cuatrocientos años del Arte nuevo de hacer comedias de Lope de Vega. Actas selectas del XIV Congreso de la Asociación Internacional de Teatro Español y Novohispano de los Siglos de Oro. Olmedo, 20 al 23 de julio de 2009*, Valladolid, Universidad de Valladolid (Serie Literatura; Col. Olmedo Clásico, 4), 2010, vol. 2, pp. 545-552.

González Maestro, Jesús, «Aristóteles, Cervantes y Lope: el *Arte nuevo*. De la poética especulativa a la poética experimental», *Anuario Lope de Vega*, IV (1998), pp. 193-208.

Grande Quejigo, Francisco Javier y José Roso Díaz, «Edad Media y Barroco: una reinterpretación propagandística de la figura de Fernán González», *Hesperia. Anuario de filología hispánica*, VIII (2005), pp. 85-101.

Green, Otis H., «Lope and Cervantes: *Peripeteia* and Resolution», en A. David Kossoff y José Amor y Vázquez, eds., *Homenaje a William L. Fichter. Estudios sobre el teatro antiguo hispánico y otros ensayos*, Madrid, Castalia, 1971, pp. 249-256.

Grismer, Raymond Leonard, *Bibliography of Lope de Vega. Books, Essays, Articles and Other Studies on the Life of Lope de Vega, His Works, and His Imitators*, Nueva York, Kraus Reprint, 1977.

Guarino, Augusto, «"La ingratitud vengada" de Lope de Vega. ¿Un modelo de comedia?», *Etiópicas. Revista de Letras Renacentistas*, 3 (2007), pp. 1-34.

Guimont, Anny y Jesús Pérez Magallón, «Matrimonio y cierre de la comedia en Lope», *Anuario Lope de Vega*, IV (1998), pp. 139-164.

Gutiérrez, Jesús, *La «Fortuna bifrons» en el teatro del Siglo de Oro*, Santander, Sociedad Menéndez Pelayo, 1975.

Herrero García, Miguel, *Oficios populares en la sociedad de Lope de Vega*, Madrid, Castalia (Col. Literatura y sociedad, 13), 1977.

Higashi, Alejandro, «La construcción escénica del disfraz en la comedia palatina temprana de Lope», *Nueva Revista de Filología Hispánica*, 53 (2005), pp. 31-66.

Hofmann, Gerd, «Sobre la versificación en los autos calderonianos: *El veneno y la triaca*», en Luciano García Lorenzo, dir., *Calderón. Actas del «Congreso Internacional sobre Calderón y el teatro español del Siglo de Oro», (Madrid, 8-13 de junio de 1981)*, Madrid, Consejo Superior de Investigaciones Científicas (Col. Anejos de la revista *Segismundo*, 6), 1983, tomo II, pp. 1125-1138.

Homero Arjona, José, «El disfraz varonil en Lope de Vega», *Bulletin Hispanique*, XXXIX, 2 (1937), pp. 120-145.
Huerta Calvo, Javier, dir., *Historia del teatro breve en España*, Madrid/Frankfurt am Main, Iberoamericana/Vervuert (Col. Teatro breve español, III), 2008.
Hutcheon, Linda, *A theory of parody: the teachings of twentieth-century art forms*, Urbana/Chicago, University of Illinois Press, 2000.
Jacas Kirschner, Teresa, *Técnicas de representación en Lope de Vega*, Londres, Tamesis (Col. Támesis; Serie A, Monografías, 171), 1998.
Jacas Kirschner, Teresa y Dolores Clavero Cropper, *Mito e historia en el teatro de Lope de Vega*, Alicante, Universidad de Alicante, 2007.
José Prades, Juana de, *La teoría literaria (retóricas, poéticas, preceptivas, etc.)*, Madrid, Instituto de Estudios Madrileños (Col. Monografías Bibliográficas, III), 1954.
—, *Teoría sobre los personajes de la comedia nueva*, Madrid, Consejo Superior de Investigaciones Científicas (Col. Anejos de *Revista de Literatura*, 20), 1963.
Kaufmant, Marie-Eugénie, *Poétique des espaces naturels dans la* Comedia Nueva, Madrid, Casa de Velázquez (Col. Bibliothèque de la Casa de Velázquez, 48), 2010.
Lama, Víctor de, «"Engañar con la verdad", *Arte nuevo*, v. 319», *Revista de Filología Española*, XCI, 1 (2011), pp. 113-128.
Ley, Charles David, «Lope de Vega y los conceptos teatrales de Aristóteles», en Maxime Chevalier, François Lopez, Joseph Pérez y Noël Salomon (†), dirs., *Actas del Quinto Congreso Internacional de Hispanistas. Celebrado en Bordeaux del 2 al 8 de septiembre de 1974*, Burdeos, Instituto de Estudios Ibéricos e Iberoamericanos de la Universidad de Burdeos III, 1971, vol. II, pp. 579-585.
Llanos López, Rosana, *Historia de la teoría de la comedia*, Madrid, Arco Libros (Col. Perspectivas), 2007.
Lobato, María Luisa, «Métrica del teatro cómico breve de Calderón», *Canente*, 3 (1987), pp. 69-94.

López Martín, Ismael, «Lope de Vega y el descubrimiento de la verdad en la comedia nueva», *Dicenda*, 32, número especial (2014), pp. 59-71.
—, «El dolor y la muerte en las comedias de Lope de Vega», *Transitions*, 10 (2014), pp. 41-63.
—, «La pervivencia de un canon neoclásico heredado: Lope de Vega a la luz del *Theatro Hespañol* de Vicente García de la Huerta», en Jesús Cañas Murillo, Miguel Ángel Lama Hernández y José Roso Díaz, eds., *Vicente García de la Huerta y su obra (1734-1787)*, Madrid, Visor Libros (Col. Biblioteca Filológica Hispana, 170), 2015, pp. 319-343.
—, «Itinerario de la ocultación de la identidad en Lope de Vega: del pseudónimo al heterónimo», *Heterónima*, 2 (2016), pp. 58-63.
—, «Antonio de Zamora frente a Lope de Vega: la comedia de magia dieciochesca y sus antecedentes narrativos en *El peregrino en su patria*», en María Luisa Lobato, Javier San José y Germán Vega, eds., *Brujería, magia y otros prodigios en la literatura española del Siglo de Oro*, Alicante, Biblioteca Virtual Miguel de Cervantes, 2016, pp. 351-381.
—, *La anagnórisis en la obra dramática de Lope de Vega*, Vigo, Academia del Hispanismo (Col. Biblioteca de Theatralia, 28), 2017.
—, «La visión de la Corte de Felipe IV desde las *Rimas de Burguillos*», en José Martínez Millán y Manuel Rivero Rodríguez, dirs., *La Corte de Felipe IV (1621-1665): Reconfiguración de la Monarquía católica*, tomo III: «Corte y cultura en la época de Felipe IV», vol. 3: «Espiritualidad, literatura y teatro», Madrid, Polifemo (Col. La Corte en Europa. Temas, 9), 2017, pp. 2013-2033.
—, «*Los comendadores de Córdoba*, de Lope, desde la agnición y el simbolismo», *Anuario de Estudios Filológicos*, XL (2017), pp. 81-97.
—, «Paralelismos en la doble acción dramática: el caso de dos comedias lopescas», en Alberto Escalante Varona, Ismael López Martín, Guadalupe Nieto Caballero y Antonio Rivero Machina, eds., *Nuevas perspectivas y aproximaciones sobre la crítica de la literatura en español*, Madrid, Liceus (Col. Cultura y Filologías Clásicas), 2018, pp. 67-82.

—, «Los tratados de poética del siglo XVIII y el tratamiento de dos figuras clave en el Barroco español: Lope de Vega y Calderón de la Barca», en Jesús Cañas Murillo, ed., *En los inicios ilustrados de la historiografía literaria española: miradas sobre la Edad Media y el Siglo de Oro (1700-1833)*, San Millán de la Cogolla, CILengua, en prensa.

MARÍN, Diego, *La intriga secundaria en el teatro de Lope de Vega*, México, Ediciones De Andrea (Col. *Studium*, 22), 1958.

—, *Uso y función de la versificación dramática en Lope de Vega*, Valencia, Castalia (Col. Estudios de Hispanófila, 2), 1968.

—, «Función dramática de la versificación en el teatro de Calderón», en Luciano García Lorenzo, dir., *Calderón. Actas del «Congreso Internacional sobre Calderón y el teatro español del Siglo de Oro». (Madrid, 8-13 de junio de 1981)*, *op. cit.*, tomo II, 1983, pp. 1139-1146.

MARTÍNEZ, José Florencio, *Biografía de Lope de Vega 1562-1635*, Barcelona, Promociones y Publicaciones Universitarias, 2011.

MENÉNDEZ Y PELAYO, Marcelino, *Estudios sobre el teatro de Lope de Vega*, Enrique Sánchez Reyes, ed., Madrid, Consejo Superior de Investigaciones Científicas (Col. Edición Nacional de las Obras Completas de Menéndez Pelayo, XXIX, XXX, XXXI, XXXII, XXXIII, XXXIV), 1949, 6 vols.

MORALES RAYA, Remedios y Miguel González Dengra, coords., *La pasión de los celos en el teatro del Siglo de Oro. Actas del III Curso sobre teoría y práctica del teatro, organizado por el Aula Biblioteca Mira de Amescua y el Centro de Formación Continua, celebrado en Granada (8-11 de noviembre, 2006)*, Granada, Universidad de Granada, 2007.

MORLEY, Sylvanus Griswold y Courtney Bruerton, *Cronología de las comedias de Lope de Vega. Con un examen de las atribuciones dudosas, basado todo ello en un estudio de su versificación estrófica*, Madrid, Gredos (Col. Biblioteca Románica Hispánica; I. Tratados y monografías, 11), 1968.

NISA CÁCERES, Daniel y Rosario Moreno Soldevila, «La mujer disfrazada de hombre en el teatro de Shakespeare y Lope de

Vega: articulación e implicaciones de un recurso dramático», *Neophilologus*, LXXXVI, 4 (2002), pp. 537-555.
OLEZA SIMÓ, Joan, «Hipótesis sobre la génesis de la comedia barroca y la historia teatral del XVI», en *Teatro y prácticas escénicas. I, El Quinientos valenciano*, Valencia, Institució Alfons el Magnànim (Col. Politècnica, 16), 1984, pp. 9-41.
—, «La propuesta teatral del primer Lope de Vega», en José Luis Canet Vallés, coord., *Teatro y prácticas escénicas. II, La Comedia*, Londres, Tamesis (Col. Támesis; Serie A, Monografías, CXXIII), 1986, pp. 251-308.
—, «Los géneros en el teatro de Lope de Vega: el rumor de las diferencias», en Ignacio Arellano Ayuso, Víctor García Ruiz y Marc Vitse, eds., *Del horror a la risa. Los géneros dramáticos clásicos*, Kassel, Reichenberger (Col. Teatro del Siglo de Oro. Estudios de literatura, 21), 1994, pp. 235-250.
OLIVA OLIVARES, César, «El honor como oponente al juego teatral de galanes y damas», *Gestos*, 3 (1987), pp. 41-51.
OTERO-TORRES, Dámaris M., «Escándalo, mentiras e ideologías en *La villana de Getafe*», en Ysla Campbell, ed., *El escritor y la escena VII. Estudios sobre teatro español y novohispano de los Siglos de Oro. Dramaturgia e ideología*, Ciudad Juárez, Universidad Autónoma de Ciudad Juárez, 1999, pp. 169-177.
PARKER, Alexander A., «The Approach to the Spanish Drama of the Golden Age», *The Tulane Drama Review*, vol. 4, 1 (1959), pp. 42-59.
PARKER, Jack Horace y Arthur Meredith Fox, *Lope de Vega Studies 1937-1962. A critical survey and anotated bibliography*, Toronto, University of Toronto Press, 1964.
PEDRAZA JIMÉNEZ, Felipe Blas, *Sexo, poder y justicia en la comedia española (cuatro calas)*, Vigo, Academia del Hispanismo (Col. Biblioteca de Theatralia, 8), 2007.
PEDRAZA JIMÉNEZ, Felipe Blas y Almudena García González, eds., *La comedia de santos. Coloquio Internacional. Almagro, 1, 2 y 3 de diciembre de 2006*, Cuenca, Universidad de Castilla-La Mancha (Col. Corral de Comedias, 23), 2008.

Pedraza Jiménez, Felipe Blas y Rafael González Cañal, eds., *La comedia de enredo. Actas de las XX Jornadas de teatro clásico. Almagro, julio de 1997*, Ciudad Real, Universidad de Castilla-La Mancha/Festival de Almagro (Col. Corral de Comedias, 8), 1998.

Pedraza Jiménez, Felipe Blas, Rafael González Cañal y Almudena García González, eds., *Damas en el tablado. XXXI Jornadas de teatro clásico. Almagro, 1, 2 y 3 de julio de 2008*, Cuenca, Universidad de Castilla-La Mancha (Col. Corral de Comedias, 26), 2009.

Pedraza Jiménez, Felipe Blas, Rafael González Cañal y Elena, Marcello, eds., *La comedia de caballerías. Actas de las XXVIII Jornadas de Teatro Clásico de Almagro. Almagro, 12, 13 y 14 de julio de 2005*, Almagro, Universidad de Castilla-La Mancha/Festival de Almagro (Col. Corral de Comedias, 19), 2006.

Penas Ibáñez, María Azucena, *El lenguaje dramático de Lope de Vega*, Cáceres, Servicio de Publicaciones de la Universidad de Extremadura (Col. Anejos del *Anuario de Estudios Filológicos*, 16), 1996.

Pérez Priego, Miguel Ángel, *El teatro en el Renacimiento*, Madrid, Laberinto (Col. Arcadia de las Letras, 25), 2004.

Pérez y Pérez, María Cruz, *Bibliografía del teatro de Lope de Vega*, Madrid, Consejo Superior de Investigaciones Científicas (Col. Cuadernos Bibliográficos, 29), 1973.

Petro del Barrio, Antonia, *La legitimación de la violencia en la comedia española del siglo XVII*, Salamanca, Universidad de Salamanca (Col. *Acta salmanticensia*; Estudios filológicos, 315), 2006.

Presotto, Marco, «El teatro de Lope, la bibliografía y la red», *Teatro de palabras. Revista sobre teatro áureo*, 7 (2013), pp. 71-85.

Profeti, Maria Grazia, «El último Lope», en Felipe Blas Pedraza Jiménez y Rafael González Cañal, eds., *La década de oro de la comedia española, 1630-1640. Actas de las XIX Jornadas de teatro clásico. Almagro, julio de 1996*, Almagro, Universidad de Castilla-La Mancha/Festival de Almagro (Col. Corral de Comedias, 7), 1997, p. 39.

—, ed., «Otro Lope no ha de haber». *Atti del Convegno Internazionale su Lope de Vega. 10-13 Febbraio 1999*, Florencia, Alinea Editrice (Col. Secoli d'Oro, 13, 14, 15), 2000, 3 vols.

Real Academia Española, *Diccionario de la lengua española*, Madrid, Espasa, 2014.

Rey Hazas, Antonio, «Algunas reflexiones sobre el honor como sustituto funcional del destino en la tragicomedia barroca española», en Manuel V. Diago y Teresa Ferrer Valls, eds., *Comedias y comediantes. Estudios sobre el teatro clásico español*, Valencia, Universitat de València (Col. Oberta), 1991, pp. 251-262.

Reyes Peña, Mercedes de los, dir., *El vestuario en el teatro español del Siglo de Oro*, Madrid, Compañía Nacional de Teatro Clásico (Col. Cuadernos de teatro clásico, 13-14), 2007.

Rodríguez Sánchez de León, María José, *La crítica ante el teatro barroco español (Siglos xvii-xix)*, Salamanca, Almar (Col. Patio de escuelas, 6), 2000.

Romera-Navarro, Miguel, «Las disfrazadas de varón en la comedia», *Hispanic Review*, II, 4 (1934), pp. 269-286.

Roso Díaz, José, *Tipología de engaños en la obra dramática de Lope de Vega*, Cáceres, Servicio de Publicaciones de la Universidad de Extremadura (Col. Trabajos del Departamento de Filología Hispánica, 20), 2002.

Rozas López, Juan Manuel, *Significado y doctrina del* Arte nuevo *de Lope de Vega*, Madrid, Sociedad General Española de Librería (Col. Temas, 9), 1976.

—, «La obra dramática de Lope de Vega. Introducción», en Francisco Rico Manrique, ed., *Historia y crítica de la literatura española*, Barcelona, Crítica, 1983, vol. III: «Siglos de Oro: Barroco», pp. 302-303.

—, «Lope de Vega y Felipe IV en el "ciclo *de senectute*"», en Jesús Cañas Murillo, ed., *Estudios sobre Lope de Vega*, Madrid, Cátedra (Col. Crítica y estudios literarios), 1990, p. 73-131.

—, «Texto y contexto en *El castigo sin venganza*», en Jesús Cañas Murillo, ed., *Estudios sobre Lope de Vega*, Madrid, Cátedra (Col. Crítica y estudios literarios), 1990, p. 355-383.

Rubiera Fernández, Javier, *La construcción del espacio en la comedia española del Siglo de Oro*, Madrid, Arco Libros (Col. Perspectivas), 2005.
Ruiz Ramón, Francisco, «La figura del Poder y el poder de las contradicciones en el teatro español del siglo xvii», en Jean-Pierre Étienvre, ed., *Littérature et Politique en Espagne aux siècles d'or*, París, Klincksieck (Col. Témoins de l'Espagne, 1), 1998, pp. 250-268.
Sabik, Kazimierz, *El teatro de corte en España en el ocaso del Siglo de Oro (1670-1700)*, Varsovia, Universidad de Varsovia (Col. Cátedra de Estudios Ibéricos, 2), 1994.
—, «El teatro cortesano español en el Siglo de Oro (1613-1660)», en Carlos Mata Induráin y Miguel Zugasti, eds., *Actas del Congreso «El Siglo de Oro en el Nuevo Milenio»*, Navarra, EUNSA, 2005, vol. II, pp. 1543-1560.
Sáez Raposo, Francisco, «Proxemia y espacio dramático en el teatro pastoril del primer Lope de Vega», *Anuario Lope de Vega*, XXII (2016), pp. 409-431.
Salomon, Noël, *Lo villano en el teatro del Siglo de Oro*, Madrid, Castalia (Col. Literatura y sociedad, 36), 1985.
Sánchez Escribano, Federico y Alberto Porqueras Mayo, *Preceptiva dramática española del Renacimiento y el Barroco*, Madrid, Gredos (Col. Biblioteca Románica Hispánica; IV. Textos, 3), 1972.
Sánchez Jiménez, Antonio, *Lope pintado por sí mismo. Mito e imagen del autor en la poesía de Lope de Vega Carpio*, Woodbridge, Tamesis (Col. Támesis. Serie A: Monografías, 229), 2006.
—, *Lope: El verso y la vida*, Madrid, Cátedra, 2018.
Serés Guillén, Guillermo, «Amor y mujer en el teatro áureo», en Felipe Blas Pedraza Jiménez, Rafael González Cañal y Almudena García González, eds., *Damas en el tablado. XXXI Jornadas de teatro clásico. Almagro, 1, 2 y 3 de julio de 2008*, Cuenca, Universidad de Castilla-La Mancha (Col. Corral de Comedias, 26), 2009, pp. 153-188.
Serralta, Frédéric, «Sobre el "prefigurón" en tres comedias de Lope (*Los melindres de Belisa*, *Los hidalgos de la aldea* y *El au-*

sente del lugar)», *Criticón*, 87-88-89. *Estaba el jardín en flor... Homenaje a Stefano Arata*, Toulouse, Presses Universitaires du Mirail, 2003, pp. 827-836.
SHERGOLD, Norman David y John Earl Varey, *Representaciones palaciegas: 1603-1699. Estudio y documentos*, Londres, Tamesis (Serie Fuentes para la historia del teatro en España, I), 1982.
SIMÓN DÍAZ, José y Juana de José Prades, *Ensayo de una bibliografía de las obras y artículos sobre la vida y escritos de Lope de Vega Carpio*, Madrid, Centro de Estudios sobre Lope de Vega, 1955.
VITSE, Marc y Frédéric Serralta, «El teatro en el siglo XVII», en José María Díez Borque, dir., *Historia del teatro en España*, Madrid, Taurus, 1990, tomo I: «Edad Media. Siglo XVI. Siglo XVII», pp. 473-706.
VV. AA., *La comedia de capa y espada*, Madrid, Compañía Nacional de Teatro Clásico (Col. Cuadernos de teatro clásico, 1), 1988.
WARDROPPER, Bruce W., *Introducción al teatro religioso del Siglo de Oro*, Madrid, Anaya (Col. Temas y Estudios, 248), 1967.
WEBER DE KURLAT, Frida, «El tipo del negro en el teatro de Lope de Vega: tradición y creación», *Nueva Revista de Filología Hispánica*, XIX, 2 (1970), pp. 337-359.
—, «El Lope-Lope y Lope-preLope. Formación del subcódigo de la comedia de Lope y su época», *Segismundo*, XII (1976), pp. 111-131.

5. ESTA EDICIÓN

La edición de *La dama boba* sigue el manuscrito autógrafo de Lope de Vega custodiado en la Biblioteca Nacional de España con la signatura VITR/7/5, fechado el 28 de abril de 1613. La de *El perro del hortelano* respeta en lo esencial la versión publicada en la *Oncena parte* de las comedias del Fénix, de 1618. Ambas se han cotejado con algunas de las más recientes ediciones, muy especialmente con la de *La dama boba* realizada por Marco Presotto para el volumen 3 de la Parte IX de las *Comedias de Lope de Vega* y con la de *El perro del hortelano* que cuidó Paola Laskaris para el tomo I de la Parte XI de la misma colección, publicadas en 2007 y 2012, respectivamente.

Se proponen los textos con una regularización de la ortografía, la acentuación y la puntuación que sigue las convenciones actuales de la lengua, aunque se mantienen determinadas formas asumidas por la crítica general que contribuyen a respetar la métrica de los versos.

No se ofrece una anotación excesiva, pues no se trata de textos especialmente complejos, aunque sí se aclaran determinados significados de términos o expresiones que puede desconocer el lector medio; igualmente, se anotan alusiones históricas, sociales y políticas que resultan de interés para la compresión del sentido global del texto.

La dama boba

Lope Félix de Vega Carpio

La dama boba

Comedia deste año de 1613

Personas deste acto

Liseo, *caballero.*
Turín, *lacayo.*
Leandro, *caballero.*
Otavio, *viejo.*
Miseno, *su amigo.*
Duardo, Laurencio, Feniso, *caballeros.*
Rufino, *maestro.*
Nise, *dama.*
Finea, *su hermana.*
Celia, Clara, *criadas.*
Pedro, *lacayo.*

ACTO PRIMERO

Liseo, *caballero, y* Turín, *lacayo, los dos de camino.*

Liseo. ¡Qué lindas posadas!
Turín. ¡Frescas!
Liseo. ¿No hay calor?
Turín. Chinches y ropa
tienen fama en toda Europa.
Liseo. ¡Famoso lugar, Illescas!
No hay en todos los que miras
quien le iguale.
Turín. Aun si supieses
la causa...
Liseo. ¿Cuál es?
Turín. Dos meses
de guindas y de mentiras.
Liseo. Como aquí, Turín, se juntan
de la Corte y de Sevilla,
Andalucía y Castilla,
unos a otros preguntan;
unos de las Indias cuentan,
y otros, con discursos largos
de provisiones y cargos,
cosas que el vulgo alimentan.
¿No tomaste las medidas?
Turín. Una docena tomé.
Liseo. ¿Y imágenes?
Turín. Con la fe
que son de España admitidas,

por milagrosas en todo
cuanto, en cualquiera ocasión,
les pide la devoción
y el nombre.

LISEO. Pues, dese modo,
lleguen las postas,[171] y vamos.

TURÍN. ¿No has de comer?

LISEO. Aguardar
a que se guise es pensar
que a media noche llegamos;
y un desposado, Turín,
ha de llegar cuando pueda
lucir.

TURÍN. Muy atrás se queda
con el repuesto[172] Marín;
pero yo traigo qué comas.

LISEO. ¿Qué traes?

TURÍN. Ya lo verás.

LISEO. Dilo.

TURÍN. ¡Guarda!

LISEO. Necio estás.

TURÍN. ¿Desto pesadumbre tomas?

LISEO. Pues, para decir lo que es…

TURÍN. Hay a quien pesa de oír
su nombre.[173] Basta decir
que tú lo sabrás después.

171. *Postas*: «Conjunto de caballerías que se apostaban en los caminos cada dos o tres leguas, para que los tiros, los correos, etc., pudiesen ser relevados» (Real Academia Española, *Diccionario de la lengua española*, Madrid, Espasa, 2014 [en adelante, *DLE*], *s. v.* «posta»).

172. *Repuesto*: «Provisión de comestibles u otras cosas para cuando sean necesarias» (*DLE*, *s. v.* «repuesto»).

173. Es el tocino, citado con posterioridad. La expresión «pesa de oír» implica la dificultad de ciertas religiones perseguidas en la época que prohibían comer tocino y otras partes del cerdo por considerarlo un animal impuro.

LISEO. ¿Entretiénese la hambre
con saber qué ha de comer?
TURÍN. Pues sábete que ha de ser...
LISEO. ¡Presto!
TURÍN. ... tocino fiambre.
LISEO. Pues ¿a quién puede pesar
de oír nombre tan hidalgo?
Turín, si me has de dar algo,
¿qué cosa me puedes dar
que tenga igual a ese nombre?
TURÍN. Esto y una hermosa caja.
LISEO. Dame de queso una raja,
que nunca el dulce es muy hombre.[174]
TURÍN. Esas liciones no son
de galán ni desposado.
LISEO. Aún agora no he llegado.
TURÍN. Las damas de Corte son
todas un fino cristal:[175]
transparentes y divinas.
LISEO. Turín, las más cristalinas
comerán.
TURÍN. ¡Es natural!
Pero esta hermosa Finea
con quien a casarte vas
comerá...
LISEO. Dilo.
TURÍN. ... no más
de azúcar, maná y jalea.
Pasárase una semana
con dos puntos en el aire
de azúcar.
LISEO. ¡Gentil donaire!

174. Adviértase cómo la confitería y los alimentos dulces no se asociaban, generalmente, a los hombres.

175. Metáfora de la fragilidad de la mujer.

TURÍN. ¿Qué piensas dar a su hermana?
LISEO. A Nise, su hermana bella,
una rosa de diamantes,
que así tengan los amantes
tales firmezas[176] con ella;
y una cadena también,
que compite con la rosa.
TURÍN. Dicen que es también hermosa.
LISEO. Mi esposa parece bien,
si doy crédito a la fama;
de su hermana poco sé,
pero basta que me dé
lo que más se estima y ama.
TURÍN. ¡Bello golpe de dinero!
LISEO. Son cuarenta mil ducados.
TURÍN. ¡Bravo dote!
LISEO. Si contados
los llego a ver, como espero.
TURÍN. De un macho con guarniciones
verdes y estribos de palo,
se apea un hidalgo.
LISEO. ¡Malo,
si la merienda me pones!

LEANDRO, *de camino.*

LEANDRO. Huésped, ¿habrá qué comer?
LISEO. Seáis, señor, bien llegado.
LEANDRO. Y vos en la misma hallado.
LISEO. ¿A Madrid…?
LEANDRO. Dejele ayer,
cansado de no salir
con pretensiones cansadas.

176. Firmeza: «joya u objeto que sirve de prueba de lealtad amorosa» (*DLE*, *s. v.* «firmeza»). También alude a la dureza que ha de mostrar el amante que la domine.

LISEO. Esas van adjetivadas
con esperar y sufrir.
Holgara por ir con vos,
lleváramos un camino.
LEANDRO. Si vais a lo que imagino,
nunca lo permita Dios.
LISEO. No llevo qué pretender;
a negocios hechos voy.
¿Sois de ese lugar?
LEANDRO. Sí soy.
LISEO. Luego podréis conocer
la persona que os nombrare.
LEANDRO. Es Madrid una talega
de piezas, donde se anega
cuanto su máquina pare.
Los reyes, roques y arfiles[177]
conocidas casas tienen;
los demás que van y vienen
son como peones viles:[178]
todo es allí confusión.
LISEO. No es Otavio pieza vil.
LEANDRO. Si es quien yo pienso, es arfil,
y pieza de estimación.
LISEO. Quien yo digo es padre noble
de dos hijas.
LEANDRO. Ya sé quién;
pero dijérades bien
que de una palma y de un roble.
LISEO. ¿Cómo?
LEANDRO. Que entrambas lo son,
pues Nise bella es la palma;
Finea un roble, sin alma
y discurso de razón.

177. Arcaísmo de alfil, pieza del ajedrez.
178. Imagen de los miembros de la corte con las piezas del tablero del ajedrez.

Nise es mujer tan discreta,
sabia, gallarda, entendida,
cuanto Finea encogida,
boba, indigna y imperfeta.
Y aun pienso que oí tratar
que la casaban…

LISEO. (¿No escuchas?) *A Turín*

LEANDRO. Verdad es que no habrá muchas
que la puedan igualar
en el riquísimo dote;
mas ¡ay de aquel desdichado
que espera una bestia al lado!
Pues más de algún marquesote,
a codicia del dinero,
pretende la bobería
desta dama, y a porfía
hacen su calle terrero.[179]

LISEO. (Yo llevo lindo concierto.
¡A gentiles vistas voy!

TURÍN. Disimula.

LISEO. Tal estoy,
que apenas hablar acierto.)
En fin, señor, ¿Nise es bella
y discreta?

LEANDRO. Es celebrada
por única, y deseada,
por las partes que hay en ella,
de gente muy principal.

LISEO. ¿Tan necia es esa Finea?

LEANDRO. Mucho sentís que lo sea.

LISEO. Contemplo, de sangre igual,
dos cosas tan desiguales…
Mas, ¿cómo en dote lo son?

179. La observan y escudriñan.

Que, hermanas, fuera razón
que los tuvieran iguales.

LEANDRO. Oigo decir que un hermano
de su padre la dejó
esta hacienda, porque vio
que sin ella fuera en vano
casarla con hombre igual
de su noble nacimiento,
supliendo el entendimiento
con el oro.

LISEO. Él hizo mal.

LEANDRO. Antes bien, porque con esto
tan discreta vendrá a ser
como Nise.

TURÍN. ¿Has de comer?

LISEO. Ponme lo que dices, presto,
aunque ya puedo escusallo.

LEANDRO. ¿Mandáis, señor, otra cosa?

LISEO. Serviros. (¡Qué linda esposa!)

Vase LEANDRO.

TURÍN. ¿Qué haremos?

LISEO. Ponte a caballo
que ya no quiero comer.

TURÍN. No te aflijas, pues no es hecho.

LISEO. Que me ha de matar, sospecho,
si es necia y propia mujer.

TURÍN. Como tú no digas «sí»,
¿quién te puede cautivar?

LISEO. Verla no me ha de matar,
aunque es basilisco en mí.

TURÍN. No, señor.

LISEO. También advierte
que, siendo tan entendida

Nise, me dará la vida,
si ella me diere la muerte.

Éntrense y salgan Otavio, *viejo, y* Miseno.

Otavio. ¿Esa fue la intención que tuvo Fabio?
Miseno. Parece que os quejáis.
Otavio. ¡Bien mal emplea
mi hermano tanta hacienda! No fue sabio.
Bien es que Fabio, y que no sabio, sea.
Miseno. Si en dejaros hacienda os hizo agravio,
vos propio lo juzgad.
Otavio. Dejó a Finea,
a título de simple, tan gran renta,
que a todos, hasta agora, nos sustenta.
Miseno. Dejola a la que más le parecía
de sus sobrinas.
Otavio. Vos andáis discreto,
pues a quien heredó su bobería
dejó su hacienda para el mismo efeto.
Miseno. De Nise la divina gallardía,
las altas esperanzas y el conceto
os deben de tener apasionado.
¿Quién duda que le sois más inclinado?
Otavio. Mis hijas son entrambas; mas yo os juro
que me enfadan y cansan, cada una
por su camino, cuando más procuro
mostrar amor e inclinación a alguna.
Si ser Finea simple es caso duro,
ya lo suplen los bienes de Fortuna
y algunos que le dio Naturaleza,
siempre más liberal, de la belleza;
pero ver tan discreta y arrogante
a Nise, más me pudre y martiriza,
y que de bien hablada y elegante
el vulgazo la aprueba y soleniza.

Si me casara agora —y no te espante
esta opinión, que alguno la autoriza—,
de dos estremos: boba o bachillera,[180]
de la boba elección, sin duda, hiciera.

MISENO. ¡No digáis tal, por Dios! Que están sujetas
a no acertar en nada.

OTAVIO. Eso es engaño;
que yo no trato aquí de las discretas:
solo a las bachilleras desengaño.
De una casada son partes perfetas
virtud y honestidad.

MISENO. Parir cadaño,[181]
no dijérades mal, si es argumento
de que vos no queréis entendimiento.

OTAVIO. Está la discreción de una casada[182]
en amar y servir a su marido;
en vivir recogida y recatada,
honesta en el hablar y en el vestido;
en ser de la familia respetada,
en retirar la vista y el oído,
en enseñar los hijos, cuidadosa,
preciada más de limpia que de hermosa.
¿Para qué quiero lo que, bachillera,
la que es propia mujer concetos diga?
Esto de Nise por casar me altera;
lo más, como lo menos, me fatiga.
Resuélvome en dos cosas que quisiera,
pues la virtud es bien que el medio siga:
que Finea supiera más que sabe,
y Nise menos.

180. Dicho de una mujer, que tiene bachillería, es decir, que alardea inmerecidamente de una supuesta sabiduría o que, aunque de verdad lo sea, no se tiene por bueno por convenciones sociales.

181. Cada año.

182. Se asiste a un excurso de Lope en el que explicita cuáles han de ser las características fundamentales de una buena esposa.

MISENO. Habláis cuerdo y grave.
OTAVIO. Si todos los estremos tienen vicio,
yo estoy, con justa causa, discontento.
MISENO. ¿Y qué hay de vuestro yerno?
OTAVIO. Aquí el oficio
de padre y dueño alarga el pensamiento.
Caso a Finea, que es notable indicio
de las leyes del mundo, al oro atento.
Nise, tan sabia, docta y entendida,
apenas halla un hombre que la pida;
y por Finea, simple, por instantes
me solicitan tantos pretendientes
del oro más que del ingenio amantes,
que me cansan amigos y parientes.
MISENO. Razones hay, al parecer, bastantes.
OTAVIO. Una hallo yo, sin muchas aparentes,
y es el buscar un hombre en todo estado
lo que le falta más, con más cuidado.
MISENO. Eso no entiendo bien.
OTAVIO. Estadme atento.
Ningún hombre nacido a pensar viene
que le falta, Miseno, entendimiento,
y con esto no busca lo que tiene.
Ve que el oro le falta y el sustento,
y piensa que buscalle le conviene,
pues como ser la falta el oro entienda,
deja el entendimiento y busca hacienda.
MISENO. ¡Piedad del cielo! ¡Que ningún nacido
se queje de faltarle entendimiento!
OTAVIO. Pues a muchos, que nunca lo han creído,
les falta, y son sus obras argumento.
MISENO. Nise es aquesta.
OTAVIO. Quítame el sentido
su desvanecimiento.
MISENO. Un casamiento
os traigo yo.

OTAVIO. Casémosla, que temo
alguna necedad, de tanto estremo.

NISE *y* CELIA, *criada.*

NISE. ¿Diote el libro?
CELIA. Y tal, que obliga
a no abrille ni tocalle.
NISE. Pues, ¿por qué?
CELIA. Por no ensucialle,
si quieres que te lo diga.
En cándido pergamino
vienen muchas flores de oro.
NISE. Bien lo merece Heliodoro,
griego poeta divino.
CELIA. ¿Poeta? Pues parecióme
prosa.
NISE. También hay poesía
en prosa.[183]
CELIA. No lo sabía.
Miré el principio, y cansome.
NISE. Es que no se da a entender,
con el artificio griego,
hasta el quinto libro, y luego
todo se viene a saber
cuanto precede a los cuatro.[184]
CELIA. En fin, ¿es poeta en prosa?
NISE. Y de una historia amorosa
digna de aplauso y teatro.
Hay dos prosas diferentes:
poética y historial.
La historial, lisa y leal,

183. El Fénix se adhiere a esa corriente de pensamiento crítico-literario que no consideraba indispensable la utilización del verso para que hubiera poesía.

184. Es la introducción *in medias res*.

cuenta verdades patentes,
con frase y términos claros;
la poética es hermosa,
varia, culta, licenciosa,
y escura aun a ingenios raros.
Tiene mil exornaciones
y retóricas figuras.

CELIA. Pues, ¿de cosas tan escuras
juzgan tantos?

NISE. No le pones,
Celia, pequeña objeción;
pero así corre el engaño
del mundo.[185]

FINEA, *dama, con unas cartillas, y* RUFINO, *maestro.*

FINEA. ¡Ni en todo el año
saldré con esa lición!

CELIA. (Tu hermana, con su maestro.)

NISE. ¿Conoce las letras ya?

CELIA. En los principios está.

RUFINO. ¡Paciencia y no letras muestro!
¿Qué es esta?

FINEA. Letra será.

RUFINO. ¿Letra?

FINEA. Pues, ¿es otra cosa?

RUFINO. No, sino el alba. (¡Qué hermosa bestia!)

185. Adviértase la opinión negativa de Lope hacia la moda de la poesía gongorina, llena de expresiones grandilocuentes y compuesta en un estilo oscuro y difícil. A pesar de la oposición del Fénix, el culteranismo se impondrá incluso también en el teatro, cuyo mejor representante fue Pedro Calderón de la Barca, que gozó a partir del segundo tercio del siglo XVII de mayor éxito en esa corte en la que Lope pretendía un puesto y que fue más representado en la centuria siguiente y aun en el XIX.

FINEA. Bien, bien. Sí, ya, ya;
el alba debe de ser,
cuando andaba entre las coles.
RUFINO. Esta es «ca». Los españoles
no la solemos poner
en nuestra lengua jamás.
Úsanla mucho alemanes
y flamencos.
FINEA. ¡Qué galanes
van todos estos detrás!
RUFINO. Estas son letras también.
FINEA. ¿Tantas hay?
RUFINO. Veintitrés son.
FINEA. Ara vaya de lición;
que yo lo diré muy bien.
RUFINO. ¿Qué es esta?
FINEA. ¿Aquesta?... No sé.
RUFINO. ¿Y esta?
FINEA. No sé qué responda.
RUFINO. ¿Y esta?
FINEA. ¿Cuál? ¿Esta redonda?
¡Letra!
RUFINO. ¡Bien!
FINEA. Luego ¿acerté?
RUFINO. ¡Linda bestia!
FINEA. ¡Así, así!
Bestia, ¡por Dios!, se llamaba;
pero no se me acordaba.
RUFINO. Esta es «erre», y esta es «i».
FINEA. Pues, ¿si tú lo traes errado...?
NISE. (¡Con qué pesadumbre están!)
RUFINO. Di aquí: B, A, N; ban.
FINEA. ¿Dónde van?
RUFINO. ¡Gentil cuidado!
FINEA. ¿Que se van, no me decías?
RUFINO. Letras son; ¡míralas bien!

Finea. Ya miro.
Rufino. B, E, N: ben.
Finea. ¿Adónde?
Rufino. ¡Adonde en mis días
no te vuelva más a ver!
Finea. ¿Ven, no dices? Pues ya voy.
Rufino. ¡Perdiendo el jüicio estoy!
¡Es imposible aprender![186]
¡Vive Dios, que te he de dar
una palmeta!
Finea. ¿Tú a mí?

Saca una palmatoria.[187]

Rufino. ¡Muestra la mano!
Finea. Hela aquí.
Rufino. ¡Aprende a deletrear!
Finea. ¡Ay, perro! ¿Apuesto es palmeta?
Rufino. Pues ¿qué pensabas?
Finea. ¡Aguarda!
Nise. ¡Ella le mata!
Celia. Ya tarda
tu favor, Nise discreta.
Rufino. ¡Ay, que me mata!
Nise. ¿Qué es esto?
¿A tu maestro?
Finea. Hame dado
causa.
Nise. ¿Cómo?
Finea. Hame engañado.
Rufino. ¿Yo, engañado?

186. Enseñar. Actualmente en desuso.

187. *Palmeta*: «Instrumento que se usaba en las escuelas para golpear en la mano, como castigo, a los niños» (*DLE*, *s. v.* «palmeta»). *Palmeta* tiene el mismo significado que *palmatoria*.

NISE. ¡Dila presto!
FINEA. Estaba aprendiendo aquí
la letra bestia y la ca…
NISE. La primera sabes ya.
FINEA. Es verdad, ya la aprendí.
Sacó un zoquete de palo
y al cabo una media bola;
pidiome la mano sola
—¡mira qué lindo regalo!—
y apenas me la tomó,
cuando, ¡zas!, la bola asienta,
que pica como pimienta,
y la mano me quebró.
NISE. Cuando el discípulo ignora,
tiene el maestro licencia
de castigar.
FINEA. ¡Linda ciencia!
RUFINO. Aunque me diese, señora,
vuestro padre cuanto tiene,
no he de darle otra lición.

Vase el maestro.

CELIA. ¡Fuese!
NISE. No tienes razón:
sufrir y aprender conviene.
FINEA. Pues ¿las letras que allí están,
yo no las aprendo bien?
Vengo cuando dice «ven»,
y voy cuando dice «van».[188]
¿Qué quiere, Nise, el maestro,
quebrándome la cabeza
con «ban, bin, bon»?

188. Continúa Lope con la broma surgida como consecuencia de la bobería de Finea.

CELIA. (¡Ella es pieza
de rey!)[189]
NISE. Quiere el padre nuestro
que aprendamos.
FINEA. Ya yo sé
el Padrenuestro.
NISE. No digo
sino el nuestro; y el castigo,
por darte memoria fue.
FINEA. Póngame un hilo en el dedo
y no aquel palo en la palma.
CELIA. Mas que se te sale el alma,
si lo sabe…
FINEA. ¡Muerta quedo!
¡Oh, Celia! No se lo digas,
y verás qué te daré.

CLARA, *criada.*

CLARA. ¡Topé contigo, a la fe!
NISE. Ya, Celia, las dos amigas
se han juntado.
CELIA. A nadie quiere
más, en todas las crïadas.
CLARA. ¡Dame albricias, tan bien dadas
como el suceso requiere!
FINEA. Pues, ¿de qué son?
CLARA. Ya parió
nuestra gata la romana.
FINEA. ¿Cierto, cierto?
CLARA. Esta mañana.
FINEA. ¿Parió en el tejado?
CLARA. No.

189. Vuelve la imagen del tablero de ajedrez: el rey es la pieza más importante, como la cabeza de Finea, aunque aquí aparece la ironía.

FINEA. Pues ¿dónde?

CLARA. En el aposento;
que cierto se echó de ver
su entendimiento.

FINEA. ¡Es mujer
notable!

CLARA. Escucha un momento.[190]
Salía, por donde suele,
el sol, muy galán y rico,
con la librea del rey,
colorado y amarillo;
andaban los carretones
quitándole el romadizo[191]
que da la noche a Madrid,
aunque no sé quién me dijo
que era la calle Mayor
el soldado más antiguo,
pues nunca el mayor de Flandes
presentó tantos servicios;[192]
pregonaban aguardiente,
—agua biznieta del vino—,
los hombres Carnestolendas,
todos naranjas y gritos.
Dormían las rentas grandes,
despertaban los oficios,
tocaban los boticarios
sus almireces a pino,
cuando la gata de casa
comenzó, con mil suspiros,

190. Lope se dispone a hacer una crítica de la vida de la corte siguiendo el patrón de su obra *La gatomaquia*, que concedía a personajes del entorno de la monarquía nombres inventados de gatos.

191. *Romadizo*: «Catarro de la membrana pituitaria» (*DLE*, *s. v.* «romadizo»).

192. Se refiere a los orinales y a los méritos militares.

a decir: «¡Ay, ay, ay, ay!
¡Que quiero parir, marido!».
Levantose Hociquimocho
y fue corriendo a decirlo
a sus parientes y deudos;
que deben de ser moriscos,
porque el lenguaje que hablaban,
en tiple de monacillos,
si no es jerigonza[193] entre ellos,
no es español, ni latino.
Vino una gata viuda,
con blanco y negro vestido
—sospecho que era su agüela—,
gorda y compuesta de hocico;
y, si lo que arrastra honra,
como dicen los antiguos,
tan honrada es por la cola
como otros por sus oficios.
Trújole cierta manteca,
desayunose y previno
en qué recebir el parto.
Hubo temerarios gritos.
No es burla, parió seis gatos
tan remendados y lindos,
que pudieran, a ser pías,
llevar el coche más rico.
Regocijados bajaron
de los tejados vecinos,
caballetes y terrados,[194]
todos los deudos y amigos:
Lamicola, Arañizaldo,
Marfuz, Marramao, Micilo,

193. *Jerigonza*: «Lenguaje especial de algunos gremios» (*DLE*, *s. v.* «jerigonza»).

194. *Terrado*: «terraza» (*DLE*, *s. v.* «terrado»).

Tumbaollín, Mico, Miturrio,
Rabicorto, Zapaquildo,
unos vestidos de pardo,
otros de blanco vestidos,
y otros con forros de martas,[195]
en cueras y capotillos.
De negro vino a la fiesta
el gallardo Golosino,
luto que mostraba entonces
de su padre el gaticidio.
Cual la morcilla presenta,
cual el pez, cual el cabrito,
cual el gorrión astuto,
cual el simple palomino.
Trazando quedan agora,
para mayor regocijo
en el gatesco senado
correr gansos[196] cinco a cinco.
Ven presto, que si los oyes,
dirás que parecen niños,
y darás a la parida
el parabién de los hijos.

FINEA. ¡No me pudieras contar
caso, para el gusto mío,
de mayor contentamiento!

CLARA. Camina.

FINEA. Tras ti camino.

195. Se trata de la piel de un mamífero del mismo nombre.

196. *Correr gansos*: «Diversión semejante a la de correr gallos» (*DLE*, *s. v.* «ganso»). Se trataba de un juego de carnaval muy extendido y que, con variantes, consistía en enterrar un gallo o un ganso, al que había que intentar decapitar montado en un burro o un caballo. También cabía la posibilidad de colgar al animal con la cabeza hacia abajo, siendo el vencedor el que consiguiera matarlo a palos.

Vanse FINEA *y* CLARA.

NISE. ¿Hay locura semejante?
CELIA. ¿Y Clara es boba también?
NISE. Por eso la quiere bien.
CELIA. La semejanza es bastante;
aunque yo pienso que Clara
es más bellaca que boba.
NISE. Con esto la engaña y roba.

DUARDO, FINISO, LAURENCIO, *caballeros.*

DUARDO. Aquí, como estrella clara,
a su hermosura nos guía.
FENISO. Y aun es del sol su luz pura.
LAURENCIO. ¡Oh, reina de la hermosura!
DUARDO. ¡Oh, Nise!
FENISO. ¡Oh, señora mía!
NISE. Caballeros…
LAURENCIO. Esta vez,
por vuestro ingenio gallardo,
de un soneto de Düardo
os hemos de hacer jüez.
NISE. ¿A mí, que soy de Finea
hermana y sangre?
LAURENCIO. A vos sola,
que sois Sibila[197] española,
no cumana ni eritrea;
a vos, por quien ya las Gracias

197. Personaje de la mitología griega y romana al que se le atribuían características proféticas. Había diez sibilas: sibila de Samos, sibila eritrea, sibila del Helesponto, sibila frigia, sibila cimeria, sibila de Delfos, sibila libia, sibila de Cumas, sibila tiburtina y sibila babilónica o pérsica.

son cuatro,[198] y las Musas diez,[199]
es justo haceros jüez.

NISE. Si ignorancias, si desgracias
trujérades a juzgar,
era justa la elección.

FENISO. Vuestra rara discreción,
imposible de alabar,
fue justamente elegida.
Oíd, señora, a Eduardo.[200]

NISE. ¡Vaya el soneto! Ya aguardo,
aunque, de indigna, corrida.

DUARDO. La calidad elementar[201] resiste
mi amor, que a la virtud celeste aspira,
y en las mentes angélicas se mira,
donde la idea del calor consiste.
No ya como elemento el fuego viste
el alma, cuyo vuelo al sol admira;
que de inferiores mundos se retira,
adonde el serafín ardiendo asiste.
No puede elementar fuego abrasarme.
La virtud celestial que vivifica
envidia el verme a la suprema alzarme,
que donde el fuego angélico me aplica,
¿cómo podrá mortal poder tocarme,
que eterno y fin contradición implica?

NISE. Ni una palabra entendí.

198. En la mitología grecolatina, las tres gracias eran divinidades de la belleza: Aglaya, Eufrósine y Talia. Laurencio indica que la sabiduría y belleza de Nise hace posible que las gracias sean cuatro y, más adelante, las musas, diez.

199. Las nueve musas de la mitología helénica, divinidades que inspiraban las artes en los escritores, son Calíope, Clío, Erato, Euterpe, Melpómene, Polimnia, Talía, Terpsícore y Urania.

200. Duardo.

201. Elemental.

DUARDO. Pues en parte se leyera
que más de alguno dijera
por arrogancia: «Yo sí».
La intención o el argumento
es pintar a quien ya llega
libre del amor que ciega
con luz del entendimiento
a la alta contemplación
de aquel puro amor sin fin,
donde es fuego el serafín.
NISE. Argumento y intención
queda entendido.
LAURENCIO. ¡Profundos
concetos!
NISE. ¡Mucho le esconden!
DUARDO. Tres fuegos que corresponden,
hermosa Nise, a tres mundos,
dan fundamento a los otros.
NISE. ¡Bien los podéis declarar!
DUARDO. Calidad elementar
es el calor en nosotros,
la celestial es virtud
que calienta y que recrea,
y la angélica es la idea
del calor.
NISE. Con inquietud
escucho lo que no entiendo.
DUARDO. El elemento en nosotros
es fuego.
NISE. ¿Entendéis vosotros?
DUARDO. El puro sol que estáis viendo
en el cielo, fuego es;
y fuego el entendimiento
seráfico; pero siento
que así difieren los tres:
que el que elementar se llama,

abrasa cuando se aplica,
el celeste vivifica
y el sobreceleste ama.

NISE. No discurras, por tu vida;
vete a escuelas.

DUARDO. Donde estás,
lo son.

NISE. Yo no escucho más,
de no entenderte corrida.
¡Escribe fácil!

DUARDO. Platón,
a lo que en cosas divinas
escribió, puso cortinas
que, tales como estas, son
matemáticas figuras
y enigmas.

NISE. ¡Oye, Laurencio!

FENISO. Ella os ha puesto silencio.

DUARDO. Temió las cosas escuras.

FENISO. ¡Es mujer!

DUARDO. La claridad
a todos es agradable,[202]
que se escriba o que se hable.

NISE. ¿Cómo va de voluntad?

LAURENCIO. Como quien la tiene en ti.

NISE. Yo te la pago muy bien.
No traigas contigo quien
me eclipse el hablarte ansí.

LAURENCIO. Yo, señora, no me atrevo,
por mi humildad, a tus ojos;
que, dando en viles despojos,
se afrenta el rayo de Febo;[203]

202. Nuevamente se asiste a una defensa del estilo claro y castizo, frente a la perspectiva culterana.

203. El dios sol.

pero, si quieres pasar
al alma, hallarasla rica
de la fe que amor publica.

NISE. Un papel te quiero dar;
pero ¿cómo podrá ser
que destos visto no sea?

LAURENCIO. Si en lo que el alma desea
me quieres favorecer,
mano y papel podré aquí
asir juntos, atrevido,
como finjas que has caído.

NISE. ¡Jesús! *(Hace* NISE *como que cae.)*

LAURENCIO. ¿Qué es eso?

NISE. ¡Caí!

LAURENCIO. Con las obras respondiste.

NISE. Esas responden mejor,
que no hay sin obras amor.

LAURENCIO. Amor en obras consiste.

NISE. Laurencio mío, adiós queda.
Düardo y Feniso, adiós.

DUARDO. Que tanta ventura a vos
como hermosura os conceda.

Vanse NISE *y* CELIA.

DUARDO. ¿Qué os ha dicho del soneto
Nise?

LAURENCIO. Que es muy estremado.

DUARDO. Habréis los dos murmurado;
que hacéis versos, en efeto.

LAURENCIO. Ya no es menester hacellos
para saber murmurallos,
que se atreve a censurallos
quien no se atreve a entendellos.

FENISO. Los dos tenemos que hacer.
Licencia nos podéis dar.

DUARDO. Las leyes de no estorbar
queremos obedecer.
LAURENCIO. ¡Malicia es esa!
FENISO. ¡No es tal!
La divina Nise es vuestra,
o, por lo menos, lo muestra.
LAURENCIO. Pudiera, a tener igual.

Despídanse, y quede solo LAURENCIO.

LAURENCIO. Hermoso sois, sin duda, pensamiento,
y, aunque honesto también, con ser hermoso,
si es calidad del bien ser provechoso,
una parte de tres que os falta siento.
Nise, con un divino entendimiento,
os enriquece de un amor dichoso;
mas sois de dueño pobre, y es forzoso
que en la necesidad falte el contento.
Si el oro es blanco y centro del descanso,
y el descanso, del gusto, yo os prometo
que tarda el navegar con viento manso.
Pensamiento, mudemos de sujeto;
si voy necio tras vos, y en ir me canso,
cuando vengáis tras mí, seréis discreto.

Entre PEDRO,
lacayo de LAURENCIO.

PEDRO. ¡Qué necio andaba en buscarte
fuera de aqueste lugar!
LAURENCIO. Bien me pudieras hallar
con el alma en otra parte.
PEDRO. ¿Luego estás sin ella aquí?
LAURENCIO. Ha podido un pensamiento
reducir su movimiento
desde mí, fuera de mí.

¿No has visto que la saeta
del reloj en un lugar
firme siempre suele estar
aunque nunca está quïeta,
y tal vez está en la una,
y luego en las dos está?
Pues así mi alma ya,
sin hacer mudanza alguna
de la casa en que me ves,
desde Nise, que ha querido,
a las doce se ha subido,
que es número de interés.

PEDRO. Pues ¿cómo es esa mudanza?

LAURENCIO. Como la saeta soy,
que desde la una voy
por lo que el círculo alcanza.
¿Señalaba a Nise?

PEDRO. Sí.

LAURENCIO. Pues ya señalo en Finea.

PEDRO. ¿Eso quieres que te crea?

LAURENCIO. ¿Por qué no, si hay causa?

PEDRO. Di.

LAURENCIO. Nise es una sola hermosa;
Finea las doce son:
hora de más bendición,
más descansada y copiosa.
En las doce el oficial
descansa, y bástale ser
hora entonces de comer
tan precisa y natural.
Quiero decir que Finea
hora de sustento es,
cuyo descanso ya ves
cuánto el hombre le desea.
Denme, pues, las doce a mí,
que soy pobre, con mujer:

que, dándome de comer,
es la mejor para mí.
Nise es hora infortunada,
donde mi planeta airado,
de sextil[204] y de cuadrado
me mira con frente armada.
Finea es hora dichosa,
donde Júpiter, benigno,
me está mirando de trino
con aspecto y faz hermosa.
Doyme a entender que, poniendo
en Finea mis cuidados,
a cuarenta mil ducados
las manos voy previniendo.
Esta, Pedro, desde hoy
ha de ser empresa mía.

PEDRO. Para probar tu osadía,
en una sospecha estoy.

LAURENCIO. ¿Cuál?

PEDRO. Que te has de arrepentir
por ser simple esta mujer.

LAURENCIO. ¿Quién has visto de comer,
de descansar y vestir
arrepentido jamás?
Pues esto viene con ella.

PEDRO. A Nise, discreta y bella,
Laurencio, ¿dejar podrás
por una boba inorante?

204. Lope inserta conceptos de los ángulos del zodíaco. Tres de los cinco ángulos mayores son el sextil, que divide la circunferencia de los 360 grados entre seis, dando un aspecto de 60 grados; el cuadrado o cuadratura, que la separa en cuatro, formando un aspecto de 90 grados, y el trino o trígono, que la divide entre tres, configurando un aspecto de 120 grados. Siguiendo una analogía con estos ángulos, Lope asocia a Nise con los aspectos negativos que provocan los ángulos sextil y cuadrado, y a Finea, con el positivo que genera el trino.

LAURENCIO. ¡Qué inorante majadero!
¿No ves que el sol del dinero
va del ingenio adelante?
El que es pobre, ese es tenido
por simple; el rico, por sabio.
No hay en el nacer agravio
por notable que haya sido,
que el dinero no le encubra,
ni hay falta en naturaleza
que con la mucha pobreza
no se aumente y se descubra.
Desde hoy quiero enamorar
a Finea.
PEDRO. He sospechado
que a un ingenio tan cerrado
no hay puerta por donde entrar.
LAURENCIO. Yo sé cuál.
PEDRO. ¡Yo no, por Dios!
LAURENCIO. Clara, su boba crïada.
PEDRO. Sospecho que es más taimada
que boba.
LAURENCIO. Demos los dos
en enamorarlas.
Creo
que Clara será tercera
más fácil.
LAURENCIO. De esa manera,
seguro va mi deseo.

FINEA *y* CLARA.

PEDRO. Ellas vienen; disimula.
LAURENCIO. Si puede ser en mi mano.
PEDRO. ¡Qué ha de poder un cristiano
enamorar una muía!
LAURENCIO. Linda cara y talle tiene.

PEDRO. ¡Así fuera el alma!
LAURENCIO. Agora
conozco, hermosa señora,
que no solamente viene
el sol de las orientales
partes, pues de vuestros ojos
sale con rayos más rojos
y luces piramidales;
pero si, cuando salís,
tan grande fuerza traéis,
al mediodía ¿qué haréis?
FINEA. Comer, como vos decís,
no pirámides ni peros,
sino cosas provechosas.
LAURENCIO. Esas estrellas hermosas,
esos nocturnos luceros
me tienen fuera de mí.
FINEA. Si vos andáis con estrellas,
¿qué mucho que os traigan ellas
arromadizado[205] ansí?
Acostaos siempre temprano
y dormid con tocador.
LAURENCIO. ¿No entendéis que os tengo amor
puro, honesto, limpio y llano?
FINEA. ¿Qué es amor?
LAURENCIO. ¿Amor? Deseo.
FINEA. ¿De qué?
LAURENCIO. De una cosa hermosa.
FINEA. ¿Es oro? ¿Es diamante? ¿Es cosa
destas que muy lindas veo?
LAURENCIO. No, sino de la hermosura
de una mujer como vos,
que, como lo ordena Dios,
para buen fin se procura;

205. *Vid.* nota en el verso 418.

y esta, que vos la tenéis,
engendra deseo en mí.

FINEA. Y yo ¿qué he de hacer aquí,
si sé que vos me queréis?

LAURENCIO. Quererme. ¿No habéis oído
que amor con amor se paga?

FINEA. No sé yo cómo se haga
porque nunca yo he querido,
ni en la cartilla lo vi,
ni me lo enseñó mi madre.
Preguntarelo a mi padre...

LAURENCIO. ¡Esperaos, que no es ansí!

FINEA. Pues ¿cómo?

LAURENCIO. Destos mis ojos
saldrán unos rayos vivos
como espíritus visivos,[206]
de sangre y de fuego rojos,
que se entrarán por los vuestros.

FINEA. No, señor, arriedro vaya[207]
cosa en que espíritus haya.

LAURENCIO. Son los espíritus nuestros
que juntos se han de encender
y causar un dulce fuego
con que se pierde el sosiego,
hasta que se viene a ver
el alma en la posesión,
que es el fin del casamiento;
que con este santo intento

206. Lope ya habla de los «espíritus vivos» o espíritus visivos al comienzo de *El caballero de Olmedo*. Se trata de esos espíritus o potencias que tienen la capacidad de ver lo que para el ojo es invisible, y así llega el amor: inunda el sentido de la vista con unas partículas tan especiales que solo pueden ser vistas por el enamorado.

207. Traducción del conocido *vade retro* que se dedica a Satanás para que se aleje.

justos los amores son,
porque el alma que yo tengo
a vuestro pecho se pasa.

FINEA. ¿Tanto pasa quien se casa?

PEDRO. Con él, como os digo, vengo
tan muerto por vuestro amor
que aquesta ocasión busqué.

CLARA. ¿Qué es amor, que no lo sé?

PEDRO. ¿Amor? ¡Locura, furor!

CLARA. Pues ¿loca tengo de estar?

PEDRO. Es una dulce locura
por quien la mayor cordura
suelen los hombres trocar.

CLARA. Yo, lo que mi ama hiciere,
eso haré.

PEDRO. Ciencia es amor,
que el más rudo labrador
a pocos cursos la adquiere.
En comenzando a querer,
enferma[208] la voluntad
de una dulce enfermedad.

CLARA. No me la mandes tener,
que no he tenido en mi vida
sino solos sabañones.

FINEA. ¡Agrádanme las liciones!

LAURENCIO. Tú verás, de mí querida,
cómo has de quererme aquí;
que es luz del entendimiento
amor.

FINEA. Lo del casamiento
me cuadra.

LAURENCIO. Y me importa a mí.

208. La enfermedad de amor es una reminiscencia del código del amor cortés.

FINEA. Pues ¿llevarame a su casa
y tendrame allá también?
LAURENCIO. Sí, señora.
FINEA. ¿Y eso es bien?
LAURENCIO. Y muy justo en quien se casa.
Vuestro padre y vuestra madre
casados fueron ansí.
Deso nacistes.
FINEA. ¿Yo?
LAURENCIO. Sí
FINEA. Cuando se casó mi padre,
¿no estaba yo allí tampoco?
LAURENCIO. (¿Hay semejante ignorancia?
Sospecho que esta ganancia
camina o volverme loco.)
FINEA. Mi padre pienso que viene.
LAURENCIO. Pues voyme. Acordaos de mí.

Vase LAURENCIO.

FINEA. ¡Que me place!
CLARA. ¿Fuese?
PEDRO. Sí,
y seguirle me conviene.
Tenedme en vuestra memoria.

Vase PEDRO.

CLARA. Si os vais, ¿cómo?
FINEA. ¿Has visto, Clara,
lo que es amor? ¡Quién pensara
tal cosa!
CLARA. No hay pepitoria
que tenga más menudencias
de manos, tripas y pies.

FINEA. Mi padre, como lo ves,
anda en mil impertinencias.
Tratado me ha de casar
con un caballero indiano,
sevillano o toledano.
Dos veces me vino a hablar
y esta postrera sacó
de una carta un naipecito
muy repulido y bonito,
y luego que le miró
me dijo: «Toma, Finea,
ese es tu marido», y fuese.
Yo, como, en fin, no supiese
esto de casar qué sea,
tomé el negro del marido,
que no tiene más de cara,
cuera y ropilla; mas, Clara,
¿qué importa que sea pulido
este marido o quien es,
si todo el cuerpo no pasa
de la pretina? Que en casa
ninguno sin piernas ves.

CLARA. ¡Pardiez, que tienes razón!
¿Tiénesle ahí?

FINEA. Vesle aquí.

Saca un retrato.

CLARA. ¡Buena cara y cuerpo!

FINEA. Sí;
mas no pasa del jubón.[209]

CLARA. Luego este no podrá andar.
¡Ay, los ojitos que tiene!

209. *Jubón*: «Vestidura que cubría desde los hombros hasta la cintura, ceñida y ajustada al cuerpo» (*DLE*, *s. v.* «jubón»).

FINEA. Señor con Nise...
CLARA. ¿Si viene
a casarte...?
FINEA. No hay casar;
que este que se va de aquí
tiene piernas, tiene traza.
CLARA. Y más, que con perro caza;
que el mozo me muerde a mí.

Entre OTAVIO *con* NISE.

OTAVIO. Por la calle de Toledo
dicen que entró por la posta.
NISE. Pues ¿cómo no llega ya?
OTAVIO. Algo, por dicha, acomoda.
¡Temblando estoy de Finea!
NISE. Aquí está, señor, la novia.
OTAVIO. Hija, ¿no sabes?
NISE. No sabe;
que esa es su desdicha toda.
OTAVIO. Ya está en Madrid tu marido.
FINEA. Siempre tu memoria es poca.
¿No me lo diste en un naipe?
OTAVIO. Esa es la figura sola,
que estaba en él retratado;
que lo vivo viene agora.

CELIA *entre.*

CELIA. Aquí está el señor Liseo,
apeado de unas postas.
OTAVIO. Mira, Finea, que estés
muy prudente y muy señora.
Llegad sillas y almohadas.

Liseo, Turín *y criados.*

Liseo. Esta licencia se toma
quien viene a ser hijo vuestro.
Otavio. Y quien viene a darnos honra.
Liseo. Agora, señor, decidme:
¿quién es de las dos mi esposa?
Finea. ¡Yo! ¿No lo ve?
Liseo. Bien merezco
los brazos.
Finea. Luego, ¿no importa?
Otavio. Bien le puedes abrazar.
Finea. ¡Clara!
Clara. ¡Señora!
Finea. ¡Aún agora
viene con piernas y pies!
Clara. ¿Esto es burla o jerigonza?
Finea. El verle de medio arriba
me daba mayor congoja.
Otavio. Abrazad vuestra cuñada.
Liseo. No fue la fama engañosa,
que hablaba en[210] vuestra hermosura.
Nise. Soy muy vuestra servidora.
Liseo. ¡Lo que es el entendimiento!
A toda España alborota.
La divina Nise os llaman;
sois discreta como hermosa,
y hermosa con mucho estremo.
Finea. Pues ¿cómo requiebra a esotra,
si viene a ser mi marido?
¿No es más necio?
Otavio. ¡Calla, loca!
Sentaos, hijos, por mi vida.

210. Para el significado del texto, la preposición que rige este verbo en la actualidad es *de*.

LISEO. ¡Turín!
TURÍN. ¿Señor?
LISEO. (¡Linda tonta!)
OTAVIO. ¿Cómo venís del camino?
LISEO. Con los deseos enoja,
que siempre le hacen más largo.
FINEA. Ese macho de la noria
pudierais haber pedido,
que anda como una persona.
NISE. Calla, hermana.
FINEA. Callad vos.
NISE. Aunque hermosa y virtüosa,
es Finea de este humor.
LISEO. Turín, ¿trajiste las joyas?
TURÍN. No ha llegado nuestra gente.
LISEO. ¡Qué de olvidos se perdonan
en un camino a crïados!
FINEA. ¿Joyas traéis?
TURÍN. (Y le sobra
de las joyas el principio,
tanto el «jo»[211] se le acomoda.)
OTAVIO. Calor traéis. ¿Queréis algo?
¿Qué os aflige? ¿Qué os congoja?
LISEO. Agua quisiera pedir.
OTAVIO. Haraos mal el agua sola.
Traigan una caja.
FINEA. A fe
que si, como viene agora,
fuera el sábado pasado,
que hicimos yo y esa moza
un menudo…
OTAVIO. ¡Calla, necia!
FINEA. Mucha especia. ¡Linda cosa!

211. *Jo*: interjección «usada para detener las caballerías» (*DLE*, *s. v.* «jo»).

Entren con agua, toalla, salva[212] *y una caja.*

CELIA. El agua está aquí.
OTAVIO. Comed.
LISEO. El verla, señor, provoca,
porque con su risa dice
que la beba y que no coma.

Beba.

FINEA. Él bebe como una mula.
TURÍN. (¡Buen requiebro!)
OTAVIO. ¡Qué enfadosa
que estás hoy! ¡Calla, si quieres!
FINEA. ¡Aun no habéis dejado gota!
Esperad, os limpiaré.
OTAVIO. Pues ¿tú le limpias?
FINEA. ¿Qué importa?
LISEO. (¡Media barba me ha quitado!
¡Lindamente me enamora!)
OTAVIO. Que descanséis es razón.
(Quiero, pues no se reporta,
llevarle de aquí a Finea.)
LISEO. (¡Tarde el descanso se cobra
que en tal desdicha se pierde!)
OTAVIO. Ahora bien, entrad vosotras
y aderezad su aposento.
FINEA. Mi cama pienso que sobra
para los dos.
NISE. ¿Tú no ves
que no están hechas las bodas?
FINEA. Pues ¿qué importa?

212. *Salva*: «Prueba que hacía de la comida y bebida la persona encargada de servirla a los reyes y grandes señores, para asegurar que no había en ellas ponzoña» (*DLE*, *s. v.* «salva»).

NISE. Ven conmigo.
FINEA. ¿Allá dentro?
NISE. Sí.
FINEA. Adiós. ¡Hola![213]
LISEO. (Las del mar[214] de mi desdicha
me anegan entre sus ondas.)
OTAVIO. Yo también, hijo, me voy
para prevenir las cosas
que, para que os desposéis
con más aplauso, me tocan.
Dios os guarde.

Todos se van. Queden LISEO *y* TURÍN.

LISEO. No sé yo
de qué manera disponga
mi desventura. ¡Ay de mí!
TURÍN. ¿Quieres quitarte las botas?
LISEO. No, Turín, sino la vida.
¿Hay boba tan espantosa?
TURÍN. Lástima me ha dado a mí,
considerando que ponga
en un cuerpo tan hermoso
el cielo un alma tan loca.
LISEO. Aunque estuviera casado
por poder en causa propia
me pudiera descasar:
la ley es llana y notoria;
pues concertando mujer
con sentido, me desposan
con una bestia del campo,
con una villana tosca.
TURÍN. Luego, ¿no te casarás?

213. *Hola*: «Era usado para llamar a los inferiores» (*DLE*, *s. v.* «hola»).
214. Se refiere a las olas del mar. Lope juega con esta palabra homófona.

LISEO. ¡Mal haya la hacienda toda
que con tal pensión se adquiere,
que con tal censo se toma!
Demás que aquesta mujer,
si bien es hermosa y moza,
¿qué puede parir de mí
sino tigres, leones y onzas?[215]
TURÍN. Eso es engaño, que vemos
por experiencias y historias,
mil hijos de padres sabios,
que de necios los deshonran.
LISEO. Verdad es que Cicerón
tuvo a Marco Tulio en Roma,
que era un caballo, un camello.
TURÍN. De la misma suerte consta
que de necios padres suele
salir una fénix sola.
LISEO. Turín, por lo general,
y es consecuencia forzosa,
lo semejante se engendra.
Hoy la palabra se rompa;
rásguense cartas y firmas;
que ningún tesoro compra
la libertad. ¡Aun si fuera
Nise...!
TURÍN. ¡Oh, qué bien te reportas!
Dicen que si a un hombre airado,
que colérico se arroja,
le pusiesen un espejo,
en mirando[216] en él la sombra
que representa su cara,
se tiempla y desapasiona.

215. *Onza*: «Guepardo» (*DLE*, *s. v.* «onza»).

216. Esta construcción formada por la preposición *en* seguida del gerundio indica «al momento de».

Así tú, como tu gusto
miraste en su hermana hermosa
—que el gusto es cara del alma,
pues su libertad se nombra—,
luego templaste la tuya.

LISEO. Bien dices, porque ella sola
el enojo de su padre,
que, como ves, me alborota,
me puede quitar, Turín.

TURÍN. ¿Que no hay que tratar de esotra?

LISEO. Pues ¿he de dejar la vida
por la muerte temerosa,
y por la noche enlutada,
el sol que los cielos dora;
por los áspides, las aves,
por las espinas, las rosas,
y por un demonio, un ángel?

TURÍN. Digo que razón te sobra,
que no está el gusto en el oro,
que son el oro y las horas
muy diversas.

LISEO. Desde aquí
renuncio la dama boba.

Fin del primer acto de La dama boba.

2.º ACTO DE *LA DAMA BOBA*

Personas del 2.º acto

DUARDO.
LAURENCIO.
FENISO.
LISEO.
NISE.
CELIA.
CLARA.
FINEA.
PEDRO.
TURÍN.
OTAVIO.
UN MAESTRO DE DANZAR.

ACTO SEGUNDO

DUARDO, LAURENCIO *y* FENISO.

FENISO. En fin, ha pasado un mes
y no se casa Liseo.
DUARDO. No siempre mueve el deseo
el codicioso interés.
LAURENCIO. ¿De Nise la enfermedad
ha sido causa bastante?
FENISO. Ver a Finea ignorante
templará su voluntad.
LAURENCIO. Menos lo está que solía.
Temo que amor ha de ser
artificioso a encender
piedra tan helada y fría.
DUARDO. ¡Tales milagros ha hecho
en gente rústica Amor!
FENISO. No se tendrá por menor
dar alma a su rudo pecho.
LAURENCIO. Amor, señores, ha sido
aquel ingenio profundo
que llaman alma del mundo,
y es el dotor que ha tenido
la cátreda[217] de las ciencias;
porque solo con amor
aprende el hombre mejor
sus divinas diferencias.

217. Metátesis de *cátedra*.

Así lo sintió Platón;
esto Aristóteles dijo;
que, como del cielo es hijo,
es todo contemplación;
della nació el admirarse,
y de admirarse nació
el filosofar, que dio
luz con que pudo fundarse
toda ciencia artificial.
Y a Amor se ha de agradecer
que el deseo de saber
es al hombre natural.
Amor con fuerza süave
dio al hombre el saber sentir,
dio leyes para vivir;
político, honesto y grave.
Amor repúblicas hizo;
que la concordia nació
de amor, con que a ser volvió
lo que la guerra deshizo.
Amor dio lengua a las aves,
vistió la tierra de frutos,
y, como prados enjutos,
rompió el mar con fuertes naves.
Amor enseñó a escribir
altos y dulces concetos,
como de su causa efetos.
Amor enseñó a vestir
al más rudo, al más grosero;
de la elegancia fue Amor
el maestro; el inventor
fue de los versos primero;
la música se le debe
y la pintura. Pues ¿quién
dejará de saber bien,
como sus efetos pruebe?

No dudo de que a Finea,
como ella comience a amar,
la deje Amor de enseñar,
por imposible que sea.

FENISO. Está bien pensado ansí.
Y su padre lleva intento,
por dicha, en el casamiento,
que ame y sepa.

DUARDO. Y yo de aquí,
infamando amores locos,
en limpio vengo a sacar
que pocos deben de amar
en lugar que saben pocos.

FENISO. ¡Linda malicia!

LAURENCIO. ¡Estremada!

FENISO. ¡Difícil cosa es saber!

LAURENCIO. Sí, pero fácil creer
que sabe el que poco o nada.

FENISO. ¡Qué divino entendimiento
tiene Nise!

DUARDO. ¡Celestial!

FENISO. ¿Cómo, siendo necio el mal,
ha tenido atrevimiento
para hacerle estos agravios,
de tal ingenio desprecios?

LAURENCIO. Porque de sufrir a necios
suelen enfermar los sabios.

DUARDO. Ella viene.

FENISO. Y con razón
se alegra cuanto la mira.

NISE, CELIA.

NISE. Mucho la historia me admira.

CELIA. Amores pienso que son
fundados en el dinero.

NISE. Nunca fundó su valor
sobre dineros Amor,
que busca el alma primero.

DUARDO. Señora, a vuestra salud,
hoy cuantas cosas os ven
dan alegre parabién
y tienen vida y quietud;
que como vuestra virtud
era el sol que se la dio,
mientras el mal le eclipsó
también lo estuvieron ellas;
que hasta ver vuestras estrellas
fortuna el tiempo corrió.
Mas como la primavera
sale con pies de marfil
y el vario velo sutil
tiende en la verde ribera,
corre el agua lisonjera
y están riñendo las flores
sobre tomar las colores;
así vos salís trocando
el triste tiempo y sembrando
en campos de almas, amores.

FENISO. Ya se ríen estas fuentes,
y son perlas las que fueron
lágrimas, con que sintieron
esas estrellas ausentes;
y a las aves sus corrientes
hacen instrumentos claros,
con que quieren celebraros.
Todo se anticipa a veros,
y todo intenta ofreceros
con lo que puede alegraros.
Pues si con veros hacéis
tales efetos agora
donde no hay alma, señora,

más de la que vos ponéis
en mí ¿qué muestras haréis,
qué señales de alegría,
este venturoso día,
después de tantos enojos,
siendo vos sol de mis ojos,
siendo vos alma en la mía?

LAURENCIO. A estar sin vida llegué
el tiempo que no os serví;
que fue lo más que sentí,
aunque sin mi culpa fue.
Yo vuestros males pasé
como cuerpo que animáis;
vos movimiento me dais;
yo soy instrumento vuestro,
que en mi vida y salud muestro
todo lo que vos pasáis.
Parabién me den a mí
de la salud que hay en vos,
pues que pasamos los dos
el mismo mal en que os vi.
Solamente os ofendí,
aunque la disculpa os muestro,
en que este mal que fue nuestro,
solo tenerle debía,
no vos, que sois alma mía,
yo sí, que soy cuerpo vuestro.

NISE. Pienso que de oposición
me dais los tres parabién.

LAURENCIO. Y es bien, pues lo sois por quien
viven los que vuestros son.

NISE. Divertíos, por mi vida,
cortándome algunas flores
los dos, pues con sus colores
la diferencia os convida

deste jardín, porque quiero
hablar a Laurencio un poco.

DUARDO. Quien ama y sufre, o es loco
o necio.

FENISO. Tal premio espero.

DUARDO. No son vanos mis recelos.

FENISO. Ella le quiere.

DUARDO. Yo haré
un ramillete de fe,
pero sembrado de celos.

Vanse DUARDO *y* FENISO.

LAURENCIO. Ya se han ido. ¿Podré yo,
Nise, con mis brazos darte
parabién de tu salud?

NISE. ¡Desvía, fingido, fácil,[218]
lisonjero, engañador,
loco, inconstante, mudable
hombre, que en un mes de ausencia
—que bien merece llamarse
ausencia la enfermedad—
el pensamiento mudaste!
Pero mal dije en un mes,
porque puedes disculparte
con que creíste mi muerte,
y, si mi muerte pensaste,
con gracioso sentimiento
pagaste el amor que sabes,
mudando el tuyo en Finea.

LAURENCIO. ¿Qué dices?

NISE. Pero bien haces;
tú eres pobre, tú, discreto,
ella rica y ignorante;

218. La rima debería ser en a-e para que el romance cumpla con su métrica.

buscaste lo que no tienes,
y lo que tienes dejaste.
Discreción tienes, y en mí
la que celebrabas antes
dejas con mucha razón;
que dos ingenios iguales
no conocen superior;
y por dicha imaginaste
que quisiera yo el imperio
que a los hombres debe darse.
El oro que no tenías,
tenerle solicitaste
enamorando a Finea.

LAURENCIO. Escucha...

NISE. ¿Qué he de escucharte?

LAURENCIO. ¿Quién te ha dicho que yo he sido
en un mes tan inconstante?

NISE. ¿Parécete poco un mes?
Yo te disculpo, no hables;
que la luna está en el cielo
sin intereses mortales,
y en un mes, y aun algo menos,
está creciente y menguante.
Tú, en la tierra, y de Madrid,
donde hay tantos vendavales
de intereses en los hombres,[219]
no fue milagro mudarte.
Dile, Celia, lo que has visto.

CELIA. Ya, Laurencio, no te espantes
de que Nise, mi señora,
de esta manera te trate;
yo sé que has dicho a Finea
requiebros.

219. Nueva crítica a los cortesanos hipócritas y a ese grupo social de aduladores que impedía acceder a Lope, precisamente, a esa corte.

LAURENCIO. ¡Que me levantes,
Celia, tales testimonios!
CELIA. Tú sabes que son verdades;
y no solo tú a mi dueño
ingratamente pagaste,
pero tu Pedro, el que tiene
de tus secretos las llaves,[220]
ama a Clara tiernamente.
¿Quieres que más te declare?
LAURENCIO. Tus celos han sido, Celia,
y quieres que yo los pague.
¿Pedro a Clara, aquella boba?
NISE. Laurencio, si le enseñaste,
¿por qué te afrentas de aquello
en que de ciego no caes?
Astrólogo me pareces,
que siempre de ajenos males,
sin reparar en los suyos,
largos pronósticos hacen.
¡Qué bien empleas tu ingenio!
«De Nise confieso el talle,
mas no es solo el exterior
el que obliga a los que saben.»
¡Oh, quién os oyera juntos!...
Debéis de hablar en romances,
porque un discreto y un necio
no pueden ser consonantes.[221]

220. Alusión tanto al personaje de Pedro, que guarda con llaves su secreto, como al apóstol Pedro, que, según la tradición cristiana, custodia las llaves del cielo y de la Iglesia.

221. Se produce una analogía entre la rima consonante, que viene a ser más completa que la asonante (propia, por cierto, de esos romances que cita y en los que está escrito este fragmento), y por tanto más propia de gentes de una misma clase. El otro término de la analogía es, precisamente, la relación desigual entre un discreto y un necio.

¡Ay, Laurencio, qué buen pago
de fe y amor tan notable!
Bien dicen que a los amigos,
prueba la cama y la cárcel.
Yo enfermé de mis tristezas,
y, de no verte ni hablarte,
sangráronme[222] muchas veces.
¡Bien me alegraste la sangre!
Por regalos tuyos tuve
mudanzas, traiciones, fraudes;
pero, pues tan duros fueron,
di que me diste diamantes.
Ahora bien: ¡esto cesó!

LAURENCIO. ¡Oye, aguarda!...

NISE. ¿Que te aguarde?
Pretende tu rica boba,
aunque yo haré que se case
más presto que tú lo piensas.

LAURENCIO. ¡Señora!...

Entre LISEO *y asga*[223] LAURENCIO *a* NISE.

LISEO. (Esperaba tarde
los desengaños; mas ya
no quiere Amor que me engañe.)

NISE. ¡Suelta!

LAURENCIO. ¡No quiero!

LISEO. ¿Qué es esto?

NISE. Dice Laurencio que rasgue
unos versos que me dio,

222. Los físicos de la época entendían las sangrías como vehículo para purgar algunos males, muchos de hechos carentes de explicación para el momento. Huelga decir que esas sangrías provocaban, en ocasiones, menos beneficios que enfermedades, infecciones e, incluso, la muerte.

223. Tercera persona del singular del presente de subjuntivo del verbo *asir*.

de cierta dama inorante,
y yo digo que no quiero.

LAURENCIO. Tú podrá ser que lo alcances
de Nise; ruégalo tú.

LISEO. Si algo tengo que rogarte,
haz algo por mis memorias
y rasga lo que tú sabes.

NISE. ¡Dejadme los dos!

Vanse NISE *y* CELIA.

LAURENCIO. ¡Qué airada!

LISEO. Yo me espanto que te trate
con estos rigores Nise.

LAURENCIO. Pues, Liseo, no te espantes;
que es defeto en los discretos,
tal vez,[224] el no ser afables.

LISEO. ¿Tienes que hacer?

LAURENCIO. Poco o nada.

LISEO. Pues vámonos esta tarde
por el Prado arriba.

LAURENCIO. Vamos
dondequiera que tú mandes.

LISEO. Detrás de los Recoletos
quiero hablarte.

LAURENCIO. Si el hablarme
no es con las lenguas que dicen,
sino con lenguas que hacen,[225]
aunque me espanto que sea,
dejaré caballo y pajes.

LISEO. Bien puedes.

Vase LISEO.

224. A veces.
225. Las espadas.

LAURENCIO. Yo voy tras ti.
¡Qué celoso y qué arrogante!
Finea es boba, y, sin duda,
de haberle contado nace
mis amores y papeles.
Ya para consejo es tarde;
que deudas y desafíos
a que los honrados salen,
para trampas se dilatan,
y no es bien que se dilaten.

Vase LAURENCIO. *Un* MAESTRO DE DANZAR *y* FINEA.

MAESTRO. ¿Tan presto se cansa?
FINEA. Sí
Y no quiero danzar más.
MAESTRO. Como no danza a compás,
hase enfadado de sí.
FINEA. ¡Por poco diera de hocicos,
saltando! Enfadada vengo.
¿Soy yo urraca, que andar tengo
por casa dando salticos?
Un paso, otro contrapaso,[226]
floretas,[227] otra floreta…
¡Qué locura!
MAESTRO. (¡Qué imperfeta
cosa, en un hermoso vaso
poner la Naturaleza
licor de un alma tan ruda!
Con que yo salgo de duda
que no es alma la belleza.)

226. *Contrapaso*: «Paso que se da a la parte opuesta del que se ha dado antes» (*DLE*, *s. v.* «contrapaso»).

227. *Floreta*: «En la danza española, tejido o movimiento que se hacía con ambos pies» (*DLE*, *s. v.* «floreta»).

FINEA. Maestro...
MAESTRO. ¿Señora mía?
FINEA. Traé mañana un tamboril.
MAESTRO. Ese es un instrumento vil,
aunque de mucha alegría.
FINEA. Que soy más aficionada
al cascabel os confieso.
MAESTRO. Es muy de caballos eso.
FINEA. Haced vos lo que me agrada;
que no es mucha rustiqueza
el traellos en los pies.
Harto peor pienso que es
traellos en la cabeza.
MAESTRO. (Quiero seguirle el humor.)
Yo haré lo que me mandáis.
FINEA. Id danzando cuando os vais.[228]
MAESTRO. Yo os agradezco el favor,
pero llevaré tras mí
mucha gente.
FINEA. Un pastelero,
un sastre y un zapatero,
¿llevan la gente tras sí?
MAESTRO. No; pero tampoco ellos
por la calle haciendo van
sus oficios.
FINEA. ¿No podrán,
si quieren?
MAESTRO. Podrán hacellos;
y yo no quiero danzar.
FINEA. Pues no entréis aquí.
MAESTRO. No haré.
FINEA. Ni quiero andar en un pie,
ni dar vueltas ni saltar.

228. Usado como forma del modo subjuntivo: *vayáis*.

MAESTRO. Ni yo enseñar las que sueñan
disparates atrevidos.
FINEA. No importa; que los maridos
son los que mejor enseñan.
MAESTRO. ¿Han visto la mentecata?...
FINEA. ¿Qué es mentecata, villano?
MAESTRO. ¡Señora, tened la mano!
Es una dama que trata
con gravedad y rigor
a quien la sirve.
FINEA. ¿Eso es?
MAESTRO. Puesto que vuelve después
con más blandura y amor.
FINEA. ¿Es eso cierto?
MAESTRO. ¿Pues no?
FINEA. Yo os juro, aunque nunca ingrata,
que no hay mayor mentecata
en todo el mundo que yo.
MAESTRO. El creer es cortesía;
adiós, que soy muy cortés.

Váyase y entre CLARA.

CLARA. ¿Danzaste?
FINEA. ¿Ya no lo ves?
Persíguenme todo el día
con leer, con escribir,
con danzar, ¡y todo es nada!...
Solo Laurencio me agrada.
CLARA. ¿Cómo te podré decir
una desgracia notable?
FINEA. Hablando; porque no hay cosa
de decir dificultosa
a mujer que viva y hable.
CLARA. Dormir en día de fiesta
¿es malo?

FINEA. Pienso que no;
aunque si Adán se durmió,
buena costilla le cuesta.
CLARA. Pues si nació la mujer
de una dormida costilla,
que duerma no es maravilla.
FINEA. Agora vengo a entender
solo con esa advertencia,
por qué se andan tras nosotras
los hombres, y en unas y otras
hacen tanta diligencia;
que, si aquesto no es asilla,[229]
deben de andar a buscar
su costilla, y no hay parar
hasta topar su costilla.
CLARA. Luego, si para el que amó
un año, y dos, harto bien,
¿le dirán los que le ven
que su costilla topó?
FINEA. A lo menos los casados.
CLARA. ¡Sabia estás!
FINEA. Aprendo ya,
que me enseña Amor quizá
con liciones de cuidados.
CLARA. Volviendo al cuento: Laurencio
me dio un papel para ti;
púseme a hilar; —¡ay de mí,
cuánto provoca el silencio!—,
metí en el copo el papel,
y como hilaba al candil
y es la estopa tan sutil,
aprendiose el copo en él.
Cabezas hay disculpadas
cuando duermen sin cojines,

229. *Asilla*: «Asidero, ocasión o pretexto» (*DLE*, *s. v.* «asilla»).

y sueños como rocines
que vienen con cabezadas.
Apenas el copo ardió,
cuando, puesta en él de pies,
me chamusqué, ya lo ves...

FINEA. ¿Y el papel?

CLARA. Libre quedó,
como el santo de Pajares.[230]
Sobraron estos renglones
en que hallarás más razones
que en mi cabeza aladares.[231]

FINEA. ¿Y no se podrán leer?

CLARA. Toma y lee.

FINEA. Yo sé poco.

CLARA. ¡Dios libre de un fuego loco
la estopa de la mujer![232]

Entre OTAVIO.

OTAVIO. (Yo pienso que me canso en enseñarla,
porque es querer labrar con vidrio un pórfido;[233]
ni el danzar ni el leer aprender puede,
aunque está menos ruda que solía.)

FINEA. ¡Oh padre mentecato y generoso,
bien seas venido![234]

230. Se trata del refrán de «El milagro del santo de Pajares, que ardía él y no las pajas».

231. *Aladar*: «Mechón de pelo que cae sobre cada una de las sienes» (*DLE*, *s. v.* «aladar»).

232. Se trata del refrán de «El hombre es fuego; la mujer, estopa; llega el diablo y sopla».

233. *Pórfido*: «Roca compacta y dura, formada por una sustancia amorfa, ordinariamente de color oscuro y con cristales de feldespato y cuarzo» (*DLE*, *s. v.* «pórfido»).

234. Se aprecia claramente cómo el término *bienvenido* tiene su origen en dos palabras.

OTAVIO. ¿Cómo mentecato?
FINEA. Aquí el maestro de danzar me dijo
que era yo mentecata, y enójeme;
mas él me respondió que este vocablo
significaba una mujer que riñe,
y luego vuelve con amor notable;
y como vienes tú riñendo agora,
y has de mostrarme amor en breve rato,
quise también llamarte mentecato.
OTAVIO. Pues, hija, no creáis a todas gentes,
no digáis ese nombre, que no es justo.
FINEA. No lo haré más. Mas diga, señor padre,
¿sabe leer?
OTAVIO. Pues ¿eso me preguntas?
FINEA. Tome, ¡por vida suya!, y este lea.
OTAVIO. ¿Este papel?
FINEA. Sí, padre.
OTAVIO. Oye, Finea:

Lea ansí.

«Agradezco mucho la merced que me has hecho, aunque toda esta noche la he pasado con poco sosiego, pensando en tu hermosura».

FINEA. ¿No hay más?
OTAVIO. No hay más; que está muy justamente
quemado lo demás. ¿Quién te le ha dado?
FINEA. Laurencio, aquel discreto caballero
de la academia de mi hermana Nise,
que dice que me quiere con estremo.
OTAVIO. (De su ignorancia, mi desdicha temo.
Esto trujo a mi casa el ser discreta
Nise: el galán, el músico, el poeta,

el lindo,[235] el que se precia de oloroso,
el afeitado,[236] el loco y el ocioso.)
¿Hate pasado más con este, acaso?

FINEA. Ayer, en la escalera, al primer paso,
me dio un abrazo.

OTAVIO. (¡En buenos pasos anda
mi pobre honor, por una y otra banda!
La discreta, con necios en concetos,
y la boba, en amores con discretos.
A esta no hay que llevarla por castigo,
y más que lo podrá entender su esposo.)
Hija, sabed que estoy muy enojado.
No os dejéis abrazar. ¿Entendéis, hija?

FINEA. Sí, señor padre; y cierto que me pesa,
aunque me pareció muy bien entonces.

OTAVIO. Solo vuestro marido ha de ser digno
de esos abrazos.

Entre TURÍN.

TURÍN. En tu busca vengo.

OTAVIO. ¿De qué es la prisa tanta?

TURÍN. De que al campo
van a matarse mi señor Liseo
y Laurencio, ese hidalgo marquesote
que desvanece a Nise con sonetos.

OTAVIO. (¿Qué importa que los padres sean discretos,
si les falta a los hijos la obediencia?
Liseo habrá entendido la imprudencia
de este Laurencio, atrevidillo y loco,
y que sirve a su esposa.) ¡Caso estraño!
¿Por dónde fueron?

235. También conocido como el figurón en la comedia del siglo XVII, que evoluciona hacia el petimetre en la del XVIII.

236. Con notas de petimetre.

TURÍN. Van, si no me engaño,
hacia los Recoletos Agustinos.
OTAVIO. Pues ven tras mí. ¡Qué estraños desatinos!

Váyanse OTAVIO *y* TURÍN.

CLARA. Parece que se ha enojado
tu padre.
FINEA. ¿Qué puedo hacer?
CLARA. ¿Por qué le diste a leer
el papel?
FINEA. Ya me ha pesado.
CLARA. Ya no puedes proseguir
la voluntad de Laurencio.
FINEA. Clara, no la diferencio
con el dejar de vivir.
Yo no entiendo cómo ha sido,
desde que el hombre me habló;
porque, si es que siento yo,
él me ha llevado el sentido.
Si duermo, sueño con él;
si como, le estoy pensando,
y si bebo, estoy mirando
en agua la imagen del.
¿No has visto de qué manera
muestra el espejo a quien mira
su rostro, que una mentira
le hace forma verdadera?
Pues lo mismo en vidrio miro
que el cristal me representa.
CLARA. A tus palabras atenta,
de tus mudanzas me admiro.
Parece que te transformas
en otra.
FINEA. En otro dirás.

Clara. Es maestro con quien más
para aprender te conformas.
Finea. Con todo eso, seré
obediente al padre mío;
fuera de que es desvarío
quebrar la palabra y fe.
Clara. Yo haré lo mismo.
Finea. No impidas
el camino que llevabas.
Clara. ¿No ves que amé porque amabas
y olvidaré porque olvidas?
Finea. Harto me pesa de amalle,
pero a ver mi daño vengo,
aunque sospecho que tengo
de olvidarme de olvidalle.

Váyanse y entren Liseo *y* Laurencio.

Laurencio. Antes, Liseo, de sacar la espada,
quiero saber la causa que os obliga.
Liseo. Pues bien será que la razón os diga.
Laurencio. Liseo, si son celos de Finea,
mientras no sé que vuestra esposa sea,
bien puedo pretender, pues fui primero.
Liseo. Disimuláis, a fe de caballero,
pues tan lejos lleváis el pensamiento
de amar a una mujer tan inorante.
Laurencio. Antes, de que la quiera no os espante;
que soy tan pobre como bien nacido,
y quiero sustentarme con el dote.
Y que lo diga ansí no os alborote,
pues que vos, dilatando el casamiento,
habéis dado más fuerzas a mi intento,
y porque cuando llegan, obligadas,
a desnudarse en campo las espadas,

se han de tratar verdades llanamente;
que es hombre vil quien en el campo miente.

LISEO. ¿Luego, no queréis bien a Nise?

LAURENCIO. A Nise
yo no puedo negar que no la quise;
mas su dote serán diez mil ducados,
y de cuarenta a diez, ya veis, van treinta,
y pasé de los diez a los cuarenta.

LISEO. Siendo eso ansí, como de vos lo creo,
estad seguro que jamás Liseo
os quite la esperanza de Finea;
que aunque no es la ventura de la fea,
será de la ignorante la ventura;
que así Dios me la dé, que no la quiero,
pues desde que la vi, por Nise muero.

LAURENCIO. ¿Por Nise?

LISEO. ¡Sí, por Dios!

LAURENCIO. Pues vuestra es Nise,
y con la antigüedad que yo la quise,
yo os doy sus esperanzas y favores;
mis deseos os doy y mis amores,
mis ansias, mis serenos, mis desvelos,
mis versos, mis sospechas y mis celos.
Entrad con esta runfla[237] y dalde pique,[238]
que no hará mucho en que de vos se pique.[239]

LISEO. Aunque con cartas tripuladas[240] juegue,
aceto la merced, señor Laurencio;
que yo soy rico y compraré mi gusto.
Nise es discreta, yo no quiero el oro;
hacienda tengo, su belleza adoro.

237. *Runfla*: «Antiguo juego de naipes» (*DLE*, *s. v.* «runfla»).
238. Ganar la partida.
239. Se enamore.
240. *Tripuladas*: «Descartar, desechar» (*DLE*, *s. v.* «tripular»).

LAURENCIO. Hacéis muy bien; que yo, que soy tan pobre,
el oro solicito que me sobre;
que aunque de entendimiento lo es Finea,
yo quiero que en mi casa alhaja sea.
¿No están las escrituras de una renta
en un cajón de un escritorio, y rinden
aquello que se come todo el año?
¿No está una casa principal tan firme,
como de piedra, al fin, yeso y ladrillo,
y renta mil ducados a su dueño?
Pues yo haré cuenta que es Finea una casa,
una escritura, un censo y una viña,
y serame una renta con basquiña;[241]
demás[242] que, si me quiere, a mí me basta;
que no hay mayor ingenio que ser casta.
LISEO. Yo os doy palabra de ayudaros tanto,
que venga a ser tan vuestra como creo.
LAURENCIO. Y yo con Nise haré, por Dios, Liseo,
lo que veréis.
LISEO. Pues démonos las manos
de amigos, no fingidos cortesanos,[243]
sino como si fuéramos de Grecia,
adonde tanto el amistad se precia.
LAURENCIO. Yo seré vuestro Pílades.
LISEO. Yo, Orestes.[244]

241. *Basquiña*: «Saya que usaban las mujeres sobre la ropa para salir a la calle, y que actualmente se utiliza como complemento de algunos trajes regionales» (*DLE*, *s. v.* «basquiña»).

242. Además.

243. Nueva crítica a la hipocresía de la corte.

244. Se trata de dos personajes de la mitología griega que presumían de amistad.

Entren Otavio *y* Turín.

Otavio. ¿Son estos?
Turín. Ellos son.
Otavio. ¿Y esto es pendencia?
Turín. Conocieron de lejos tu presencia…
Otavio. ¡Caballeros!
Liseo. Señor, seáis bien venido.
Otavio. ¿Qué hacéis aquí?
Liseo. Como Laurencio ha sido
tan grande amigo mío desde el día
que vine a vuestra casa, o a la mía,
venímonos a ver el campo solos,
tratando nuestras cosas igualmente.
Otavio. De esa amistad me huelgo estrañamente.
Aquí vine a un jardín de un grande amigo,
y me holgaré de que volváis conmigo.
Liseo. Será para los dos merced notable.
Laurencio. Vamos acompañaros y serviros.
Otavio. (Turín, ¿por qué razón me has engañado?
Turín. Porque deben de haber disimulado,
y porque, en fin, las más de las pendencias
mueren por madurar; que a no ser esto,
no hubiera mundo ya.
Otavio. Pues, di, ¿tan presto
se pudo remediar?
Turín. ¿Qué más remedio
de no reñir que estar la vida en medio?)

Vanse. Nise *y* Finea.

Nise. De suerte te has engreído,
que te voy desconociendo.
Finea. De que eso digas me ofendo.
Yo soy la que siempre he sido.
Nise. Yo te vi menos discreta.

FINEA. Y yo más segura a ti.
NISE. ¿Quién te va trocando ansí?
¿Quién te da lección secreta?
Otra memoria es la tuya.
¿Tomaste la anacardina?[245]
FINEA. Ni de Ana, ni Catalina,
he tomado lición suya.
Aquello que ser solía
soy; porque solo he mudado
un poco de más cuidado.
NISE. ¿No sabes que es prenda mía
Laurencio?
FINEA. ¿Quién te empeñó
a Laurencio?
NISE. Amor
FINEA. ¿A fe?
Pues yo le desempeñé,
y el mismo Amor me le dio.
NISE. ¡Quitarete dos mil vidas,
boba dichosa!
FINEA. No creas
que si a Laurencio deseas,
de Laurencio me dividas.
En mi vida supe más
de lo que él me ha dicho a mí;
eso sé y eso aprendí.
NISE. Muy aprovechada estás;
mas de hoy más no ha de pasarte
por el pensamiento.
FINEA. ¿Quién?
NISE. Laurencio.
FINEA. Dices muy bien.
No volverás a quejarte.

245. *Anacardina*: «Confección que se hacía con anacardos, y a la cual se atribuía la virtud de restituir la memoria» (*DLE*, *s. v.* «anacardina»).

NISE. Si los ojos puso en ti,
quítelos luego.
FINEA. Que sea
como tú quieres.
NISE. Finea,
déjame a Laurencio a mí.
Marido tienes.
FINEA. Yo creo
que no riñamos las dos.
NISE. Quédate con Dios.
FINEA. Adiós.

Váyase NISE *y entre* LAURENCIO.

FINEA. ¡En qué confusión me veo!
¿Hay mujer más desdichada?
Todos dan en perseguirme…
LAURENCIO. (Detente en un punto firme,
fortuna veloz y airada,
que ya parece que quieres
ayudar mi pretensión.
¡Oh, qué gallarda ocasión!)
¿Eres tú, mi bien?
FINEA. No esperes,
Laurencio, verme jamás.
Todos me riñen por ti.
LAURENCIO. Pues ¿qué te han dicho de mí?
FINEA. Eso agora lo sabrás.
¿Dónde está mi pensamiento?
LAURENCIO. ¿Tu pensamiento?
FINEA. Sí.
LAURENCIO. En ti;
porque si estuviera en mí,
yo estuviera más contento.
FINEA. ¿Vesle tú?
LAURENCIO. Yo no, jamás.

FINEA. Mi hermana me dijo aquí
que no has de pasarme a mí
por el pensamiento más;
por eso allá te desvía
y no me pases por él.
LAURENCIO. (Piensa que yo estoy en él,
y echarme fuera querría.)
FINEA. Tras esto dice que en mí
pusiste los ojos.
LAURENCIO. Dice
verdad; no lo contradice
el alma que vive en ti.
FINEA. Pues tú me has de quitar luego
los ojos que me pusiste.
LAURENCIO. ¿Cómo si en Amor consiste?
FINEA. Que me los quites te ruego,
con ese lienzo, de aquí,
si yo los tengo en mis ojos.
LAURENCIO. No más; cesen los enojos.
FINEA. ¿No están en mis ojos?
LAURENCIO. Sí.
FINEA. Pues limpia y quita los tuyos
que no han de estar en los míos.
LAURENCIO. (¡Qué graciosos desvaríos!)
FINEA. Ponlos a Nise en los suyos.
LAURENCIO. Ya te limpio con el lienzo.
FINEA. ¿Quitástelos?
LAURENCIO. ¿No lo ves?
FINEA. Laurencio, no se los des,
que a sentir penas comienzo.
Pues más hay: que el padre mío
bravamente se ha enojado
del abrazo que me has dado.
LAURENCIO. (¿Mas que hay otro desvarío?)
FINEA. También me le has de quitar;
no ha de reñirme por esto.

LAURENCIO. ¿Cómo ha de ser?
FINEA. Siendo presto.
¿No sabes desabrazar?
LAURENCIO. El brazo derecho alcé;
tienes razón, ya me acuerdo,
y agora alzaré el izquierdo,
y el abrazo desharé.
FINEA. ¿Estoy ya desabrazada?
LAURENCIO. ¿No lo ves?

NISE *entre.*

NISE. ¡Y yo también!
FINEA. Huélgome, Nise, tan bien,
que ya no me dirás nada.
Ya Laurencio no me pasa
por el pensamiento a mí;
ya los ojos le volví,
pues que contigo se casa.
En el lienzo los llevó;
y ya me ha desabrazado.
LAURENCIO. Tú sabrás lo que ha pasado
con harta risa.
NISE. Aquí no.
Vamos los dos al jardín,
que tengo bien que riñamos.
LAURENCIO. Donde tú quisieres, vamos.

Váyanse LAURENCIO *y* NISE.

FINEA. Ella se le lleva en fin.
¿Qué es esto, que me da pena
de que se vaya con él?
Estoy por irme tras él.
¿Qué es esto que me enajena
de mi propia libertad?

No me hallo sin Laurencio...
Mi padre es este; silencio.
Callad, lengua; ojos hablad.

OTAVIO *entre.*

OTAVIO. ¿Adónde está tu esposo?
FINEA. Yo pensaba
que lo primero, en viéndome, que hicieras
fuera saber de mí si te obedezco.
OTAVIO. Pues eso, ¿a qué propósito?
FINEA. ¿Enojado,
no me dijiste aquí que era mal hecho
abrazar a Laurencio? Pues agora
que me desabrazase le he rogado
y el abrazo pasado me ha quitado.
OTAVIO. ¿Hay cosa semejante? Pues di, bestia,
¿otra vez le abrazabas?
FINEA. Que no es eso;
fue la primera vez alzado el brazo
derecho de Laurencio, aquel abrazo,
y agora levantó, que bien me acuerdo,
porque fuese al revés, el brazo izquierdo.
Luego desabrazada estoy agora.
OTAVIO. (Cuando pienso que sabe, más ignora;
ello es querer hacer lo que no quiso
Naturaleza.)
FINEA. Diga, señor padre:
¿cómo llaman aquello que se siente
cuando se va con otro lo que se ama?
OTAVIO. Ese agravio de amor, «celos» se llama.
FINEA. ¿Celos?
OTAVIO. Pues ¿no lo ves, que son sus hijos?
FINEA. El padre puede dar mil regocijos
y es muy hombre de bien, mas desdichado
en que tan malos hijos ha crïado.

OTAVIO. (Luz va tiniendo ya. Pienso y bien pienso
que si Amor la enseñase, aprendería.)
FINEA. ¿Con qué se quita el mal de celosía?
OTAVIO. Con desenamorarse, si hay agravio,
que es el remedio más prudente y sabio;
que mientras hay amor ha de haber celos,
pensión que dieron a este bien los cielos.
¿Adónde Nise está?
FINEA. Junto a la fuente,
con Laurencio se fue.
OTAVIO. ¡Cansada cosa!
Aprenda noramala a hablar su prosa,
déjese de sonetos y canciones;
allá voy, a romperle las razones.

Váyase.

FINEA. ¿Por quién en el mundo pasa
esto que pasa por mí?
¿Qué vi denantes,[246] qué vi,
que así me enciende y me abrasa?
Celos dice el padre mío
que son. ¡Brava enfermedad!

Entre LAURENCIO.

LAURENCIO. (Huyendo su autoridad,
de enojarle me desvío;
aunque, en parte, le agradezco
que estorbase los enojos
de Nise. Aquí están los ojos
a cuyos rayos me ofrezco.)
¿Señora?

246. Antes.

FINEA. Estoy por no hablarte.
¿Cómo te fuiste con Nise?
LAURENCIO. No me fui porque yo quise.
FINEA. Pues ¿por qué?
LAURENCIO. Por no enojarte.
FINEA. Pésame si no te veo,
y en viéndote, ya querría
que te fueses, y a porfía
anda el temor y el deseo.
Yo estoy celosa de ti;
que ya sé lo que son celos;
que su duro nombre —¡ay cielos!—
me dijo mi padre aquí;
mas también me dio el remedio.
LAURENCIO. ¿Cuál es?
FINEA. Desenamorarme;
porque podré sosegarme
quitando el amor de en medio.
LAURENCIO. Pues eso, ¿cómo ha de ser?
FINEA. El que me puso el amor
me lo quitará mejor.
LAURENCIO. Un remedio suele haber.
FINEA. ¿Cuál?
LAURENCIO. Los que vienen aquí
al remedio ayudarán.

Entre PEDRO, DUARDO *y* FENISO.

PEDRO. Finea y Laurencio están
juntos.
FENISO. Y él fuera de sí.
LAURENCIO. Seáis los tres bien venidos
a la ocasión más gallarda
que se me pudo ofrecer;
y pues de los dos el alma
a sola Nise discreta

inclina las esperanzas,
oíd lo que con Finea
para mi remedio pasa.

DUARDO. En esta casa parece,
según por los aires andas,
que te ha dado hechizos Circe.[247]
Nunca sales desta casa.

LAURENCIO. Yo voy con mi pensamiento
haciendo una rica traza
para hacer oro de alquimia.

PEDRO. La salud y el tiempo gastas.
Igual sería, señor,
cansarte, pues todo cansa,
de pretender imposibles.

LAURENCIO. ¡Calla, necio!

PEDRO. El nombre basta
para no callar jamás;
que nunca los necios callan.

LAURENCIO. Aguardadme mientras hablo
a Finea.

DUARDO. Parte.

LAURENCIO. Hablaba,
Finea hermosa, a los tres
para el remedio que aguardas.

FINEA. ¡Quítame presto el amor,
que con sus celos me mata!

LAURENCIO. Si dices delante destos
cómo me das la palabra
de ser mi esposa y mujer,
todos los celos se acaban.

FINEA. ¿Eso no más? Yo lo haré.

LAURENCIO. Pues tú misma a los tres llama.

FINEA. ¡Feniso, Düardo, Pedro!

TODOS. ¡Señora!

247. Maga de la mitología griega.

LAURENCIO. Yo doy palabra
de ser esposa y mujer
de Laurencio.
DUARDO. ¡Cosa estraña!
LAURENCIO. ¿Sois testigos de esto?
TODOS. Sí.
LAURENCIO. Pues haz cuenta que estás sana
del amor y de los celos
que tanta pena te daban.
FINEA. ¡Dios te lo pague, Laurencio!
LAURENCIO. Venid los tres a mi casa,
que tengo un notario allí.
FENISO. Pues ¿con Finea te casas?
LAURENCIO. Sí, Feniso.
FENISO. ¿Y Nise bella?
LAURENCIO. Troqué discreción por plata.

Quede FINEA *sola y entren* NISE *y* OTAVIO.

NISE. Hablando estaba con él
cosas de poca importancia.
OTAVIO. Mira, hija, que estas cosas
más deshonor que honor causan.
NISE. Es un honesto mancebo
que de buenas letras trata,
y téngole por maestro.
OTAVIO. No era tan blanco en Granada
Juan Latino,[248] que la hija
de un Veinticuatro[249] enseñaba;

248. Hijo de los esclavos del duque de Sessa que alcanzó la cátedra de latín en la Universidad de Granada.

249. *Veinticuatro*: «En algunas ciudades de Andalucía, según el antiguo régimen municipal, regidor de ayuntamiento» (*DLE, s. v.* «veinticuatro»). Lope de Vega escribió *Los comendadores de Córdoba*, donde uno de los protagonistas es, precisamente, el veinticuatro de Córdoba.

y siendo negro y esclavo,
porque fue su madre esclava
del claro duque de Sessa,[250]
honor de España y de Italia,
se vino a casar con ella;
que Gramática estudiaba,
y la enseñó a conjugar
en llegando al *amo, amas*;
que así llama el matrimonio
el latín.

NISE. De eso me guarda
ser tu hija.

FINEA. ¿Murmuráis
de mis cosas?

OTAVIO. ¿Aquí estaba
esta loca?

FINEA. Ya no es tiempo
de reñirme.

OTAVIO. ¿Quién te habla?
¿Quién te riñe?

FINEA. Nise y tú.
Pues sepan que agora acaba
de quitarme el amor todo
Laurencio, como la palma.

OTAVIO. (¿Hay alguna bobería?)

FINEA. Díjome que se quitaba
el amor con que le diese
de su mujer la palabra,
y delante de testigos
se la he dado, y estoy sana
del amor y de los celos.

250. Don Gonzalo Fernández de Córdoba y Fernández de Córdoba, III duque de Sessa. El VI duque de Sessa, don Luis Fernández de Córdoba y Aragón, fue amigo y amo de Lope.

OTAVIO. ¡Esto es cosa temeraria!
Esta, Nise, ha de quitarme
la vida.

NISE. ¿Palabra dabas
de mujer a ningún hombre?
¿No sabes que estás casada?

FINEA. Para quitarme el amor,
¿qué importa?

OTAVIO. No entre en mi casa
Laurencio más.

NISE. Es error,
porque Laurencio la engaña;
que él y Liseo lo dicen
no más que para enseñarla.

OTAVIO. Desa manera, yo callo.

FINEA. ¡Oh! Pues ¿con eso nos tapa
la boca?

OTAVIO. Vente conmigo.

FINEA. ¿Adónde?

OTAVIO. Donde te aguarda
un notario.

FINEA. Vamos.

OTAVIO. Ven.
(¡Qué descanso de mis canas!)

NISE *sola.*

NISE. Hame contado Laurencio
que han tomado aquesta traza
Liseo y él para ver
si aquella rudeza labran,
y no me parece mal.

Liseo *entre.*

Liseo. ¿Hate contado mis ansias
Laurencio, discreta Nise?
Nise. ¿Qué me dices? ¿Sueñas o hablas?
Liseo. Palabra me dio Laurencio
de ayudar mis esperanzas
viendo que las pongo en ti.
Nise. Pienso que de hablar te cansas
con tu esposa o que se embota
en la dureza que labras
el cuchillo de tu gusto,
y, para volver a hablarla,
quieres darle un filo[251] en mí.
Liseo. Verdades son las que trata
contigo mi amor, no burlas.
Nise. ¿Estás loco?
Liseo. Quien pensaba
casarse con quien lo era,
de pensarlo ha dado causa.
Yo he mudado pensamiento.
Nise. ¡Qué necedad, qué inconstancia,
qué locura, error, traición
a mi padre y a mi hermana!
¡Id en buena hora, Liseo!
Liseo. ¿Desa manera me pagas
tan desatinado amor?
Nise. Pues, si es desatino, ¡basta!

251. Parece que con esta expresión, en sentido figurado (pues, *stricto sensu*, *dar filo* significa «afilar»), Nise entiende que Liseo pretende acercarse a ella para sustituir a Finea, y aquella muestra su fidelidad a Laurencio.

Entre LAURENCIO.

LAURENCIO. (Hablando están los dos solos.
Si Liseo se declara,
Nise ha de saber también
que mis lisonjas la engañan.
Creo que me ha visto ya.)

NISE *dice, como que habla con* LISEO:

NISE. ¡Oh, gloria de mi esperanza!
LISEO. ¿Yo vuestra gloria, señora?
NISE. Aunque dicen que me tratas
con traición, yo no lo creo,
que no lo consiente el alma.
LISEO. ¿Traición, Nise? ¡Si en mi vida
mostrara amor a tu hermana
me mate un rayo del cielo!
LAURENCIO. (Es conmigo con quien habla
Nise, y presume Liseo
que le requiebra y regala.)
NISE. Quiérome quitar de aquí;
que con tal fuerza me engaña
Amor, que diré locuras.
LISEO. No os vais[252] —¡oh, Nise gallarda!—,
que después de los favores
quedará sin vida el alma.
NISE. ¡Dejadme pasar!

Vase NISE.

LISEO. ¿Aquí
estabas a mis espaldas?

252. Como en el verso 1395, se usa esta forma verbal como si fuera en subjuntivo.

LAURENCIO. Agora entré.
LISEO. ¿Luego a ti
te hablaba y te requebraba
aunque me miraba a mí
aquella discreta ingrata?
LAURENCIO. No tengas pena; las piedras
ablanda el curso del agua.
Yo sabré hacer que esta noche
puedas, en mi nombre, hablarla.
Esta es discreta, Liseo.
No podrás, si no la engañas,
quitalla del pensamiento
el imposible que aguarda,
porque yo soy de Finea.
LISEO. Si mi remedio no trazas,
cuéntame loco de amor.
LAURENCIO. Déjame el remedio y calla,
porque burlar un discreto
es la victoria más alta.

Fin del 2.º acto de La dama boba.

3.º ACTO DE *LA DAMA BOBA*

Los que hablan en el 3.º acto

FINEA.
CLARA.
NISE.
LISEO.
PEDRO.
LAURENCIO.
TURÍN.
MISENO.
DUARDO.
FENISO.
CELIA.
OTAVIO.
LOS MÚSICOS.

ACTO TERCERO

FINEA, *sola.*

FINEA. ¡Amor, divina invención
conservar la belleza
de nuestra naturaleza,
o accidente o elección!
Estraños efectos son
los que de tu ciencia nacen,
pues las tinieblas deshacen,
pues hacen hablar los mudos;
pues los ingenios más rudos
sabios y discretos hacen.
No ha dos meses que vivía
a las bestias tan igual,
que aun el alma racional
parece que no tenía.
Con el animal sentía
y crecía con la planta;
la razón divina y santa
estaba eclipsada en mí,
hasta que en tus rayos vi,
a cuyo sol se levanta.
Tú desataste y rompiste
la escuridad de mi ingenio;
tú fuiste el divino genio
que me enseñaste y me diste
la luz con que me pusiste
el nuevo ser en que estoy.

Mil gracias, Amor, te doy,
pues me enseñaste tan bien,
que dicen cuantos me ven
que tan diferente soy.
A pura imaginación
de la fuerza de un deseo,
en los palacios me veo
de la divina razón.
¡Tanto la contemplación
de un bien pudo levantarme!
Ya puedes del grado honrarme,
dándome a Laurencio, Amor,
con quien pudiste mejor,
enamorada, enseñarme.

CLARA.

CLARA. En grande conversación
están de tu entendimiento.
FINEA. Huélgome que esté contento
mi padre en esta ocasión.
CLARA. Hablando está con Miseno
de cómo lees, escribes
y danzas; dice que vives
con otra alma en cuerpo ajeno.
Atribúyele al amor
de Liseo este milagro.
FINEA. En otras aras consagro
mis votos, Clara, mejor;
Laurencio ha sido el maestro.
CLARA. Como Pedro lo fue mío.
FINEA. De verlos hablar me río
en este milagro nuestro.

¡Gran fuerza tiene el Amor,
catredático[253] divino!

MISENO *y* OTAVIO.

MISENO. Yo pienso que es el camino
de su remedio mejor.
Y ya, pues habéis llegado
a ver con entendimiento
a Finea, que es contento
nunca de vos esperado,
Nise podéis casar
con este mozo gallardo.
OTAVIO. Vos solamente a Düardo
pudiérades abonar.
Mozuelo me parecía
estos que se desvanecen,
a quien agora enloquecen
la arrogancia y la poesía.
No son gracias de marido
sonetos. Nise es tentada
de académica endiosada,
que a casa los ha traído.
¿Quién le mete a una mujer
con Petrarca y Garcilaso,
siendo su Virgilio y Taso
hilar, labrar[254] y coser?
Ayer sus librillos vi,
papeles y escritos varios;
pensé que devocionarios,
y de esta suerte leí:

253. Metátesis de *catedrático*.

254. *Labrar*: «Coser o bordar, o hacer otras labores de costura» (*DLE*, *s. v.* «labrar»).

«*Historia de dos amantes,*[255]
sacada de lengua griega;
Rimas,[256] de Lope de Vega;
Galatea,[257] de Cervantes;
el Camoes[258] de Lisboa,
Los pastores de Belén,[259]
Comedias[260] de don Guillén
de Castro, *Liras* de Ochoa;[261]
Canción que Luis Vélez[262] dijo
en la academia del duque
de Pastrana;[263] *Obras* de Luque;[264]
Cartas de don Juan de Arguijo;
Cien sonetos de Liñán,[265]
Obras de Herrera el divino,[266]

255. *Etiópicas*, historia de los amantes Teágenes y Cariclea, de Heliodoro, del siglo III o IV.

256. *Rimas*, de Lope de Vega, publicadas por vez primera en 1602. En 1609 el Fénix las incluyó en la edición el *Arte nuevo de hacer comedias en este tiempo*, que recogía su fórmula teatral.

257. *La Galatea*, novela pastoril de Miguel de Cervantes, publicada en 1585.

258. El poeta portugués Luís de Camões, autor de *Os Lusíadas* en 1572.

259. Novela pastoril de Lope que vio la luz en 1612.

260. Obras del dramaturgo Guillén de Castro, que aun no habiéndose publicado en partes de comedias individuales del autor en 1613 (manuscrito de *La dama boba*), sí se habían incluido en volúmenes colectivos, además de existir la posibilidad de su circulación en manuscrito.

261. Parece que se trata del humanista andaluz Juan de Ochoa.

262. Luis Vélez de Guevara.

263. Don Ruy Gómez de Silva y Mendoza de la Cerda, III duque de Pastrana, fundó junto con su hermano Francisco la Academia Selvaje en 1612, que funcionó durante dos años.

264. Probablemente el poeta Juan de Luque.

265. Pedro Liñán de la Riaza.

266. Fernando de Herrera.

el libro del *Peregrino*,[267]
y *El Pícaro*,[268] de Alemán».
Mas ¿qué os canso? Por mi vida,
que se los quise quemar.

MISENO. Casalda[269] y vereisla estar
ocupada y divertida
en el parir y el crïar.

OTAVIO. ¡Qué gentiles devociones!
Si Düardo hace canciones,
bien los podemos casar.

MISENO. Es poeta caballero,
no temáis. Hará por gusto
versos.

OTAVIO. Con mucho disgusto
los de Nise considero.
Temo, y en razón lo fundo,
si en esto da, que ha de haber
un Don Quijote mujer
que dé que reír al mundo.

Salen NISE, LISEO *y* TURÍN.

LISEO. Trátasme con tal desdén
que pienso que he de apelar
adonde sepan tratar
mis obligaciones bien;
pues advierte, Nise bella,
que Finea ya es sagrado;
que un amor tan desdeñado
puede hallar remedio en ella.

267. Novela bizantina de Lope publicada en 1604.

268. El *Guzmán de Alfarache* es una novela picaresca escrita por Mateo Alemán y publicada en dos partes en 1599 y 1604.

269. Metátesis de *casadla*.

Tu desdén, que imaginé
que pudiera ser menor,
crece al paso de mi amor,
medra al lado de mi fe;
y su corto entendimiento
ha llegado a tal mudanza,
que puede dar esperanza
a mi loco pensamiento.
Pues, Nise, trátame bien;
o de Finea el favor
será sala en que mi amor
apele de tu desdén.

NISE. Liseo, el hacerme fieros[270]
fuera bien considerado
cuando yo te hubiera amado.

LISEO. Los nobles y caballeros,
como yo, se han de estimar,
no lo indigno de querer.

NISE. El amor se ha de tener
adonde se puede hallar;
que como no es elección,
sino solo un accidente,
tiénese donde se siente,
no donde fuera razón.
El amor no es calidad,
sino estrellas que conciertan
las voluntades que aciertan
a ser una voluntad.

LISEO. Eso, señora, no es justo,
y no lo digo con celos,
que pongáis culpa a los cielos
de la bajeza del gusto.
A lo que se hace mal,
no es bien decir: «Fue mi estrella».

270. Amenazar.

Nise. Yo no pongo culpa en ella
ni en el curso celestial;[271]
porque Laurencio es un hombre
tan hidalgo y caballero
que pude honrar…
Liseo. ¡Paso!
Nise. Quiero
que reverenciéis su nombre.
Liseo. A no estar tan cerca Otavio…
Otavio. ¡Oh, Liseo!
Liseo. ¡Oh, mi señor!
Nise. (¡Que se ha de tener amor
por fuerza! ¡Notable agravio!)

Entre Celia.

Celia. El maestro de danzar
a las dos llama a lección.
Otavio. Él viene a buena ocasión.
Vaya un crïado a llamar
los músicos, porque vea
Miseno a lo que ha llegado
Finea.
Liseo. (Amor, engañado,
hoy volveréis a Finea;
que muchas veces Amor,
disfrazado en la venganza,
hace una justa mudanza
desde un desdén a un favor.)
Celia. Los músicos y él venían.

271. El devenir del firmamento, el paso del tiempo, el cielo.

Entren los MÚSICOS.

OTAVIO. ¡Muy bien venidos seáis!
LISEO. (¡Hoy, pensamientos, vengáis
los agravios que os hacían!)
OTAVIO. Nise y Finea…
NISE. ¿Señor?
OTAVIO. Vaya aquí, por vida mía,
el baile del otro día.
LISEO. (¡Todo es mudanzas Amor!)

OTAVIO, MISENO *y* LISEO *se sienten; los* MÚSICOS *canten, y las dos bailen ansí:*

«Amor, cansado de ver
tanto interés en las damas,
y que, por desnudo y pobre,
ninguna favor le daba,
pasose a las Indias,
vendió el aljaba,
que más quiere doblones
que vidas y almas.
Trató en las Indias Amor,
no en joyas, seda y holandas,
sino en ser sutil tercero
de billetes y de cartas.
Volvió de las Indias
con oro y plata;
que el Amor bien vestido
rinde las damas.
Paseó la corte Amor
con mil cadenas y bandas;
las damas, como le vían,
de esta manera le hablan:
¿De dó viene, de dó viene?
—Viene de Panamá.—

¿De dó viene el caballero?
—Viene de Panamá.—
Trancelín[272] en el sombrero.
—Viene de Panamá.—
Cadenita de oro al cuello.
—Viene de Panamá.—
En los brazos el griguiesco.[273]
—Viene de Panamá.—
Las ligas con rapacejos.[274]
—Viene de Panamá.—
Zapatos al uso nuevo.
—Viene de Panamá.—
Sotanilla a lo turquesco.[275]
—Viene de Panamá.—
¿De dó viene, de dó viene?
—Viene de Panamá.—
¿De dó viene el hijo de algo?
—Viene de Panamá.—
Corto cuello y puños largos.
—Viene de Panamá.—
La daga en banda colgando.
—Viene de Panamá.—
Guante de ámbar adobado.
—Viene de Panamá.—
Gran jugador del vocablo.[276]
—Viene de Panamá.—
No da dinero y da manos.
—Viene de Panamá.—

272. *Trancelín*: «Cintillo de plata u oro, guarnecido de pedrería, que para gala u adorno se solía poner en los sombreros» (*DLE*, *s. v.* «trencellín»).

273. *Griguiesco*: «Calzón muy ancho que se usaba en los siglos XVI y XVII» (*DLE*, *s. v.* «gregüesco»).

274. *Rapacejos*: «Fleco liso» (*DLE*, *s. v.* «rapacejo»).

275. Por debajo de la rodilla.

276. Juego de vocablos, hablar equívoco.

Enfadoso y mal crïado.
—Viene de Panamá.—
Es Amor; llámase indiano.
—Viene de Panamá.—
Es chapetón[277] castellano.
—Viene de Panamá.—
Es criollo disfrazado.
—Viene de Panamá.—
¿Do dó viene, de dó viene?
—Viene de Panamá.—
¡Oh, qué bien parece Amor
con las cadenas y galas;
que solo el dar enamora,
porque es cifra de las gracias!
Niñas, doncellas y viejas
van a buscarle a su casa,
más importunas que moscas
en viendo que hay miel de plata.
Sobre cuál le ha de querer,
de vivos celos se abrasan,
y alrededor de su puerta
unas tras otras le cantan:
¡Deja las avellanicas, moro,
que yo me las vareаré!
El Amor se ha vuelto godo.[278]
—Que yo me las vareаré.—
Puños largos, cuello corto.
—Que yo me las vareаré.—
Sotanilla y liga de oro.
—Que yo me las vareаré.—
Sombrero y zapato romo.
—Que yo me las vareаré.—

277. *Chapetón*: «Dicho de un español o de un europeo: Recién llegado a América» (*DLE*, *s. v.* «chapetón»).

278. *Hacerse de los godos*: «Blasonar de noble» (*DLE*, *s. v.* «godo»).

Manga ancha, calzón angosto.
—Que yo me las varearé.—
Él habla mucho y da poco.
—Que yo me las varearé.—
Es viejo, y dice que es mozo.
—Que yo me las varearé.—
Es cobarde, y matamoros.[279]
—Que yo me las varearé.—
Ya se descubrió los ojos.
—Que yo me las varearé.—
¡Amor loco y amor loco!
—Que yo me las varearé.—
¡Yo por vos, y vos por otro!
—Que yo me las varearé.—
¡Deja las avellanicas, moro,
que yo me las varearé!»

MISENO. ¡Gallardamente, por cierto!
Dad gracias al cielo, Otavio,
que os satisfizo el agravio.

OTAVIO. Hagamos este concierto
de Düardo con Finea.[280]
Hijas, yo tengo que hablaros.

FINEA. Yo nací para agradaros.

OTAVIO. ¿Quién hay que mi dicha crea?

Éntrense todos y queden allí LISEO *y* TURÍN.

LISEO. Oye, Turín.

TURÍN. ¿Qué me quieres?

LISEO. Quiérote comunicar
un nuevo gusto.

279. *Matamoros*: «Que se jacta de valiente» (*DLE*, *s. v.* «matamoros»).

280. En el manuscrito aparece Finea, y se mantiene para facilitar la rima en e-a. Pero ha de advertirse que debería de aparecer Nise, pues es quien exige la trama dado que a ella quieren casarla con Duardo.

TURÍN. Si es dar
sobre tu amor pareceres,
busca un letrado de amor.
LISEO. Yo he mudado parecer.
TURÍN. A ser dejar de querer
a Nise, fuera el mejor.
LISEO. El mismo; porque Finea
me ha de vengar de su agravio.
TURÍN. No te tengo por tan sabio
que tal discreción te crea.
LISEO. De nuevo quiero tratar
mi casamiento. Allá voy.
TURÍN. De tu parecer estoy.
LISEO. Hoy me tengo de vengar.
TURÍN. Nunca ha de ser el casarse
por vengarse de un desdén;
que nunca se casó bien
quien se casó por vengarse.
Porque es gallarda Finea
y porque el seso cobró
—pues de Nise no sé yo
que tan entendida sea—,
será bien casarte luego.
LISEO. Miseno ha venido aquí.
Algo tratan contra mí.
TURÍN. Que lo mires bien te ruego.
LISEO. ¡No hay más! ¡A pedirla voy!

Váyase LISEO.

TURÍN. El cielo tus pasos guíe
y del error te desvíe,
en que yo por Celia estoy.
¡Que enamore Amor un hombre
como yo! ¡Amor desatina!
¡Que una ninfa de cocina,

para blasón de su nombre,
ponga: «Aquí murió Turín
entre sartenes y cazos»!

Entren LAURENCIO *y* PEDRO.

LAURENCIO. Todo es poner embarazos
para que no llegue al fin.
PEDRO. ¡Habla bajo, que hay escuchas!
LAURENCIO. ¡Oh, Turín!
TURÍN. ¡Señor Laurencio!
LAURENCIO. ¿Tanta quietud y silencio?
TURÍN. Hay obligaciones muchas
para callar un discreto,
y yo muy discreto soy.
LAURENCIO. ¿Qué hay de Liseo?
TURÍN. A eso voy.
Fuese a casar.
PEDRO. ¡Buen secreto!
TURÍN. Está tan enamorado
de la señora Finea,
si no es que venganza sea
de Nise, que me ha jurado
que luego se ha de casar.
Y es ido a pedirla a Otavio.
LAURENCIO. ¿Podré yo llamarme a agravio?
TURÍN. ¿Pues él os puede agraviar?
LAURENCIO. Las palabras ¿suelen darse
para no cumplirlas?
TURÍN. No.
LAURENCIO. De no casarse la dio.
TURÍN. Él no la quiebra en casarse.
LAURENCIO. ¿Cómo?
TURÍN. Porque él no se casa
con la que solía ser,
sino con otra mujer.

LAURENCIO. ¿Cómo es otra?
TURÍN. Porque pasa
del no saber al saber,
y con saber le obligó.
¿Mandáis otra cosa?
LAURENCIO. No.
TURÍN. Pues adiós.

Vase TURÍN.

LAURENCIO. ¿Qué puedo hacer?
¡Ay, Pedro! Lo que temí
y tenía sospechado
del ingenio que ha mostrado
Finea se cumpla aquí.
Como la ha visto Liseo
tan discreta, la afición
ha puesto en la discreción.
PEDRO. Y en el oro, algún deseo.
Cansole la bobería;
la discreción le animó.

Entre FINEA.

FINEA. ¡Clara, Laurencio, me dio
nuevas de tanta alegría!
Luego a mi padre dejé,
y aunque ella me lo callara,
yo tengo quien me avisara,
que es el alma que te ve
por mil vidrios y cristales,
por donde quiera que vas,
porque en mis ojos estás
con memorias inmortales.
Todo este grande lugar
tiene colgado de espejos

mi amor, juntos y parejos
para poderte mirar.
Si vuelvo el rostro, allí veo
tu imagen; si a estotra parte,
también; y ansí viene a darte
nombre de sol mi deseo;
que en cuantos espejos mira
y fuentes de pura plata,
su bello rostro retrata
y su luz divina espira.

LAURENCIO. ¡Ay, Finea! A Dios pluguiera
que nunca tu entendimiento
llegara, como ha llegado
a la mudanza que veo.
Necio, me tuve seguro,
y sospechoso, discreto;
porque yo no te quería
para pedirte consejo.
¿Qué libro esperaba yo
de tus manos? ¿En qué pleito
habías jamás de hacerme
información en derecho?
Inocente te quería,
porque una mujer cordero
es tusón[281] de su marido,
que puede traerla al pecho.
Todos habéis lo que basta
para casada, a lo menos;
no hay mujer necia en el mundo,
porque el no hablar no es defeto.
Hable la dama en la reja,
escriba, diga concetos

281. *Tusón*: «Insignia de la Orden del Toisón, instituida por Felipe el Bueno, duque de Borgoña, en 1430, y otorgada históricamente por la dinastía Habsburgo-Borbón» (*DLE*, *s. v.* «toisón»).

en el coche, en el estrado,
de amor, de engaños, de celos;
pero la casada sepa
de su familia el gobierno;
porque el más discreto hablar
no es santo como el silencio.
Mira el daño que me vino
de transformarse tu ingenio,
pues va a pedirte, ¡ay de mí!,
para su mujer, Liseo.
¡Ya deja a Nise, tu hermana!
¡Él se casa! ¡Yo soy muerto!
¡Nunca, plega a Dios, hablaras!

FINEA. ¿De qué me culpas, Laurencio?
A pura imaginación
del alto merecimiento
de tus prendas, aprendí
el que tú dices que tengo.
Por hablarte supe hablar,
vencida de tus requiebros;
por leer en tus papeles,
libros difíciles leo;
para responderte, escribo;
no he tenido otro maestro
que Amor; Amor me ha enseñado.
Tú eres la ciencia que aprendo.
¿De qué te quejas de mí?

LAURENCIO. De mi desdicha me quejo;
pero, pues ya sabes tanto,
dame, señora, un remedio.

FINEA. El remedio es fácil.

LAURENCIO. ¿Cómo?

FINEA. Si, porque mi rudo ingenio,
que todos aborrecían,
se ha transformado en discreto,
Liseo me quiere bien,

con volver a ser tan necio
como primero le tuve,
me aborrecerá Liseo.

LAURENCIO. Pues, ¿sabrás fingirte boba?

FINEA. Sí, que lo fui mucho tiempo,
y el lugar donde se nace
saben andarle los ciegos.
Demás desto, las mujeres
naturaleza tenemos
tan pronta para fingir
o con amor o con miedo,
que, antes de nacer, fingimos.

LAURENCIO. ¿Antes de nacer?

FINEA. Yo pienso
que en tu vida lo has oído.
Escucha.

LAURENCIO. Ya escucho atento.

FINEA. Cuando estamos en el vientre
de nuestras madres, hacemos
entender a nuestros padres,
para engañar sus deseos,
que somos hijos varones;
y así verás que, contentos,
acuden a sus antojos
con amores, con requiebros,
y esperando el mayorazgo,
tras tantos regalos hechos,
sale una hembra, que corta
la esperanza del suceso.
Según esto, si pensaron
que era varón, y hembra vieron,
antes de nacer fingimos.

LAURENCIO. Es evidente argumento;
pero yo veré si sabes
hacer, Finea, tan presto
mudanza de estremos tales.

FINEA. Paso, que viene Liseo.
LAURENCIO. Allí me voy a esconder.
FINEA. Ve presto.
LAURENCIO. Sígueme, Pedro.
PEDRO. En muchos peligros andas.
LAURENCIO. Tal estoy, que no los siento.

Escóndense LAURENCIO *y* PEDRO, *y salen* LISEO *y* TURÍN.

LISEO. En fin, queda concertado.
TURÍN. En fin, estaba del cielo
que fuese tu esposa.
LISEO. (Aquí
está mi primero dueño.)
¿No sabéis, señora mía,
cómo ha tratado Miseno
casar a Düardo y Nise,
y cómo yo también quiero
que se hagan nuestras bodas
con las suyas?
FINEA. No lo creo;
que Nise me ha dicho a mí
que está casada en secreto
con vos.
LISEO. ¿Conmigo?
FINEA. No sé
si érades vos u Oliveros.[282]
¿Quién sois vos?
LISEO. ¿Hay tal mudanza?
FINEA. ¿Quién decís? Que no me acuerdo.
Y si mudanza os parece,
¿cómo no veis que en el cielo
cada mes hay nuevas lunas?

282. Personaje ficticio de la francesa *Canción del Roldán*, escrita en el siglo XI. Se identifica con uno de los doce pares de Francia.

LISEO. ¡Válgame el cielo! ¿Qué es esto?
TURÍN. ¿Si le vuelve el mal pasado?
FINEA. Pues, decidme; si tenemos
luna nueva cada mes,
¿adónde están? ¿Qué se han hecho
las viejas de tantos años?
¿Daisos por vencido?
LISEO. (Temo
que era locura su mal.)
FINEA. Guárdanlas para remiendos
de las que salen menguadas.
¿Veis ahí que sois un necio?
Señora, mucho me admiro
de que ayer tan alto ingenio
mostrásedes.
FINEA. Pues, señor,
agora ha llegado al vuestro;
que la mayor discreción
es acomodarse al tiempo.
LISEO. Eso dijo el mayor sabio.
PEDRO. (Y esto escucha el mayor necio.)
LISEO. Quitado me habéis el gusto.
FINEA. No he tocado a vos, por cierto.
Mirad, que se habrá caído.
LISEO. (¡Linda ventura tenemos!
Pídole a Otavio a Finea,
y cuando a decirle vengo
el casamiento tratado,
hallo que a su ser se ha vuelto.)
Volved, mi señora, en vos,
considerando que os quiero
por mi dueño para siempre.

FINEA. ¡Por mi dueña,[283] majadero!
LISEO. ¿Así tratáis un esclavo
que os da el alma?
FINEA. ¿Cómo es eso?
LISEO. Que os doy el alma.
FINEA. ¿Qué es alma?
LISEO. ¿Alma? El gobierno del cuerpo.
FINEA. ¿Cómo es un alma?
LISEO. Señora,
como filósofo puedo
definirla, no pintarla.
FINEA. ¿No es alma la que en el peso
le pintan a san Miguel?[284]
LISEO. También a un ángel ponemos
alas y cuerpo, y, en fin,
es un espíritu bello.
FINEA. ¿Hablan las almas?
LISEO. Las almas
obran por los instrumentos,
por los sentidos y partes
de que se organiza el cuerpo.
FINEA. ¿Longaniza come el alma?
TURÍN. (¿En qué te cansas?
LISEO. No puedo
pensar sino que es locura.
TURÍN. Pocas veces de los necios
se hacen los locos, señor.
LISEO. Pues, ¿de quién?
TURÍN. De los discretos;
porque de diversas causas
nacen efetos diversos.

283. Finea reniega del tratamiento de dueño, propio del código amoroso cortés, y pide que se le trate en femenino.

284. Se refiere a la iconografía del arcángel san Miguel pisando las almas de los muertos sobre una balanza.

LISEO. ¡Ay, Turín! Vuélvome a Nise.
Más quiero el entendimiento
que toda la voluntad.)
Señora, pues mi deseo,
que era de daros el alma,
no pudo tener efeto,
quedad con Dios.

FINEA. Soy medrosa
de las almas, porque temo
que de tres que andan pintadas,
puede ser la del infierno.
La noche de los difuntos
no saco, de puro miedo,
la cabeza de la ropa.

TURÍN. Ella es loca sobre necio,
que es la peor guarnición.

LISEO. Decirlo a su padre quiero.

Váyanse. LAURENCIO *y* PEDRO.

LAURENCIO. ¿Puedo salir?

FINEA. ¿Qué te dice?

LAURENCIO. Que ha sido el mejor remedio
que pudiera imaginarse.

FINEA. Sí; pero siento en estremo
volverme a boba, aun fingida,
y pues fingida lo siento,
los que son bobos de veras,
¿cómo viven?

LAURENCIO. No sintiendo.

PEDRO. Pues si un tonto ver pudiera
su entendimiento a[285] un espejo,
¿no fuera huyendo de sí?
La razón de estar contentos

285. En.

es aquella confianza
de tenerse por discretos.

FINEA. Háblame, Laurencio mío,
sutilmente, porque quiero
desquitarme de ser boba.

Entre NISE *y* CELIA.

NISE. ¡Siempre Finea y Laurencio
juntos! Sin duda se tienen
amor. No es posible menos.

CELIA. Yo sospecho que te engañan.

NISE. Desde aquí los escuchemos.

LAURENCIO. ¿Qué puede, hermosa Finea,
decirte el alma, aunque sale
de sí misma, que se iguale
a lo que mi amor desea?
Allá mis sentidos tienes;
escoge de lo sutil,
presumiendo que en abril
por amenos prados vienes.
Corta las diversas flores;
porque, en mi imaginación,
tales los deseos son.

NISE. Estos, Celia, ¿son amores
o regalos de cuñado?

CELIA. Regalos deben de ser;
pero no quisiera ver
cuñado tan regalado.

FINEA. ¡Ay Dios, si llegase día
en que viese mi esperanza
su posesión!

LAURENCIO. ¿Qué no alcanza
una amorosa porfía?

PEDRO. Tu hermana, escuchando.

LAURENCIO. ¡Ay, cielos!

FINEA. Vuélvome a boba.

LAURENCIO. Eso importa.

FINEA. Vete.

NISE. Espérate, reporta
los pasos.

LAURENCIO. ¿Vendrás con celos?

NISE. Celos son para sospechas;
traiciones son las verdades.

LAURENCIO. ¡Qué presto te persüades
y de engaños te aprovechas!
¿Querrás buscar ocasión
para querer a Liseo,
a quien ya tan cerca veo
de tu boda y posesión?
Bien haces, Nise; haces bien.
Levántame un testimonio,
porque de este matrimonio
a mí la culpa me den.
Y si te quieres casar,
déjame a mí.

Vase LAURENCIO.

NISE. ¡Bien me dejas!
¡Vengo a quejarme, y te quejas!
¿Aun no me dejas hablar?

PEDRO. Tiene razón mi señor.
Cásate y acaba ya.

Vase PEDRO.

NISE. ¿Qué es aquesto?

CELIA. Que se va
Pedro con el mismo humor;
y aquí viene bien que Pedro
es tan ruin como su amo.

NISE. Ya le aborrezco y desamo.
¡Qué bien con las quejas medro!
Pero fue linda invención
anticiparse a reñir.
CELIA. Y el Pedro, ¿quién le vio ir
tan bellaco y socarrón?
NISE. Y tú, que disimulando
estás la traición que has hecho,
lleno de engaños el pecho,
con que me estás abrasando,
pues, como sirena, fuiste
medio pez, medio mujer,
pues de animal a saber
para mi daño veniste,
¿piensas que le has de gozar?
FINEA. ¿Tú me has dado pez a mí,
ni sirena, ni yo fui
jamás contigo a la mar?
¡Anda, Nise, que estás loca!
NISE. ¿Qué es esto?
CELIA. A tonta se vuelve.
NISE. ¡A una cosa te resuelve!
Tanto el furor me provoca,
que el alma te he de sacar.
FINEA. ¿Tienes cuenta de perdón?[286]
NISE. Téngola de tu traición,
pero no de perdonar.
¿El alma piensas quitarme
en quien el alma tenía?
Dame el alma que solía,
traidora hermana, animarme.

286. *Cuenta de perdón*: «Cuenta más gruesa que las demás del rosario, a la que se atribuían algunas indulgencias en sufragio de las almas del purgatorio» (*DLE*, *s. v.* «cuenta»).

Mucho debes de saber,
pues del alma me desalmas.

FINEA. Todos me piden sus almas;
almario[287] debo de ser.
Toda soy hurtos y robos;
montes hay donde no hay gente:
yo me iré a meter serpiente;
que ya no es tiempo de bobos.

NISE. ¡Dame el alma!

OTAVIO *con* FENISO *y* DUARDO.

OTAVIO. ¿Qué es aquesto?

FINEA. Almas me piden a mí;
¿soy yo Purgatorio?

NISE. ¡Sí!

FINEA. Pues procura salir presto.

OTAVIO. ¿No sabremos la ocasión
de vuestro enojo?

FINEA. Querer
Nise, a fuerza de saber,
pedir lo que no es razón.
Almas, sirenas y peces
dice que me ha dado a mí.

OTAVIO. ¿Hase vuelto a boba?

NISE. Sí.

OTAVIO. Tú, pienso que la embobeces.

FINEA. Ella me ha dado ocasión;
que me quita lo que es mío.

OTAVIO. Se ha vuelto a su desvarío,
¡muerto soy!

287. Dilogía en la que hay que entender que el *almario* es el *armario* donde se guardan las *almas*.

FENISO. Desdichas son.
DUARDO. ¿No decían que ya estaba
con mucho seso?
OTAVIO. ¡Ay de mí!
NISE. Yo quiero hablar claro.
OTAVIO. Di.
NISE. Todo tu daño se acaba
con mandar resueltamente
—pues, como padre, podrás,
y, aunque en todo, en esto más,
pues tu honor no lo consiente—
que Laurencio no entre aquí.
OTAVIO. ¿Por qué?
NISE. Porque él ha causado
que esta no se haya casado
y que yo te enoje a ti.
OTAVIO. Pues ¡eso es muy fácil cosa!
NISE. Pues tu casa en paz tendrás.

PEDRO *y* LAURENCIO.

PEDRO. ¡Contento, en efeto, estás!
LAURENCIO. ¡Invención maravillosa!
CELIA. Ya Laurencio viene aquí.
OTAVIO. Laurencio, cuando labré
esta casa, no pensé
que academia instituí;
ni cuando a Nise crïaba
pensé que para poeta,
sino que a mujer perfeta,
con las letras la enseñaba.
Siempre alabé la opinión
de que a la mujer prudente,
con saber medianamente,
le sobra la discreción.
No quiero más poesías;

los sonetos se acabaron
y las músicas cesaron;
que son ya breves mis días.
  Por allá los podréis dar,
si os faltan telas y rasos;
que no hay tales Garcilasos
como dinero y callar.
  Este venden por dos reales,
y tiene tantos sonetos,
elegantes y discretos,
que vos no lo haréis tales;
  ya no habéis de entrar aquí
con este achaque. Id con Dios.

LAURENCIO. Es muy justo, como vos
me deis a mi esposa a mí;
  que vos hacéis vuestro gusto
en vuestra casa, y es bien
que en la mía yo también
haga lo que fuere justo.

OTAVIO. ¿Qué mujer os tengo yo?

LAURENCIO. Finea.

OTAVIO. ¿Estáis loco?

LAURENCIO. Aquí
hay tres testigos del «sí»
que ha más de un mes me dio.

OTAVIO. ¿Quién son?

LAURENCIO. Düardo, Feniso
y Pedro.

OTAVIO. ¿Es esto verdad?

FENISO. Ella de su voluntad,
Otavio, dársele quiso.

DUARDO. Así es verdad.

PEDRO. ¿No bastaba
que mi señor lo dijese?

OTAVIO. Que, como simple, le diese
a un hombre que la engañaba,

no ha de valer. Di, Finea:
¿no eres simple?

FINEA. Cuando quiero.

OTAVIO. ¿Y cuando no?

FINEA. No.

OTAVIO. ¿Qué espero?
Mas, cuando[288] simple no sea,
con Liseo está casada.
A la justicia me voy.

Váyase OTAVIO.

NISE. Ven, Celia, tras él; que estoy
celosa y desesperada.

Y NISE *y* CELIA.

LAURENCIO. ¡Id, por Dios, tras él los dos!
No me suceda un disgusto.

FENISO. Por vuestra amistad es justo.

DUARDO. ¡Mal hecho ha sido, por Dios!

FENISO. ¿Ya habláis como desposado
de Nise?

DUARDO. Piénsolo ser.

Y DUARDO *y* FENISO.

LAURENCIO. Todo se ha echado a perder;
Nise mi amor le ha contado.
¿Qué remedio puede haber
si a verte no puedo entrar?

FINEA. No salir.

LAURENCIO. ¿Dónde he de estar?

FINEA. ¿Yo no te sabré esconder?

288. Aunque.

LAURENCIO. ¿Dónde?
FINEA. En casa hay un desván
famoso para esconderte.
¡Clara!

CLARA *entre.*

CLARA. ¿Mi señora?
FINEA. Advierte
que mis desdichas están
en tu mano. Con secreto
lleva a Laurencio al desván.
CLARA. ¿Y a Pedro?
FINEA. También.
CLARA. Galán,
camine.
LAURENCIO. Yo te prometo
que voy temblando.
FINEA. ¿De qué?
PEDRO. Clara, en llegando la hora
de muquir,[289] di a tu señora
que algún sustento nos dé.
CLARA. Otro comerá peor
que tú.
PEDRO. ¿Yo al desván? ¿Soy gato?

Váyanse LAURENCIO, PEDRO *y* CLARA.

FINEA. ¿Por qué de imposibles trato,
esté mi público amor?
En llegándose a saber
una voluntad, no hay cosa
más triste y escandalosa

289. *Muquir*: «Comer» (*DLE*, *s. v.* «muquir»). Es voz de germanía.

por una honrada mujer.
Lo que tiene de secreto
eso tiene Amor de gusto.

OTAVIO *entre.*

OTAVIO. (Harelo, aunque fuera justo
poner mi enojo, en efeto.)
FINEA. ¿Vienes ya desenojado?
OTAVIO. Por los que me lo han pedido.
FINEA. Perdón mil veces te pido.
OTAVIO. ¿Y Laurencio?
FINEA. Aquí ha jurado
no entrar en la Corte más.
OTAVIO. ¿A dónde se fue?
FINEA. A Toledo.
OTAVIO. ¡Bien hizo!
FINEA. No tengas miedo
que vuelva a Madrid jamás.
OTAVIO. Hija, pues simple naciste,
y, por milagro de Amor,
dejaste el pasado error,
¿cómo el ingenio perdiste?
FINEA. ¿Qué quieres, padre? A la fe,
de bobos no hay que fiar.
OTAVIO. Yo lo pienso remediar.
FINEA. ¿Cómo, si el otro se fue?
OTAVIO. Pues te engañan fácilmente
los hombres, en viendo alguno,
te has de esconder, que ninguno
te ha de ver eternamente.
FINEA. ¿Pues dónde?
OTAVIO. En parte secreta.
FINEA. ¿Será bien en un desván,
donde los gatos están?
¿Quieres tú que allí me meta?

OTAVIO.	Adonde te diere gusto,
como ninguno te vea.
FINEA.	Pues, ¡alto! En el desván sea;
tú lo mandas, será justo.
Y advierte que lo has mandado.
OTAVIO.	¡Una y mil veces!

Entren LISEO *y* TURÍN.

LISEO.	Si quise
con tantas veras a Nise,
mal puedo haberla olvidado.
FINEA.	Hombres vienen. Al desván,
padre, yo voy a esconderme.
OTAVIO.	Hija, Liseo no importa.
FINEA.	Al desván, padre; hombres vienen.
OTAVIO.	Pues ¿no ves que son de casa?
FINEA.	No yerra quien obedece.
No me ha de ver hombre más,
sino quien mi esposo fuere.

Váyase FINEA.

LISEO.	Tus disgustos he sabido.
OTAVIO.	Soy padre…
LISEO.	Remedio puedes
poner en aquestas cosas.
OTAVIO.	Ya le he puesto, con que dejen
mi casa los que la inquietan.
LISEO.	Pues, ¿de qué manera?
OTAVIO.	Fuese
Laurencio a Toledo ya.
LISEO.	¡Qué bien has hecho!
OTAVIO.	¿Y tú crees
vivir aquí, sin casarte?
Porque el mismo inconveniente

se sigue de que aquí estés.
Hoy hace, Liseo, dos meses
que me traes en palabras…

LISEO. ¡Bien mi término agradeces!
Vengo a casar con Finea,
forzado de mis parientes,
y hallo una simple mujer.
¿Que la quiera, Otavio, quieres?

OTAVIO. Tienes razón. ¡Acabose!
Pero es limpia, hermosa y tiene
tanto doblón que podría
doblar[290] el mármol más fuerte.
¿Querías cuarenta mil
ducados con una Fenis?[291]
¿Es coja, o manca, Finea?
¿Es ciega? Y cuando lo fuese,
¿hay falta en Naturaleza
que con oro no se afeite?

LISEO. Dame a Nise.

OTAVIO. No ha dos horas
que Miseno la promete
a Düardo, en nombre mío;
y, pues hablo claramente,
hasta mañana a estas horas
te doy para que lo pienses;
porque, de no te casar,
para que en tu vida entres
por las puertas de mi casa
que tan enfadada tienes.
Haz cuenta que eres poeta.

Váyase OTAVIO.

290. He aquí un juego de palabras entre el *doblón*, que es una moneda, y el verbo *doblar* en el sentido de aumentar una cantidad.

291. *Fenis*: «Persona o cosa exquisita o única en su especie» (*DLE*, *s. v.* «fénix»).

LISEO. ¿Qué te dice?
TURÍN. Que te aprestes
y con Finea te cases;
porque si veinte mereces,
porque[292] sufras una boba
te añaden los otros veinte.
Si te dejas de casar,
te han de decir más de siete
«¡Miren la bobada!»
LISEO. Vamos;
que mi temor se resuelve
de no se casar a bobas.
TURÍN. Que se casa, me parece,
a bobas, quien sin dineros
en tanta costa se mete.

Váyanse y entren FINEA *y* CLARA.

FINEA. Hasta agora, bien nos va.
CLARA. No hayas miedo que se entienda.
FINEA. ¡Oh, cuánto a mi amada prenda
deben mis sentidos ya!
CLARA. ¡Con la humildad que se pone
en el desván…!
FINEA. No te espantes;
que es propia casa de amantes,
aunque Laurencio perdone.
CLARA. ¡Y quién no vive en desván,
de cuanto hoy han nacido!
FINEA. Algún humilde que ha sido
de los que en lo bajo están.
CLARA. ¡En el desván vive el hombre
que se tiene por más sabio
que Platón!

292. Hoy se escribiría *por que*. Además, tiene el significado de *para que*.

FINEA. Hácele agravio;
que fue divino su nombre.
CLARA. ¡En el desván, el que anima
a grandezas su desprecio!
¡En el desván más de un necio
que por discreto se estima...!
FINEA. ¿Quieres que te diga yo
cómo es falta natural
de necios, no pensar mal
de sí mismos?
CLARA. ¿Cómo no?
FINEA. La confïanza secreta
tanto el sentido les roba,
que, cuando era yo muy boba,
me tuve por muy discreta;
y como es tan semejante
el saber con la humildad,
ya que tengo habilidad,
me tengo por ignorante.
CLARA. ¡En el desván vive bien
un matador criminal,
cuya muerte natural
ninguno o pocos la ven!
¡En el desván, de mil modos,
y sujeto a mil desgracias,
aquel que, diciendo gracias,
es desgraciado con todos!
¡En el desván, una dama
que, creyendo a quien la inquieta,
por una hora de discreta
pierde mil años de fama!
¡En el desván, un preciado
lindo, y es un caimán,[293]

293. *Caimán*: «Persona que con astucia y disimulo procura salir con sus intentos» (*DLE*, *s. v.* «caimán»).

pero tiénele el desván,
como el espejo, engañado!
¡En el desván, el que canta
con voz de carro de bueyes,
y el que viene de Muleyes
y a los godos se levanta!
¡En el desván, el que escribe
versos legos y donados,
y el que, por vanos cuidados,
sujeto a peligros vive.
Finalmente…

FINEA. Espera un poco;
que viene mi padre aquí.

OTAVIO, MISENO, DUARDO, FENISO.

MISENO. ¿Eso le dijiste?

OTAVIO. Sí,
que a tal favor me provoco.
No ha de quedar —¡vive el cielo!—
en mi casa quien me enoje.

FENISO. Y es justo que se despoje
de tanto necio mozuelo.

OTAVIO. Pidiome, graciosamente,
que con Nise le casase;
díjele que no pensase
en tal cosa eternamente,
y así estoy determinado.

MISENO. Oíd, que está aquí Finea.

OTAVIO. Hija, escucha…

FINEA. Cuando vea,
como me lo habéis mandado,
que estáis solo.

OTAVIO. Espera un poco,
que te he casado.

FINEA. ¡Que nombres
casamiento, donde hay hombres…!
OTAVIO. ¿Luego, teneisme por loco?
FINEA. No, padre; mas hay aquí
hombres, y voyme al desván.
OTAVIO. Aquí, por tu bien, están.
FENISO. Vengo a que os sirváis de mí.
FINEA. ¡Jesús, señor! ¿No sabéis
lo que mi padre ha mandado?
MISENO. Oye; que hemos concertado
que os caséis.
FINEA. ¡Gracia tenéis!
No ha de haber hija obediente
como yo. Voyme al desván.
MISENO. Pues ¿no es Feniso galán?
FINEA. ¡Al desván, señor pariente!

Vanse FINEA *y* CLARA.

DUARDO. ¿Cómo vos le habéis mandado
que de los hombres se esconda?
OTAVIO. No sé, ¡por Dios!, qué os responda.
Con ella estoy enojado,
o con mi contraria estrella.
MISENO. Ya viene Liseo aquí.
Determinaos.
OTAVIO. Yo, por mí,
¿qué puedo decir sin ella?

LISEO, NISE *y* TURÍN.

LISEO. Ya que me parto de ti
solo quiero que conozcas
lo que pierdo por quererte.
NISE. Conozco que tu persona
merece ser estimada;

y como mi padre agora
venga bien en que seas mío,
yo me doy por tuya toda;
que en los agravios de Amor
es la venganza gloriosa.

LISEO. ¡Ay, Nise! ¡Nunca te vieran
mis ojos, pues fuiste sola
de mayor incendio en mí
que fue Elena para Troya!
Vine a casar con tu hermana,
y en viéndote, Nise hermosa,
mi libertad salteaste,
del alma preciosa joya.
Nunca más el oro pudo,
con su fuerza poderosa,
que ha derribado montañas
de costumbres generosas,
humillar mis pensamientos
a la bajeza que doran
los resplandores, que a veces
ciegan tan altas personas.
Nise, ¡duélete de mí,
ya que me voy!

TURÍN. Tiembla agora,
bella Nise, tus desdenes;
que se va Amor por la posta
a la casa del agravio.

NISE. Turín, las lágrimas solas
de un hombre han sido en el mundo
veneno para nosotras.
No han muerto tantas mujeres
de fuego, hierro y ponzoña
como de lágrimas vuestras.

TURÍN. Pues mira un hombre que llora.
¿Eres tú bárbara tigre?
¿Eres pantera? ¿Eres onza?

¿Eres duende? ¿Eres lechuza?
¿Eres Circe? ¿Eres Pandorga?[294]
¿Cuál de aquestas cosas eres,
que no estoy bien en historias?

NISE. ¿No basta decir que estoy
rendida?

Entre CELIA.

CELIA. Escucha, señora…

NISE. ¿Eres Celia?

CELIA. Sí.

NISE. ¿Qué quieres;
que ya todos se alborotan
de verte venir turbada?

OTAVIO. Hija, ¿qué es esto?

CELIA. Una cosa
que os ha de poner cuidado.

OTAVIO. ¿Cuidado?

CELIA. Yo vi que agora
llevaba Clara un tabaque[295]
con dos perdices, dos lonjas,
dos gazapos,[296] pan, toallas,
cuchillo, salero y bota.
Seguila, y vi que al desván
caminaba…

OTAVIO. Celia loca,
para la boba sería.

FENISO. ¡Qué bien que comen las bobas!

OTAVIO. Ha dado en irse al desván,
porque hoy le dije a la tonta

294. Deformación cómica que realiza el gracioso del nombre de Pandora, personaje de la mitología griega.

295. *Tabaque*: «Cestillo o canastillo de mimbre» (*DLE*, *s. v.* «tabaque»).

296. *Gazapo*: «Conejo nuevo» (*DLE*, *s. v.* «gazapo»).

que, para que no la engañen,
en viendo un hombre, se esconda.

CELIA. Eso fuera, a no haber sido,
para saberlo, curiosa.
Subí tras ella, y cerró
la puerta…

MISENO. Pues bien, ¿qué importa?

CELIA. ¿No importa, si en aquel suelo,
como si fuera una alfombra
de las que la primavera
en prados fértiles borda,
tendió unos blancos manteles,
a quien hicieron corona
dos hombres, ella y Finea?

OTAVIO. ¿Hombres? ¡Buena va mi honra!
¿Conocístelos?

CELIA. No pude.

FENISO. Mira bien si se te antoja,
Celia.

OTAVIO. No será Laurencio,
que está en Toledo.

DUARDO. Reporta
el enojo. Yo y Feniso
subiremos…

OTAVIO. ¡Reconozcan
la casa que han afrentado!

Váyase OTAVIO.

FENISO. No suceda alguna cosa…

NISE. No hará, que es cuerdo mi padre.

DUARDO. Cierto que es divina joya
el entendimiento.

FENISO. Siempre
yerra, Düardo, el que ignora.
Desto os podéis alabar,

Nise, pues en toda Europa
no tiene igual vuestro ingenio.

LISEO. Con su hermosura conforma.

Salga con la espada desnuda OTAVIO, *siguiendo a* LAURENCIO, FINEA, CLARA *y* PEDRO.

OTAVIO. ¡Mil vidas he de quitar
a quien el honor me roba!

LAURENCIO. ¡Detened la espada, Otavio!
Yo soy, que estoy con mi esposa.

FENISO. ¿Es Laurencio?

LAURENCIO. ¿No lo veis?

OTAVIO. ¿Quién pudiera ser agora,
sino Laurencio, mi infamia?

FINEA. Pues, padre, ¿de qué se enoja?

OTAVIO. ¡Oh, infame! ¿No me dijiste
que el dueño de mi deshonra
estaba en Toledo?

FINEA. Padre,
si aqueste desván se nombra
«Toledo», verdad le dije.
Alto está, pero no importa;
que más lo estaba el Alcázar
y la Puente de Segovia
y hubo Juanelos[297] que a él
subieron agua sin sogas.
¿Él[298] no me mandó esconder?
Pues suya es la culpa toda.
Sola en un desván, ¡mal año!
Ya sabe que soy medrosa...

297. Juanelo Turriano fue un inventor que ideó llevar agua a Toledo desde el río Tajo, subiendo pendientes.

298. Él era una fórmula de tratamiento de respeto que ya ha perdido ese matiz.

OTAVIO. ¡Cortarele aquella lengua!
¡Rasgarele aquella boca!
MISENO. Esto es caso sin remedio.
NISE. ¿Y la Clara socarrona,
que llevaba los gazapos?
CLARA. Mandómelo mi señora.
MISENO. Otavio, vos sois discreto;
ya sabéis que tanto monta
cortar como desatar.
Otavio. ¿Cuál me aconsejéis que escoja?
MISENO. Desatar.
OTAVIO. Señor Feniso,
si la voluntad es obra,
recibid la voluntad.
Y vos, Düardo, la propia;
que Finea se ha casado,
y Nise, en fin, se conforma
con Liseo, que me ha dicho
que la quiere y que la adora.
FENISO. Si fue, señor, su ventura,
¡paciencia! Que el premio gozan
de sus justas esperanzas.
LAURENCIO. Todo corre viento en popa.
¿Daré a Finea la mano?
OTAVIO. Dádsela, boba ingeniosa.
LISEO. ¿Y yo a Nise?
OTAVIO. Vos también.
LAURENCIO. Bien merezco esta victoria,
pues le he dado entendimiento,
si ella me da la memoria
de cuarenta mil ducados.
PEDRO. ¿Y Pedro no es bien que coma
algún güeso, como perro,
de la mesa destas bodas?
FINEA. Clara es tuya.
TURÍN. ¿Y yo nací

donde a los que nacen lloran,
y ríen a los que mueren?

NISE. Celia, que fue devota,
será tu esposa, Turín.

TURÍN. Mi bota será y mi novia.

FENISO. Vos y yo solo faltamos;
dad acá esa mano hermosa.

DUARDO. Al senado la pedid,
si nuestras faltas perdona;
que aquí, para los discretos,
da fin *La comedia boba*.

El perro del hortelano

Lope Félix de Vega Carpio

Comedia famosa del

Perro del hortelano

Hablan en ella las personas siguientes:

Diana, *condesa de Belflor.*
Leonido, *criado.*
El conde Federico.
Antonelo, *lacayo.*
Teodoro, *su secretario.*
Marcela.
Dorotea.
Anarda, *de su cámara.*
Otavio, *su mayordomo.*
Fabio, *su gentilhombre.*
El conde Ludovico.
Furio.
Lirano.
Tristán, *lacayo.*
Ricardo, *marqués.*
Celio, *criado.*
Camilo.

ACTO PRIMERO

Salen TEODORO *con una capa guarnecida de noche y* TRISTÁN, *criado; vienen huyendo.*

TEODORO. ¡Huye, Tristán, por aquí!
TRISTÁN. Notable desdicha ha sido.
TEODORO. ¿Si nos habrá conocido?[299]
TRISTÁN. No sé, presumo que sí.

Váyanse y entre tras ellos DIANA, *condesa de Belflor.*

DIANA. ¡Ah, gentilhombre, esperad!
¡Teneos, oíd! ¿Qué digo?
¿Esto se ha de usar conmigo?
¡Volved, mirad, escuchad!
¡Hola! ¿No hay aquí un crïado?
¡Hola! ¿No hay un hombre aquí?
Pues no es hombre lo que vi,
ni sueño que me ha burlado.
¡Hola! ¿Todos duermen ya?

Sale FABIO, *criado.*

299. Adviértase cómo la comedia utiliza el recurso del comienzo *in medias res*, es decir, no empieza la acción por el principio, sino por unos hechos que son consecuencia de otros anteriores.

FABIO. ¿Llama vuestra señoría?
DIANA. Para la cólera mía
gusto esa flema[300] me da.
¡Corred, necio, enhoramala,
—pues merecéis este nombre—,
y mirad quién es un hombre
que salió de aquesta sala!
FABIO. ¿Desta sala?
DIANA. ¡Caminad
y responded con los pies!
FABIO. Voy tras él.
DIANA. Sabed quién es.
¿Hay tal traición, tal maldad?

Sale OTAVIO.

OTAVIO. Aunque su voz escuchaba
a tal hora, no creía
que era vuestra señoría
quien tan aprisa llamaba.
DIANA. ¡Muy lindo Santelmo[301] hacéis!
¡Bien temprano os acostáis!

300. Desde antiguo se pensaba que los caracteres y temperamentos de las personas estaban basados en la mayor concentración de cuatro sustancias o humores en el cuerpo humano (bilis negra, bilis, flema y sangre), lo que definiría el estado de salud y las enfermedades del sujeto. Así, la flema se asocia al humor flemático y presenta cualidades como la templanza o la calma. Este líquido provoca el sosiego en Diana, que se había manifestado a través del humor colérico, propio de la bilis, que se cita en el verso anterior.

301. *Fuego de Santelmo*: «Meteoro ígneo que, al hallarse muy cargada de electricidad la atmósfera, suele dejarse ver en los mástiles y vergas de las embarcaciones, especialmente después de la tempestad» (*DLE*, *s. v.* «fuego»). Igual que indicaba la tranquilidad después de la tormenta, aquí también se refiere a la salvación que consigue Diana con la llegada de Otavio.

¡Con la flema que llegáis[302]
qué despacio que os movéis!
¡Andan hombres en mi casa
a tal hora —y aun los siento
casi en mi propio aposento—
que no sé yo dónde pasa
tan grande insolencia, Otavio!
Y vos, muy a lo escudero,[303]
cuando yo me desespero
¿ansí remediáis mi agravio?

OTAVIO. Aunque su voz escuchaba
a tal hora, no creía
que era vuestra señoría
quien tan aprisa llamaba.

DIANA. ¡Volveos, que no soy yo!
¡Acostaos, que os hará mal!

Sale FABIO.

OTAVIO. Señora…

FABIO. No he visto tal:
¡Como un gavilán partió!

DIANA. ¿Viste las señas?

FABIO. ¿Qué señas?

DIANA. ¿Una capa no llevaba
con oro?

FABIO. ¿Cuando bajaba
la escalera?

302. Expresión que indica lentitud, especialmente por hacer referencia al humor flemático, del que se ha hablado *supra*.

303. Con la expresión «a lo escudero» la protagonista señala la lentitud de Otavio para acudir ante los hechos acaecidos con anterioridad y que le producen intranquilidad.

Diana. ¡Hermosas dueñas[304]
sois los hombres de mi casa![305]
Fabio. A la lámpara tiró
el sombrero y la mató.
Con esto los pasos pasa
y en lo escuro del portal
saca la espada y camina.
Diana. ¡Vos sois muy lindo gallina!
Fabio. ¿Qué querías?
Diana. ¡Pesia tal!,[306]
cerrar con él[307] y matalle.[308]
Otavio. Si era hombre de valor
¿fuera bien echar tu honor
desde el portal a la calle?
Diana. ¿De valor aquí? ¿Por qué?
Otavio. ¿Nadie en Nápoles te quiere
que mientras casarse espere
por donde puede te ve?
¿No hay mil señores que están
para casarse contigo
ciegos de amor? Pues, bien digo,
si tú le viste galán
y Fabio tirar bajando
a la lámpara el sombrero…
Diana. Sin duda fue caballero
que, amando y solicitando,

304. *Dueña*: «Mujer viuda que para autoridad y respeto, y para guarda de las demás criadas, había en las casas principales» (*DLE*, *s. v.* «dueño»).

305. Diana critica la pasividad y la cobardía de los hombres tildando de mujeres a los criados, como ya había hecho Laurencia en su conocido alegato ante los hombres, quejándose de su inacción ante los desmanes del Comendador, en *Fuente Ovejuna*.

306. Expresión de maldición.

307. Este uso intransitivo del verbo *cerrar*, y generalmente con la preposición *con*, indica entablar una batalla con alguien.

308. Matarle. Se trata de una forma en la que se ha producido una asimilación de la *–r* de la forma de infinitivo con la *–l* del complemento directo.

vencerá con interés
mis crïados; que crïados
tengo, Otavio, tan honrados...
Pero yo sabré quién es.
Plumas llevaba el sombrero
y en la escalera ha de estar.
¡Ve por él!

FABIO. ¿Si le he de hallar?

DIANA. ¡Pues claro está, majadero!
Que no había de bajarse
por él cuando huyendo fue.

FABIO. Luz, señora, llevaré.

DIANA. Si ello viene a averiguarse
no me ha de quedar culpado
en casa.

OTAVIO. Muy bien harás,
pues cuando segura estás
te han puesto en este cuidado.
Pero, aunque es bachillería,[309]
y más estando enojada,
hablarte en lo que te enfada,
esta tu injusta porfía
de no te querer casar
causa tantos desatinos,
solicitando caminos
que te obligasen a amar.

DIANA. ¿Sabéis vos alguna cosa?

OTAVIO. Yo, señora, no sé más
de que en opinión estás
de incansable cuanto hermosa.
El condado de Belflor
pone a muchos en cuidado.

309. Una bachillería es una expresión impertinente o sin fundamento. El término deriva de *bachiller*, que también se aplica, incluso como adjetivo, a una persona que habla en demasía y con impertinencia.

Sale FABIO.

FABIO. ¡Con el sombrero he topado!
Mas no puede ser peor.
DIANA. Muestra. ¿Qué es esto?
FABIO. No sé.
Este aquel galán tiró.
DIANA. ¿Este?
OTAVIO. No le he visto yo
más sucio.
FABIO. Pues este fue.
DIANA. ¿Este hallaste?
FABIO. Pues ¿yo había
de engañarte?
OTAVIO. ¡Buenas son
las plumas!
FABIO. Él es ladrón.
OTAVIO. Sin duda a robar venía.
DIANA. ¡Hareisme perder el seso!
FABIO. Este sombrero tiró.
DIANA. Pues las plumas que vi yo,
y tantas que aun era exceso,
¿en esto se resolvieron?
FABIO. Como en la lámpara dio,
sin duda se las quemó
y como estopas ardieron.
¿Ícaro al sol no subía
que abrasándose las plumas
cayó en las blancas espumas
del mar?[310] Pues esto sería.

310. En la mitología clásica, Dédalo y su hijo Ícaro estaban encerrados en el laberinto de Creta. Para escapar, Dédalo construye unas alas de plumas y cera, y advierte a su hijo de que no se acerque mucho al Sol o correrá el riesgo de que

El sol la lámpara fue,
Ícaro el sombrero y luego
las plumas deshizo el fuego,
y en la escalera le hallé.

DIANA. No estoy para burlas, Fabio.
Hay aquí mucho que hacer.

OTAVIO. Tiempo habrá para saber
la verdad.

DIANA. ¿Qué tiempo, Otavio?

OTAVIO. Duerme agora, que mañana
lo puedes averiguar.

DIANA. ¡No me tengo de acostar,
no, por vida de Dïana,
hasta saber lo que ha sido!
Llama esas mujeres todas.

OTAVIO. Muy bien la noche acomodas.

DIANA. Del sueño, Otavio, me olvido
con el cuidado de ver
un hombre dentro de mi casa.

OTAVIO. Saber después lo que pasa
fuera discreción, y hacer
secreta averiguación.

DIANA. Sois, Otavio, muy discreto;
que dormir sobre un secreto
es notable discreción.

Sale[n] FABIO, DOROTEA, MARCELA, ANARDA.

FABIO. Las que importan he traído,
que las demás no sabrán
lo que deseas y están
rindiendo al sueño el sentido.

---

la cera se derrita. Entusiasmado, Ícaro asciende, se acerca al astro solar, y la cera de sus alas se va derritiendo, dando con Ícaro en el mar, donde muere. Se trata de una metáfora de la dificultad de acercarse a una clase social superior.

Las de tu cámara solas
estaban por acostar.
ANARDA. De noche se altera el mar,
y se enfurecen las olas.
FABIO. ¿Quieres quedar sola?
DIANA. Sí,
salíos los dos allá.
FABIO. (¡Bravo examen! *Aparte*
OTAVIO. ¡Loca está!
FABIO. Y sospechosa de mí...)
DIANA. Llégate aquí, Dorotea.
DOROTEA. ¿Qué manda vuseñoría?[311]
DIANA. Que me dijeses quería
quién esta calle pasea.
DOROTEA. Señora, el marqués Ricardo,
y algunas veces el conde
Paris.
DIANA. La verdad responde
de lo que decirte aguardo,
si quieres tener remedio.
DOROTEA. ¿Qué te puedo yo negar?
DIANA. ¿Con quién los has visto hablar?
DOROTEA. Si me pusieses en medio
de mil llamas, no podré
decir que, fuera de ti,
hablar con nadie los vi
que en aquesta casa esté.
DIANA. ¿No te han dado algún papel?
¿Ningún paje ha entrado aquí?
DOROTEA. Jamás.
DIANA. Apártate allí.
MARCELA. (¡Brava inquisición!) *Aparte*
ANARDA. (¡Crüel!)
DIANA. Oye, Anarda.

311. Vuestra señoría.

ANARDA. ¿Qué me mandas?
DIANA. ¿Qué hombre es este que salió?
ANARDA. ¿Hombre?
DIANA. Desta sala. Y yo
sé los pasos en que andas.
¿Quién le trajo a que me viese?
¿Con quién habla de vosotras?
ANARDA. No creas tú que en nosotras
tal atrevimiento hubiese.
¿Hombre para verte a ti
había de osar traer
crïada tuya ni hacer
esa traición contra ti?
No, señora, no lo entiendes.
DIANA. Espera, apártate más,
porque a sospechar me das,
si engañarme no pretendes,
que por alguna criada
este hombre ha entrado aquí.
ANARDA. El verte, señora, ansí,
y justamente enojada,
dejada toda cautela,
me obliga a decir verdad,
aunque contra el amistad
que profeso con Marcela.
Ella tiene a un hombre amor
y él se le[312] tiene también,
mas nunca he sabido quién.
DIANA. Negarlo, Anarda, es error.
Ya que confiesas lo más,
¿para qué niegas lo menos?
ANARDA. Para secretos ajenos
mucho tormento me das,
sabiendo que soy mujer,

312. Lope de Vega adopta formas leístas en varios puntos de la obra.

mas basta que hayas sabido
que por Marcela ha venido.
Bien te puedes recoger,
que es solo conversación,
y ha poco que se comienza.

DIANA. ¡Hay tan crüel desvergüenza!
¡Buena andará la opinión
de una mujer por casar!
¡Por el siglo, infame gente,
del conde mi señor...!

ANARDA. Tente,
y déjame disculpar,
que no es de fuera de casa
el hombre que habla con ella,
ni para venir a vella
por esos peligros pasa.

DIANA. ¿En efeto[313] es mi crïado?

ANARDA. Sí, señora.

DIANA. ¿Quién?

ANARDA. Teodoro.

DIANA. ¿El secretario?

ANARDA. Yo ignoro
lo demás. Sé que han hablado.

DIANA. Retírate, Anarda, allí.

ANARDA. Muestra aquí tu entendimiento.

DIANA. (Con más templanza me siento, *Aparte*
sabiendo que no es por mí.)
¡Marcela!

MARCELA. Señora.

DIANA. Escucha.

MARCELA. ¿Qué mandas? (Temblando llego.)

DIANA. ¿Eres tú de quien fïaba
mi honor y mis pensamientos?

313. La relajación del grupo consonántico [kt] es muy frecuente en el Siglo de Oro.

MARCELA. Pues ¿qué te han dicho de mí,
sabiendo tú que profeso
la lealtad que tú mereces?
DIANA. ¿Tú, lealtad?
MARCELA. ¿En qué te ofendo?
DIANA. ¿No es ofensa que en mi casa,
y dentro de mi aposento,
entre un hombre a hablar contigo?
MARCELA. Está Teodoro tan necio
que donde quiera me dice
dos docenas de requiebros.
DIANA. ¿Dos docenas? ¡Bueno a fe!
¡Bendiga el buen año el cielo,
pues se venden por docenas!
MARCELA. Quiero decir que, en saliendo[314]
o entrando, luego a la boca
traslada sus pensamientos.
DIANA. ¿Traslada? Término extraño.
¿Y qué te dice?
MARCELA. No creo
que se me acuerda.
DIANA. Sí hará.
MARCELA. Una vez dice «Yo pierdo
el alma por esos ojos»,
otra, «Yo vivo por ellos».
«Esta noche no he dormido
desvelando mis deseos
en tu hermosura»; otra vez
me pide solo un cabello
para atarlos, porque estén
en su pensamiento quedos.
Mas ¿para qué me preguntas
niñerías?

314. La construcción formada por la preposición *en* seguida de la forma de gerundio de un verbo se refiere a una acción inmediatamente anterior a otra.

DIANA. Tú, a lo menos,
bien te huelgas.
MARCELA. No me pesa,
porque de Teodoro entiendo
que estos amores dirige
a fin tan justo y honesto
como el casarse conmigo.
DIANA. Es el fin del casamiento
honesto blanco de amor.
¿Quieres que yo trate desto?
MARCELA. ¡Qué mayor bien para mí!
Pues ya, señora, que veo
tanta blandura en tu enojo
y tal nobleza en tu pecho,
te aseguro que le adoro,
porque es el mozo más cuerdo,
más prudente y entendido,
más amoroso y discreto
que tiene aquesta ciudad.
DIANA. Ya sé yo su entendimiento
del oficio en que me sirve.
MARCELA. Es diferente el sujeto
de una carta en que le pruebas
a dos títulos tus deudos
o el verle hablar más de cerca
en estilo dulce y tierno
razones enamoradas.
DIANA. Marcela, aunque me resuelvo
a que os caséis, cuando sea
para ejecutarlo tiempo,
no puedo dejar de ser
quien soy, como ves que debo
a mi generoso nombre.
Porque no fuera bien hecho
daros lugar en mi casa,
sustentar mi enojo quiero,

pues que ya todos le saben;
tú podrás con más secreto
proseguir ese tu amor,
que en la ocasión yo me ofrezco
a ayudaros a los dos,
que Teodoro es hombre cuerdo
y se ha crïado en mi casa,
y a ti, Marcela, te tengo
la obligación que tú sabes
y no poco parentesco.

MARCELA. A tus pies tienes tu hechura.[315]

DIANA. Vete.

MARCELA. Mil veces los beso.

DIANA. Dejadme sola.

ANARDA. ¿Qué ha sido?

MARCELA. Enojos en mi provecho.

DOROTEA. ¿Sabe tus secretos ya?

MARCELA. Sí sabe, y que son honestos.

Háganle tres reverencias y váyanse.

DIANA *sola.* Mil veces he advertido en la belleza,
gracia y entendimiento de Teodoro,
que a no ser desigual a mi decoro[316]
estimara su ingenio y gentileza.
Es el amor común naturaleza,
mas yo tengo mi honor por más tesoro,
que los respetos de quien soy adoro
y aun el pensarlo tengo por bajeza.
La envidia bien sé yo que ha de quedarme,
que si la suelen dar bienes ajenos,

315. *Hechura*: «Una persona respecto de otra a quien debe su empleo, dignidad y fortuna» (*DLE*, *s. v.* «hechura»).

316. Diana incide en la diferencia de clase social entre ella y Teodoro, el secretario, circunstancia que, *a priori*, imposibilita la correspondencia amorosa.

bien tengo de que pueda lamentarme,
porque quisiera yo que por lo menos
Teodoro fuera más para igualarme
o yo, para igualarle, fuera menos.

Salen TEODORO *y* TRISTÁN.

TEODORO. No he podido sosegar.
TRISTÁN. Y aun es con mucha razón,
que ha de ser tu perdición
si lo llega a averiguar.
Díjete que la dejaras
acostar, y no quisiste.
TEODORO. Nunca el amor se resiste.
TRISTÁN. Tiras, pero no reparas.
TEODORO. Los diestros lo hacen ansí.
TRISTÁN. Bien sé yo que si lo fueras
el peligro conocieras.
TEODORO. ¿Si me conoció?
TRISTÁN. No. Y sí,
que no conoció quién eras
y sospecha le quedó.
TEODORO. Cuando Fabio me siguió
bajando las escaleras
fue milagro no matalle.
TRISTÁN. ¡Qué lindamente tiré
mi sombrero a la luz!
TEODORO. Fue
detenelle y deslumbralle,
porque si adelante pasa
no le dejara pasar.
TRISTÁN. Dije a la luz al bajar:
«Di que no somos de casa»,
y respondiome: «Mentís».

Alzó y tirele el sombrero.[317]
¿Quedé agraviado?

TEODORO. Hoy espero
mi muerte.

TRISTÁN. Siempre decís
esas cosas los amantes
cuando menos pena os dan.

TEODORO. Pues ¿qué puedo hacer, Tristán,
en peligros semejantes?

TRISTÁN. Dejar de amar a Marcela,
pues la condesa es mujer
que si lo llega a saber
no te ha de valer cautela
para no perder su casa.

TEODORO. ¿Y no hay más sino olvidar?

TRISTÁN. Liciones[318] te quiero dar
de cómo el amor se pasa.

TEODORO. ¿Ya comienzas desatinos?

TRISTÁN. Con arte se vence todo.
Oye, por tu vida, el modo
por tan fáciles caminos.
Primeramente has de hacer
resolución de olvidar,
sin pensar que has de tornar
eternamente a querer,
que si te queda esperanza
de volver, no habrá remedio
de olvidar, que si está en medio
la esperanza, no hay mudanza.
¿Por qué piensas que no olvida
luego un hombre a una mujer?

317. Obsérvese cómo Lope juega de manera cómica, por boca de Tristán, con el reto a partir de la acción con un sombrero y no con un guante.

318. Lecciones.

Porque pensando volver
va entreteniendo la vida.
Ha de haber resolución
dentro del entendimiento,
con que cesa el movimiento
de aquella imaginación.
¿No has visto faltar la cuerda
de un reloj y estarse quedas
sin movimiento las ruedas?
Pues desa suerte se acuerda
el que tienen las potencias,[319]
cuando la esperanza falta.

TEODORO. ¿Y la memoria no salta
luego a hacer mil diligencias
despertando el sentimiento
a que del bien no se prive?

TRISTÁN. Es enemigo que vive
asido al entendimiento
—como dijo la canción
de aquel español poeta—,[320]
mas por eso es linda treta
vencer la imaginación.

TEODORO. ¿Cómo?

TRISTÁN. Pensando defetos,
y no gracias, que, olvidando,
defetos están pensando,
que no gracias, los discretos.
No la imagines vestida

319. Las tres potencias del alma son memoria, entendimiento y voluntad.

320. Ese poeta parece ser el propio Lope de Vega, que en su comedia *Antonio Roca* escribe: «No hay mal como la memoria / para el alma y para el cuerpo, / que es enemigo que vive / asido al entendimiento; / en él caben desengaños / como imposibles deseos» (*vid.* Victor Dixon, «El auténtico *Antonio Roca* de Lope», en A. David Kossoff y José Amor y Vázquez (eds.), *Homenaje a William L. Fichter. Estudios sobre el teatro antiguo hispánico y otros ensayos*, Madrid, Castalia, 1971, p. 188).

con tan linda proporción
de cintura, en el balcón
de unos chapines[321] subida:
toda es vana arquitectura,
porque dijo un sabio un día
que a los sastres se debía
la mitad de la hermosura.
Como se ha de imaginar
una mujer semejante
es como un disciplinante
que le llevan a curar.
Esto sí, que no adornada
del costoso faldellín.[322]
Pensar defetos, en fin,
es medecina aprobada.
Si de acordarte que vías
alguna vez una cosa
que te pareció asquerosa
no comes en treinta días,
acordándote, señor,
de los defetos que tiene,
si a la memoria te viene,
se te quitará el amor.

TEODORO. ¡Qué grosero cirujano,
qué rústica curación!
Los remedios al fin son
como de tu tosca mano.
Médico impírico[323] eres;
no has estudiado, Tristán.

321. *Chapín*: «Chanclo de corcho, forrado de cordobán, muy usado en algún tiempo por las mujeres» (*DLE*, *s. v.* «chapín»).

322. *Faldellín*: «Falda corta y con vuelo que usan las campesinas sobre las enaguas» (*DLE*, *s. v.* «faldellín»).

323. Médico empírico es aquel que cura basándose en su experiencia.

Yo no imagino que están
desa suerte las mujeres,
sino todas cristalinas,
como un vidro trasparentes.
TRISTÁN. Vidro sí, muy bien lo sientes
si a verlas quebrar caminas.
Mas si no piensas pensar
defetos, pensarte puedo,
porque ya he perdido el miedo
de que podrás olvidar.
¡Pardiez! Yo quise una vez
con esta cara que miras
a una alforja de mentiras
años cinco veces diez.
Y entre otros dos mil defetos
cierta barriga tenía
que encerrar dentro podía,
sin otros mil parapetos,
cuantos legajos de pliegos
algún escritorio apoya,
pues como el caballo en Troya
pudiera meter los griegos.
¿No has oído que tenía
cierto lugar un nogal
que en el tronco un oficial
con mujer y hijos cabía
y aun no era la casa escasa?
Pues desa misma manera
en esta panza cupiera
un tejedor y su casa.
Y queriéndola olvidar
—que debió de convenirme—,
dio la memoria en decirme
que pensase en blanco azar,[324]

324. Azahar.

en azucena y jazmín,
en marfil, en plata, en nieve
y en la cortina, que debe
de llamarse el faldellín,
con que yo me deshacía.
Mas tomé más cuerdo acuerdo
y di en pensar, como cuerdo
lo que más le parecía:
cestos de calabazones,
baúles viejos, maletas
de cartas para estafetas,
almofrejes[325] y jergones,[326]
con que se trocó en desdén
el amor y la esperanza,
y olvidé la dicha panza
por siempre jamás amén.
Que era tal que en los dobleces
—y no es mucho encarecer—
se pudieran esconder
cuatro manos de almireces.

TEODORO. En las gracias de Marcela
no hay defetos que pensar.
Yo no la pienso olvidar.

TRISTÁN. Pues a tu desgracia apela
y sigue tan loca empresa.

TEODORO. Toda es gracias, ¿qué he de hacer?

TRISTÁN. Pensarlas hasta perder
la gracia de la condesa.

Sale la condesa.

325. *Almofrej*: «Funda, de jerga o vaqueta por fuera, y por dentro de anjeo u otro lienzo basto, en que se llevaba la cama de camino» (*DLE*, *s. v.* «almofrej»).

326. *Jergón*: «Colchón de paja, esparto o hierba y sin bastas» (*DLE*, *s. v.* «jergón»).

DIANA. Teodoro…
TEODORO. (La misma es.) *Aparte*
DIANA. … escucha.
TEODORO. A tu hechura manda.
TRISTÁN. (¡Si en averiguarlo anda,
de casa volamos tres!) *Aparte*
DIANA. Hame dicho cierta amiga
que desconfía de sí
que el papel[327] que traigo aquí
le escriba. A hacerlo me obliga
la amistad, aunque yo ignoro,
Teodoro, cosas de amor,
y que le escribas mejor
vengo a decirte, Teodoro.
Toma y lee.
TEODORO. Si aquí,
señora, has puesto la mano,
igualarle fuera en vano
y fuera soberbia en mí.
Sin verle, pedirte quiero
que a esa señora le envíes.
DIANA. Lee, lee.
TEODORO. Que desconfíes
me espanto. Aprender espero
estilo que yo no sé,
que jamás traté de amor.
DIANA. ¿Jamás, jamás?
TEODORO. Con temor
de mi defetos no amé,
que soy muy desconfiado.

327. Es una carta. En el teatro áureo es muy recurrente el motivo de la carta, el papel o el billete (que de todas esas formas puede denominarse) como vehículo para transmitir noticias e informaciones, y, además, como elemento simbólico.

DIANA. Y se puede conocer
de que no te dejas ver,
pues que te vas rebozado.[328]
TEODORO. ¿Yo, señora? ¿Cuándo o cómo?
DIANA. Dijéronme que salió
anoche acaso y te vio
rebozado el mayordomo.
TEODORO. Andaríamos burlando
Fabio y yo, como solemos,
que mil burlas nos hacemos.
DIANA. Lee, lee.
TEODORO. Estoy pensando
que tengo algún envidioso.
DIANA. Celoso podría ser.
Lee, lee.
TEODORO. Quiero ver
ese ingenio milagroso.
Lea. Amar por ver amar, envidia ha sido
y primero que amar estar celosa
es invención de amor maravillosa
y que por imposible se ha tenido.
De los celos mi amor ha procedido
por pesarme que, siendo más hermosa,
no fuese en ser amada tan dichosa
que hubiese lo que envidio merecido.
Estoy sin ocasión desconfiada,
celosa sin amor, aunque sintiendo;
debo de amar, pues quiero ser amada.
Ni me dejo forzar ni me defiendo,
darme quiero a entender sin decir nada,
entiéndame quien puede, yo me entiendo.
DIANA. ¿Qué dices?
TEODORO. Que si esto es
a propósito del dueño,

328. Estar el rostro cubierto por el bozo, una parte de la capa.

no he visto cosa mejor,
mas confieso que no entiendo
cómo puede ser que amor
venga a nacer de los celos,
pues que siempre fue su padre.

DIANA. Porque esta dama sospecho
que se agradaba de ver
este galán, sin deseo,
y viéndole ya empleado
en otro amor, con los celos
vino a amar y a desear.
¿Puede ser?

TEODORO. Yo lo concedo,
mas ya esos celos, señora,
de algún principio nacieron,
y ese fue amor, que la causa
no nace de los efetos,
sino los efetos della.

DIANA. No sé, Teodoro; esto siento
desta dama, pues me dijo
que nunca al tal caballero
tuvo más que inclinación,
y en viéndole amar, salieron
al camino de su honor
mil salteadores deseos
que le han desnudado el alma
del honesto pensamiento
con que pensaba vivir.

TEODORO. Muy lindo papel has hecho;
yo no me atrevo a igualarle.

DIANA. Entra y prueba.

TEODORO. No me atrevo.

DIANA. Haz esto, por vida mía.

TEODORO. Vusiñoría con esto
quiere probar mi ignorancia.

DIANA. Aquí aguardo; vuelve luego.

TEODORO. Yo voy.
DIANA. Escucha, Tristán.
TRISTÁN. A ver lo que mandas vuelvo
con vergüenza destas calzas;
que el secretario, mi dueño,
anda falido[329] estos días,
y hace mal un caballero,
sabiendo que su lacayo
le va sirviendo de espejo,
de lucero, de cortina,
en no traerle bien puesto.
Escalera del señor,
si va a caballo, un discreto
nos llamó, pues a su cara
se sube por nuestros cuerpos.
No debe de poder más.
DIANA. ¿Juega?
TRISTÁN. ¡Pluguiera a los cielos!
Que a quien juega, nunca faltan
desto o de aquello dineros.
Antiguamente los reyes
algún oficio aprendieron,
por si en la guerra o la mar
perdían su patria y reino
saber con qué sustentarse.
Dichosos los que pequeños
aprendieron a jugar,
pues en faltando, es el juego
un arte noble que gana
con poca pena el sustento.
Verás un grande pintor,
acrisolando el ingenio,
hacer una imagen viva
y decir el otro necio

329. Arcaísmo. Fallido, quebrado o frustrado.

que no vale diez escudos,
y que el que juega, en diciendo
«paro», con salir la suerte,
le sale a ciento por ciento.

DIANA. En fin, ¿no juega?

TRISTÁN. Es cuitado.

DIANA. A la cuenta será cierto
tener amores.

TRISTÁN. ¿Amores?
¡Oh, qué donaire! Es un hielo.

DIANA. Pues, un hombre de su talle,
galán, discreto y mancebo,
¿no tiene algunos amores
de honesto entretenimiento?

TRISTÁN. Yo trato en paja y cebada,
no en papeles y requiebros.
De día te sirve aquí,
que está ocupado sospecho.

DIANA. ¿Pues nunca sale de noche?

TRISTÁN. No le acompaño, que tengo
una cadera quebrada.

DIANA. ¿De qué, Tristán?

TRISTÁN. Bien te puedo
responder lo que responden
las malcasadas, en viendo
cardenales en su cara
del mojicón de los celos:
«Rodé por las escaleras».

DIANA. ¿Rodaste?

TRISTÁN. Por largo trecho
con las costillas conté
los pasos.

DIANA. ¡Forzoso es eso,
si a la lámpara, Tristán,
le tirabas el sombrero!

TRISTÁN. (¡Oxte, puto![330] ¡Vive Dios, *Aparte*
que se sabe todo el cuento!)
DIANA. ¿No responde?
TRISTÁN. Por pensar
cuándo..., pero ya me acuerdo.
Anoche andaban en casa
unos murciégalos[331] negros.
El sombrero los tiraba,
fuese a la luz uno de ellos
y acerté, por dar en él,
en la lámpara, y tan presto
por la escalera rodé
que los dos pies se me fueron.
DIANA. Todo está muy bien pensado,
pero un libro de secretos
dice que es buena la sangre
para quitar el cabello
—desos murciégalos, digo—,
y haré yo sacarla luego
si es cabello la ocasión
para quitarla con ellos.
TRISTÁN. (¡Vive Dios, que hay chamusquina *Aparte*
y que por murciegalero[332]
me pone en una galera!)

330. Exclamación vulgar que indica, sin connotación sexual, el deseo de que alguna situación que incomoda se aleje.

331. Obsérvese cómo en el Siglo de Oro se conserva la composición de la palabra a partir de la etimología: *MUR* («ratón») y *CAECUS* («ciego»), que da *murciégalo*. En la actualidad se ha producido una rotación silábica motivada por una falsa analogía: *MUR* («ratón») y *CAELUS* («cielo»), que da *murciélago*.

332. Voz del mundo del hampa que, en la actualidad, ha evolucionado a *murcigallero* y a *murciglero*, aunque anteriormente se encontraban las soluciones *murciegalero* y *murcielaguero*. Se refiere a un ladrón que hurta a prima de noche o a los que están dormidos.

Vase.

DIANA. (¡Que traigo de pensamientos!) *Aparte*

Sale FABIO.

FABIO. Aquí está el marqués Ricardo.

DIANA. Poned esas sillas luego.[333]

Sale RICARDO, *marqués, y* CELIO.

RICARDO. Con el cuidado que el amor, Dïana,
pone en un pecho que aquel fin desea,
que la mayor dificultad allana,
el mismo quiere que te adore y vea.
Solicito mi causa, aunque por vana
esta ambición algún contrario crea,
que dando más lugar a su esperanza
tendrá menos amor que confïanza.
Está vusiñoría tan hermosa
que estar buena el mirarla me asegura;
que en la mujer, y es bien pensada cosa,
la más cierta salud es la hermosura,
que en estando gallarda, alegre, airosa
es necedad, es ignorancia pura,
llegar a preguntarle si está buena,
que todo entendimiento la condena.
Sabiendo que lo estáis, como lo dice
la hermosura, Dïana, y la alegría,
de mí, si a la razón no contradice,
saber, señora, cómo estoy querría.

DIANA. Que vuestra señoría solemnice
lo que en Italia llaman gallardía

333. Rápido, ahora.

por hermosura, es digno pensamiento
de su buen gusto y claro entendimiento.
Que me pregunte cómo está no creo
que soy tan dueño suyo que lo diga.

RICARDO. Quien sabe de mi amor y mi deseo
el fin honesto, a este favor me obliga.
A vuestros deudos inclinados veo
para que en lo tratado se prosiga;
solo falta, señora, vuestro acuerdo,
porque sin él las esperanzas pierdo.
Si como soy señor de aquel estado
que con igual nobleza heredé agora,
lo fuera desde el sur más abrasado
a los primeros paños del aurora;
si el oro de los hombres adorado,
las congeladas lágrimas que llora
el cielo o los diamantes orientales
que abrieron por el mar caminos tales
tuviera yo, lo mismo os ofreciera.
Y no dudéis, señora, que pasara
adonde el sol apenas luz me diera,
como a solo serviros importara;
en campañas de sal pies de madera
por las remotas aguas estampara
hasta llegar a las australes playas,
del humano poder últimas rayas.[334]

DIANA. Creo, señor marqués, el amor vuestro,
y satisfecha de nobleza tanta
haré tratar el pensamiento nuestro
si al conde Federico no le espanta.

RICARDO. Bien sé que en trazas[335] es el conde diestro,
porque en ninguna cosa me adelanta,

334. Entre los versos 733 y 736 se observa una burla al estilo culterano de Luis de Góngora.

335. Ingenio.

mas yo fío de vos que mi justicia
los ojos cegará de su malicia.

Sale TEODORO.

TEODORO. Ya lo que mandas hice.
RICARDO. Si ocupada
vuseñoría está, no será justo
hurtarle el tiempo.
DIANA. No importara nada,
puesto que[336] a Roma escribo.
RICARDO. No hay disgusto,
como en día de cartas, dilatada
visita.
DIANA. Sois discreto.
RICARDO. En daros gusto.
(Celio, ¿qué te parece?) *Aparte*
CELIO. (Que quisiera
que ya tu justo amor premio tuviera.)

Vase RICARDO.

DIANA. ¿Escribiste?
TEODORO. Ya escribí,
aunque bien desconfiado,
mas soy mandado y forzado.
DIANA. Muestra.
TEODORO. Lee.
DIANA. Dice así:
Lee. Querer por ver querer envidia fuera
si quien lo vio sin ver amar no amara,
porque si antes de amar no amar pensara,
después no amara, puesto que amar viera.

336. Aunque.

Amor, que lo que agrada considera
en ajeno poder, su amor declara,
que como la color sale a la cara,
sale a la lengua lo que al alma altera.
No digo más, porque lo más ofendo
desde lo menos, si es que desmerezco
porque del ser dichoso me defiendo.
Esto que entiendo solamente ofrezco,
que lo que no merezco no lo entiendo
por no dar a entender que lo merezco.

DIANA. Muy bien guardaste el decoro.[337]
TEODORO. ¿Burlaste?
DIANA. ¡Pluguiera a Dios!
TEODORO. ¿Qué dices?
DIANA. Que de los dos
el tuyo vence, Teodoro.
TEODORO. Pésame, pues no es pequeño
principio de aborrecer
un crïado el entender
que sabe más que su dueño.
De cierto rey[338] se contó
que le dijo a un gran privado:[339]
«Un papel me da cuidado,
y si bien lo he escrito yo,
quiero ver otro de vos
y el mejor escoger quiero».
Escribiole el caballero
y fue el mejor de los dos.
Como vio que el rey decía
que era su papel mejor,

337. Aquí se entiende el decoro como la necesaria acomodación del discurso a la clase social de que se trate.

338. Se trata del rey Manuel I de Portugal y del conde don Luis de Silvera.

339. Un valido, un ministro de especial confianza para el soberano.

fuese, y díjole al mayor
hijo, de tres que tenía:
«Vámonos del reino luego,
que en gran peligro estoy yo».
El mozo le preguntó
la causa, turbado y ciego,
y respondiole: «Ha sabido
el rey que yo sé más que él»,
que es lo que en este papel
me puede haber sucedido.

DIANA. No, Teodoro, que aunque digo
que es el tuyo más discreto,
es porque sigue el conceto[340]
de la materia que sigo.
Y no para que presuma
tu pluma, que si me agrada,
pierdo el estar confiada
de los puntos de mi pluma.
Fuera de que soy mujer,
a cualquier error sujeta,
y no sé si muy discreta,
como se me echa de ver.
Desde lo menos, aquí
dices que ofendes lo más,
y amando; engañado estás,
porque en amor no es ansí,
que no ofende un desigual
amando, pues solo entiendo
que se ofende aborreciendo.

TEODORO. Esa es razón natural.
Mas pintaron a Faetonte[341]

340. El grupo consonántico [pt] también pierde la implosiva.

341. Faetón o Faetonte era hijo de Helios y de Clímene. Alardeaba de ser hijo del sol, y para demostrarlo pidió a su padre que le dejara conducir su carro durante un día. No fue capaz de controlar los caballos y voló demasiado alto

y a Ícaro despeñados,
uno en caballos dorados
precipitado en un monte
y otro con alas de cera
derretido en el crisol
del sol.

DIANA. No lo hiciera el sol
si, como es sol, mujer fuera.
Si alguna cosa sirvieres
alta, sírvela y confía,
que amor no es más que porfía:
no son piedras las mujeres.
Yo me llevo este papel,
que despacio me conviene
verle.

TEODORO. ¡Mil errores tiene!

DIANA. No hay error ninguno en él.

TEODORO. Honras mi deseo; aquí
traigo el tuyo.

DIANA. Pues allá
le guarda, aunque bien será
rasgarle.

TEODORO. ¿Rasgarle?

DIANA. Sí,
que no importa que se pierda
si se puede perder más.

Váyase.

TEODORO. Fuese. ¿Quién pensó jamás
de mujer tan noble y cuerda
este arrojarse tan presto

—enfriando la tierra— y demasiado bajo —quemando superficies como el desierto del Sáhara, así como cultivos y la piel de los etíopes—. Zeus tuvo que intervenir y paró el carro lanzando un rayó; Faetón cayó y murió ahogado.

a dar su amor a entender?
Pero también puede ser
que yo me engañase en esto.
Mas ¿no me ha dicho jamás,
ni a lo menos se me acuerda,
«pues qué importa que se pierda
si se puede perder más»?
«Perder más» bien puede ser
por la mujer que decía...
Mas todo es bachillería
y ella es la misma mujer.
Aunque no, que la condesa
es tan discreta y tan varia
que es la cosa más contraria
de la ambición que profesa.
Sírvenla príncipes hoy
en Nápoles que no puedo
ser su esclavo; tengo miedo
que en grande peligro estoy.
Ella sabe que a Marcela
sirvo, pues aquí ha fundado
el engaño y me ha burlado.
Pero en vano se recela
mi temor, porque jamás
burlando salen colores;
y el decir con mil temores
que «se puede perder más»...
¿Qué rosa, al llorar la aurora,
hizo de las hojas ojos
abriendo los labios rojos
con risa a ver cómo llora,
como ella los puso en mí
bañada en púrpura y grana,
o qué pálida manzana
se esmaltó de carmesí?
Lo que veo y lo que escucho

yo lo juzgo, o estoy loco,
para ser de veras poco
y para de burlas mucho.
  Mas teneos, pensamiento,
que os vais ya tras la grandeza,
aunque si digo belleza
bien sabéis vos que no miento,
  que es bellísima Dïana,
y es discreción sin igual.

Sale MARCELA.

MARCELA. ¿Puedo hablarte?
TEODORO. Ocasión tal
mil imposibles allana,
  que por ti, Marcela mía,
la muerte me es agradable.
MARCELA. Como yo te vea y hable
dos mil vidas perdería.
Estuve esperando el día,
como el pajarillo solo,
y cuando vi que en el polo
que Apolo[342] más presto dora
le despertaba la aurora,
dije: «Yo veré mi Apolo».
  Grandes cosas han pasado
que no se quiso acostar
la condesa hasta dejar
satisfecho su cuidado;
amigas que han envidiado
mi dicha con deslealtad
le han contado la verdad,
que entre quien sirve, aunque veas
que hay amistad, no la creas,

342. Dios del sol.

porque es fingida amistad.
  Todo lo sabe en efeto,
que si es Dïana[343] la luna,
siempre a quien ama importuna;
salió y vio nuestro secreto.
Pero será, te prometo,
para mayor bien, Teodoro,
que del honesto decoro
con que tratas de casarte
le di parte, y dije aparte
cuán tiernamente te adoro.
  Tus prendas le encarecí,
tu estilo, tu gentileza,
y ella entonces su grandeza
mostró tan piadosa en mí,
que se alegró de que en ti
hubiese los ojos puesto,
y de casarnos muy presto
palabra también me dio,
luego que de mí entendió
que era tu amor tan honesto.
  Yo pensé que se enojara
y la casa revolviera,
que a los dos nos despidiera
y a los demás castigara.
Mas su sangre ilustre y clara
y aquel ingenio en efeto
tan prudente y tan perfeto
conoció lo que mereces.
¡Oh, bien haya, amén mil veces
quien sirve a señor discreto![344]

TEODORO. ¿Que casarme prometió
contigo?

343. Diosa de la luna.
344. Título de una obra teatral de Lope: *Servir a señor discreto*.

Marcela. ¿Pones duda[345]
que a su ilustre sangre acuda?
Teodoro. (Mi ignorancia me engañó, *Aparte*
que necio pensaba yo
que hablaba en mí la condesa.
De haber pensado me pesa
que pudo tenerme amor,
que nunca tan alto azor
se humilla a tan baja presa.)
Marcela. ¿Qué murmuras entre ti?
Teodoro. Marcela, conmigo habló,
pero no se declaró
en darme a entender que fui
el que embozado salí
anoche de su aposento.
Marcela. Fue discreto pensamiento,
por no obligarse al castigo
de saber que hablé contigo,
si no lo es el casamiento,
que el castigo más piadoso
de dos que se quieren bien
es casarlos.
Teodoro. Dices bien,
y el remedio más honroso.
Marcela. ¿Querrás tú?
Teodoro. Seré dichoso.
Marcela. Confírmalo.
Teodoro. Con los brazos,
que son los rasgos y lazos
de la pluma del amor,
pues no hay rúbrica mejor
que la que firman los brazos.

Sale la condesa.

345. Verso hipométrico.

DIANA. Esto se ha enmendado bien;
agora estoy muy contenta,
que siempre a quien reprehende
da gran gusto ver la enmienda.
No os turbéis ni os alteréis.

TEODORO. Dije, señora, a Marcela
que anoche salí de aquí
con tanto disgusto y pena
de que vuestra señoría
imaginase en su ofensa
este pensamiento honesto
para casarme con ella,
que me he pensado morir,
y dándome por respuesta
que mostrabas en casarnos
tu piedad y tu grandeza,
dile mis brazos, y advierte
que si mentirte quisiera,
no me faltara un engaño.
Pero no hay cosa que venza
como decir la verdad
a una persona discreta.

DIANA. Teodoro, justo castigo
la deslealtad mereciera
de haber perdido el respeto
a mi casa, y la nobleza
que usé anoche con los dos
no es justo que parte sea
a que os atreváis ansí,
que en llegando a desvergüenza
el amor, no hay privilegio
que el castigo le defienda.
Mientras no os casáis los dos,
mejor estará Marcela
cerrada en un aposento,
que no quiero yo que os vean

juntos las demás crïadas,
y que por ejemplo os tengan
para casárseme todas.
¡Dorotea! ¡Ah, Dorotea!

Sale DOROTEA.

DOROTEA. Señora.
DIANA. Toma esta llave
y en mi propia cuadra[346] encierra
a Marcela, que estos días
podrá hacer labor en ella.
No diréis que esto es enojo.
DOROTEA. ¿Qué es esto, Marcela?
MARCELA. ¡Fuerza
de un poderoso tirano
y una rigurosa estrella!
Enciérrame por Teodoro.
DOROTEA. Cárcel aquí no la temas,
y para puertas de celos
tiene amor llave maestra.

Váyanse las dos, queden la condesa y TEODORO.

DIANA. En fin, Teodoro, ¿tú quieres
casarte?
TEODORO. Yo no quisiera
hacer cosa sin tu gusto,
y créeme que mi ofensa
no es tanta como te han dicho,
que bien sabes que con lengua
de escorpión pintan la envidia,
y que si Ovidio supiera
qué era servir, no en los campos,

346. Cuarto de una casa.

no en las montañas desiertas
pintara su escura casa,[347]
que aquí habita y aquí reina.

DIANA. Luego ¿no es verdad que quieres
a Marcela?

TEODORO. Bien pudiera
vivir sin Marcela yo.

DIANA. Pues díceme que por ella
pierdes el seso.

TEODORO. Es tan poco
que no es mucho que le pierda.
Mas crea vuseñoría
que, aunque Marcela merezca
esas finezas en mí,
no ha habido tantas finezas.

DIANA. Pues ¿no le has dicho requiebros
tales que engañar pudieran
a mujer de más valor?

TEODORO. Las palabras poco cuestan.

DIANA. ¿Qué le has dicho, por mi vida?
¿Cómo, Teodoro, requiebran
los hombres a las mujeres?

TEODORO. Como quien ama y quien ruega,
vistiendo de mil mentiras
una verdad, y esa apenas.

DIANA. Sí, pero ¿con qué palabras?

TEODORO. Extrañamente me aprieta
vuseñoría: «esos ojos»,
le dije, «esas niñas bellas,
son luz con que ven los míos

347. Ovidio describe, a partir del verso 760 el libro II de sus *Metamorfosis*, la morada de la Envidia, y lo hace como un «palacio sucio de negra sangre» (Ovidio, *Metamorfosis*, edición de Consuelo Álvares y Rosa María Iglesias, Madrid, Cátedra, 2005, p. 270, v. 760).

y los corales y perlas
desa boca celestial…».

DIANA. ¿Celestial?

TEODORO. Cosas como estas
son la cartilla,[348] señora,
de quien ama y quien desea.

DIANA. Mal gusto tienes, Teodoro;
no te espantes de que pierdas
hoy el crédito conmigo,
porque sé yo que en Marcela
hay más defectos que gracias
como la miro más cerca.
Sin esto, porque no es limpia,
no tengo pocas pendencias
con ella; pero no quiero
desenamorarte de ella,
que bien pudiera decirte
cosa, pero aquí se quedan
sus gracias o sus desgracias,
que yo quiero que la quieras
y que os caséis en buenhora.
Mas, pues de amador te precias,
dame consejo, Teodoro,
ansí a Marcela poseas,
para aquella amiga mía
que ha días que no sosiega
de amores de un hombre humilde,
porque si en quererle piensa,
ofende su autoridad,
y si de quererle deja,
pierde el jüicio de celos,
que el hombre, que no sospecha

348. Teodoro hace saber a la condesa algunas expresiones típicas de los enamorados, y que están en la base de los requiebros.

tanto amor, anda cobarde,
aunque es discreto con ella.

TEODORO. Yo, señora, ¿sé de amor?
No sé, por Dios, cómo pueda
aconsejarte.

DIANA. ¿No quieres,
como dices, a Marcela?
¿No le has dicho esos requiebros?
Tuvieran lengua las puertas,
que ellas dijeran.

TEODORO. No hay cosa
que decir las puertas puedan.

DIANA. ¡Ea, que ya te sonrojas
y lo que niega la lengua
confiesas con las colores!

TEODORO. Si ella te lo ha dicho, es necia;
una mano le tomé,
y no me quedé con ella,
que luego se la volví.
No sé yo de qué se queja.

DIANA. Sí, pero hay manos que son
como la paz de la Iglesia,[349]
que siempre vuelven besadas.

TEODORO. Es necísima Marcela;
es verdad que me atreví,
pero con mucha vergüenza,
a que templase la boca
con nieve y con azucenas.

DIANA. ¿Con azucenas y nieve?
Huelgo de saber que tiempla[350]
ese emplasto el corazón!
Ahora bien, ¿qué me aconsejas?

349. Se refiere a los besos que el sacerdote y los diáconos dan a la patena en determinadas celebraciones litúrgicas.

350. Templa.

TEODORO. Que si esa dama que dices
hombre tan bajo desea
y de quererle resulta
a su honor tanta bajeza,
haga que con un engaño,
sin que la conozca, pueda
gozarle.
DIANA. Queda el peligro
de presumir que lo entienda.
¿No será mejor matarle?
TEODORO. De Marco Aurelio se cuenta
que dio a su mujer Faustina,
para quitarle la pena,
sangre de un esgrimidor;[351]
pero estas romanas pruebas
son buenas entre gentiles.
DIANA. Bien dices; que no hay Lucrecias[352]
ni Torcatos[353] ni Virginios[354]
en esta edad, y en aquella
hubo Faustinas,[355] Teodoro,
Mesalinas[356] y Popeas.[357]
Escríbeme algún papel
que a este propósito sea
y queda con Dios. ¡Ay Dios!

351. El emperador romano Marco Aurelio intentó aliviar la pena que la muerte de su hijo le producía a Faustina con espectáculos de gladiadores.

352. De familia acomodada, Lucrecia fue violada por Sexto Tarquinio, hijo del último rey de Roma, Tarquinio el Soberbio. En cierta medida, este hecho propició la caída de la monarquía en Roma, dando paso a la República.

353. El cónsul Manlio Torcuato mató a su hijo por desobediencia.

354. Lucio Virginio, centurión reconocido, mató a su hija para que nadie la privara de su libertad.

355. Esposa del emperador Marco Aurelio.

356. Mesalina fue esposa del emperador Claudio, a quien le fue infiel.

357. Popea fue mujer de Nerón, y no se caracterizó por la honestidad.

Caiga.

Caí. ¿Qué me miras? Llega,
dame la mano.

TEODORO. El respeto
me detuvo de ofrecella.

DIANA. ¡Qué graciosa grosería
que con la capa la ofrezcas!

TEODORO. Así cuando vas a misa
te la da Otavio.

DIANA. Es aquella
mano que yo no le pido,
y debe de haber setenta
años que fue mano, y viene
amortajada por muerta.
Aguardar quien ha caído
a que se vista de seda
es como ponerse un jaco[358]
quien ve al amigo en pendencia,
que mientras baja, le han muerto.
Demás que no es bien que tenga
nadie por más cortesía,
aunque melindres lo aprueban,
que una mano, si es honrada,
traiga la cara cubierta.

TEODORO. Quiero estimar la merced
que me has hecho.

DIANA. Cuando seas
escudero la darás
en el ferreruelo[359] envuelta,
que agora eres secretario,
con que te he dicho que tengas

358. *Jaco*: «Cota de malla de manga corta, que no pasaba de la cintura» (*DLE*, *s. v.* «jaco»).

359. *Ferreruelo*: «Capa corta con cuello y sin capilla» (*DLE*, *s. v.* «herreruelo»).

secreta aquesta caída,
si levantarte deseas.

Váyase.

TEODORO. ¿Puedo creer que aquesto es verdad? Puedo,
si miro que es mujer Dïana hermosa.
Pidió mi mano, y la color de rosa,
al dársela, robó del rostro el miedo.
  Tembló, yo lo sentí; dudoso quedo.
¿Qué haré? Seguir mi suerte venturosa,
si bien, por ser la empresa tan dudosa
niego al temor lo que al valor concedo.
  Mas dejar a Marcela es caso injusto,
que las mujeres no es razón que esperen
de nuestra obligación tanto disgusto.
  Pero si ellas nos dejan cuando quieren
por cualquiera interés o nuevo gusto,
mueran también como los hombres mueren.

ACTO SEGUNDO

Salen el conde FEDERICO *y* LEONIDO, *criado.*

FEDERICO. ¿Aquí la viste?
LEONIDO. Aquí entró
como el alba por un prado,
que a su tapete bordado
la primera luz le dio.
Y según la devoción,
no pienso que tardarán,
que conozco al capellán
y es más breve que es razón.
FEDERICO. ¡Ay, si la pudiese hablar!
LEONIDO. Siendo tú su primo es cosa
acompañarla forzosa.
FEDERICO. El pretenderme casar
ha hecho ya sospechoso
mi parentesco, Leonido,
que antes de haberla querido
nunca estuve temeroso.
Verás que un hombre visita
una dama libremente
por conocido o pariente
mientras no la solicita,
pero en llegando a querella,
aunque de todos se guarde,
menos entra y más cobarde,
y apenas habla con ella.
Tal me ha sucedido a mí

con mi prima la condesa,
tanto, que de amar me pesa,
pues lo más del bien perdí,
pues me estaba mejor vella
tan libre como solía.

Sale[n] el marqués RICARDO *y* CELIO.

CELIO. A pie digo que salía
y alguna gente con ella.
RICARDO. Por estar la iglesia enfrente,
y por preciarse del talle,
ha querido honrar la calle.
CELIO. ¿No has visto por el oriente
salir serena mañana
el sol con mil rayos de oro,
cuando dora el blanco toro
que pace campos de grana[360]
—que así llamaba un poeta
los primeros arreboles—?
Pues tal salió con dos soles,
más hermosa y más perfecta,
la bellísima Dïana,
la condesa de Belflor.
RICARDO. Mi amor te ha vuelto pintor
de tan serena mañana,
y hácesla sol con razón,
porque el sol en sus caminos
va pasando varios signos
que sus pretendientes son.

360. Se trata de una referencia a los primeros versos de la Soledad primera de Góngora, a cuyos versos recuerda: «Era del año la estación florida / en que el mentido robador de Europa, / media luna las armas de su frente / y el sol todos los rayos de su pelo, / luciente honor del cielo, / en campos de zafiro pace estrellas / cuando el que ministrar podía la copa / a Júpiter mejor que el garzón de Ida».

Mira que allí Federico
aguarda sus rayos de oro.

CELIO. ¿Cuál de los dos será el toro[361]
a quien hoy al sol aplico?

RICARDO. Él por primera afición,
aunque del nombre se guarde,
que yo, por entrar más tarde,
seré el signo del león.

FEDERICO. ¿Es aquel Ricardo?

LEONIDO. Él es.

FEDERICO. Fuera maravilla rara
que deste puesto faltara.

LEONIDO. Gallardo viene el marqués.

FEDERICO. No pudieras decir más,
si tú fueras el celoso.

LEONIDO. ¿Celos tienes?

FEDERICO. ¿No es forzoso?
De alabarle me los das.

LEONIDO. Si a nadie quiere Dïana
¿de qué los puedes tener?

FEDERICO. De que le puede querer,
que es mujer.

LEONIDO. Sí, mas tan vana,
tan altiva y desdeñosa,
que a todos os asegura.

FEDERICO. ¿Es soberbia la hermosura?

LEONIDO. No hay ingratitud hermosa.

CELIO. Dïana sale, señor.

RICARDO. Pues tendrá mi noche día.

CELIO. ¿Hablarasla?

RICARDO. Eso querría,
si quiere el competidor.

361. El toro hace referencia tanto al signo zodiacal de Tauro como a los hombres engañados en el amor. En ese sentido, no debe olvidarse que Tauro es un signo anterior a Leo, cuyo símbolo es el león, como se dirá más tarde.

Salen OTAVIO, FABIO, TEODORO, *la condesa y, detrás,*
MARCELA, ANARDA *con mantos; llegue el conde por un lado.*

FEDERICO. Aquí aguardaba con deseo de veros.
DIANA. Señor conde, seáis muy bien hallado.
RICARDO. Y yo, señora, con el mismo agora
a acompañaros vengo y a serviros.
DIANA. Señor marqués, ¡qué dicha es esta mía!
Tanta merced…
FEDERICO. Bien debe a mi deseo
vuseñoría este cuidado.
FEDERICO. Creo
que no soy bien mirado y admitido.
LEONIDO. Habíala, no te turbes.
FEDERICO. ¡Ay, Leonido!
Quien sabe que no gustan de escuchalle
¿de qué te admiras que se turbe y calle?

Todos se entren por la otra puerta acompañando a la condesa,
y quede allí TEODORO.

TEODORO. Nuevo pensamiento mío,
desvanecido en el viento,
que con ser mi pensamiento,
de veros volar me río,
parad, detened el brío,
que os detengo y os provoco,
porque si el intento es loco,
de los dos lo mismo escucho,
aunque donde el premio es mucho
el atrevimiento es poco.
Y si por disculpa dais
que es infinito el que espero,
averigüemos primero,
pensamiento, en qué os fundáis.
¿Vos a quien servís amáis?

Diréis que ocasión tenéis
si a vuestros ojos creéis.
Pues, pensamiento, decildes[362]
que sobre pajas humildes
torres de diamante hacéis.
  Si no me sucede bien
quiero culparos a vos,
mas teniéndola los dos
no es justo que culpa os den,
que podréis decir también,
cuando del alma os levanto,
y de la altura me espanto
donde el amor os subió,
que el estar tan bajo yo
os hace a vos subir tanto.
  Cuando algún hombre ofendido
al que le ofende defiende,
que dio la ocasión se entiende;
del daño que os ha venido
sed en buenhora atrevido,
que aunque los dos nos perdamos,
esta disculpa llevamos,
que vos os perdéis por mí,
y que yo tras vos me fui,
sin saber adonde vamos.
  Id en buenhora, aunque os den
mil muertes por atrevido,
que no se llama perdido
el que se pierde tan bien.
Como otros dan parabién
de lo que hallan, estoy tal
que de perdición igual
os le doy, porque es perderse

362. Esta metátesis de *decildes* por *decidles* tiene su explicación en la necesidad de rima.

tan bien que puede tenerse
envidia del mismo mal.

Tristán. Si en tantas lamentaciones
cabe un papel de Marcela,
que contigo se consuela
de sus pasadas prisiones,
bien te le daré sin porte,
porque a quien no ha menester
nadie le procura ver,
a la usanza de la corte.[363]
Cuando está en alto lugar
un hombre —¡y qué bien lo imitas!—,
¡qué le vienen de visitas
a molestar y a enfadar!
Pero si mudó de estado,
como es la fortuna incierta,
todos huyen de su puerta
como si fuese apestado.
¿Parécete que lavemos
en vinagre este papel?

Teodoro. Contigo necio, y con él
entrambas cosas tenemos.
¡Muestra, que vendrá lavado,
si en tus manos ha venido![364]

Lea. «A Teodoro, mi marido».
¿Marido? ¡Qué necio enfado!
¡Qué necia cosa!

Tristán. Es muy necia.

Teodoro. Pregúntale a mi ventura
si, subida a tanta altura
esas mariposas precia.

363. Este desdén por la corte es una de las interesantes reflexiones que hace Lope sobre este círculo,

364. Teodoro juega con una acepción de vinagre para llamar borracho a Tristán.

TRISTÁN. Léele, por vida mía,
aunque ya estés tan divino,
que no se desprecia el vino
de los mosquitos que cría;
que yo sé cuando Marcela,
que llamas ya mariposa,
era águila caudalosa.
TEODORO. El pensamiento, que vuela
a los mismos cercos de oro
del sol, tan baja la mira
que aun de que la ve se admira.
TRISTÁN. Hablas con justo decoro,
mas ¿qué haremos del papel?
TEODORO. Esto.
TRISTÁN. ¿Rasgástele?
TEODORO. Sí.
TRISTÁN. ¿Por qué, señor?
TEODORO. Porque ansí
respondí más presto a él.
TRISTÁN. Ese es injusto rigor.
TEODORO. Ya soy otro, no te espantes.
TRISTÁN. ¡Basta, que sois los amantes
boticarios del amor,
que, como ellos las recetas,
vais ensartando papeles![365]
«Récipe[366] celos crueles»:
agua de azules violetas.
«Récipe un desdén extraño»:
sirupi del *borrajorum*[367]

365. Se cita, ahora, una serie de recetas burlescas para los enamorados.

366. Receta médica.

367. El personaje comienza a parodiar el lenguaje farmacéutico empleando un latín macarrónico. Una aproximación al significado de este verso sería «agua de borrajas».

con que la sangre *templorum*[368]
para asegurar el daño.
«Récipe ausencia»: tomad
un emplasto para el pecho,
que os hiciera más provecho
estaros en la ciudad.
«Récipe de matrimonio»:
allí es menester jarabes
y tras diez días süaves
purgalle con entimonio.[369]
«Récipe *signus celeste*,[370]
que Capricornius[371] *dicetur*»:[372]
ese enfermo *morietur*[373]
si no es que paciencia preste.
«Récipe que de una tienda
joya o vestido *sacabis*»:[374]
con tabletas *confortabis*[375]
la bolsa que tal emprenda.
A esta traza, finalmente,
van todo el año ensartando.
Llega la paga; en pagando,
o viva o muera el doliente,
se rasga todo papel.
Tú la cuenta has acabado
y el de Marcela has rasgado
sin saber lo que hay en él.

368. Entiéndase «para templar».
369. Antimonio.
370. «Un signo del cielo.»
371. Del signo del zodíaco Capricornio, relacionado con los cuernos que sufren los amantes engañados, como el toro que hacía referencia a Tauro.
372. «Que se dice Capricornio.»
373. «Que muera.»
374. «Saque.»
375. «Confortables.»

TEODORO. Ya tú debes de venir
con el vino que otras veces.

TRISTÁN. Pienso que te desvaneces
con lo que intentas subir.

TEODORO. Tristán, cuantos han nacido
su ventura han de tener;
no saberla conocer
es el no haberla tenido:
o morir en la porfía,
o ser conde de Belflor.

TRISTÁN. César llamaron, señor,
a aquel duque que traía
escrito por gran blasón:
«César o nada»;[376] y en fin
tuvo tan contrario el fin
que al fin de su pretensión
escribió una pluma airada,
«César o nada, dijiste,
y todo, César, lo fuiste,
pues fuiste César y nada».

TEODORO. Pues tomo, Tristán, la empresa,
y haga después la fortuna
lo que quisiere.

Salen MARCELA *y* DOROTEA.

DOROTEA. Si a alguna
de tus desdichas le pesa,
de todas las que servimos
a la condesa, soy yo.

376. La frase «Aut Cæsar aut nihil» fue pronunciada por los soldados de Julio César al traspasar el límite del río Rubicón. Quien la expresa asume las consecuencias de luchar por el máximo éxito o por algún extremo. Fue incorporada en el lema del cardenal César Borgia. Isabel de Portugal hizo suyo el lema y decidió que únicamente se casaría con el emperador Carlos V.

MARCELA. En la prisión que me dio
tan justa amistad hicimos
y yo me siento obligada
de suerte, mi Dorotea,
que no habrá amiga que sea
más de Marcela estimada.
Anarda piensa que yo
no sé cómo quiere a Fabio,
pues della nació mi agravio,
que a la condesa contó
los amores de Teodoro.
DOROTEA. Teodoro está aquí.
MARCELA. ¡Mi bien!
TEODORO. Marcela, el paso detén.
MARCELA. ¿Cómo, mi bien, si te adoro
cuando a mis ojos te ofreces?
TEODORO. Mira lo que haces y dices,
que en palacio los tapices
han hablado algunas veces.
¿De qué piensas que nació
hacer figuras en ellos?
De avisar que detrás dellos
siempre algún vivo escuchó.[377]
¡Si un mudo, viendo matar
a un rey, su padre, dio voces,
figuras que no conoces
pintadas sabrán hablar!
MARCELA. ¿Has leído mi papel?
TEODORO. Sin leerle le he rasgado,
que estoy tan escarmentado
que rasgué mi amor con él.
MARCELA. ¿Son los pedazos aquestos?
TEODORO. Sí, Marcela.

377. Lope, frustrado cortesano, critica la murmuración propia de esos ambientes.

MARCELA. Y ya ¿mi amor
has rasgado?
TEODORO. ¿No es mejor
que vernos por puntos[378] puestos
en peligros tan extraños?
Si tú de mi intento estás,
no tratemos desto más
para excusar tantos daños.
MARCELA. ¿Qué dices?
TEODORO. Que estoy dispuesto
a no darle más enojos
a la condesa.
MARCELA. En los ojos
tuve muchas veces puesto
el temor desta verdad.
TEODORO. Marcela, queda con Dios:
aquí acaba de los dos
el amor, no el amistad.
MARCELA. ¿Tú dices eso, Teodoro,
a Marcela?
TEODORO. Yo lo digo,
que soy de quietud amigo
y de guardar el decoro
a la casa que me ha dado
el ser que tengo.
MARCELA. ¡Oye, advierte!
TEODORO. Déjame.
MARCELA. ¿De aquesta suerte
me tratas?
TEODORO. ¡Qué necio enfado!

Váyase.

378. Instantes.

MARCELA. ¡Ah Tristán, Tristán!
TRISTÁN. ¿Qué quieres?
MARCELA. ¿Qué es esto?
TRISTÁN. Una mudancita,
que a las mujeres imita
Teodoro.
MARCELA. ¿Cuáles mujeres?
TRISTÁN. Unas de azúcar y miel.
MARCELA. Dile...
TRISTÁN. No me digas nada,
que soy vaina desta espada,
nema[379] de aqueste papel,
caja de aqueste sombrero,
fieltro[380] deste caminante,
mudanza[381] deste danzante,
día deste vario hebrero,[382]
sombra deste cuerpo vano,
posta[383] de aquesta estafeta,
rastro de aquesta cometa,
tempestad deste verano,
y finalmente yo soy
la uña de aqueste dedo,
que en cortándome no puedo
decir que con él estoy.

Váyase.

379. *Nema*: «Cierre o sello de una carta» (*DLE*, *s. v.* «nema»).

380. *Fieltro*: «Capote o sobretodo que se ponía encima de los vestidos para defenderse del agua» (*DLE*, *s. v.* «fieltro»).

381. *Mudanza*: «Cierto número de movimientos que se hacen a compás en los bailes y danzas» (*DLE*, *s. v.* «mudanza»).

382. Febrero. Lope juega con la vacilación ortográfica para emplearla, a su favor, en el cómputo silábico del verso.

383. *Posta*: «Conjunto de caballerías que se apostaban en los caminos cada dos o tres leguas, para que los tiros, los correos, etc., pudiesen ser relevados» (*DLE*, *s. v.* «posta»).

MARCELA. ¿Qué sientes desto?
DOROTEA. No sé,
que a hablar no me atrevo.
MARCELA. ¿No?
Pues yo hablaré.
DOROTEA. Pues yo no.
MARCELA. Pues yo sí.
DOROTEA. Mira que fue
bueno el aviso, Marcela,
de los tapices que miras.
MARCELA. Amor en celosas iras
ningún peligro recela.
A no saber cuán altiva
es la condesa, dijera
que Teodoro en algo espera,
porque no sin causa priva[384]
tanto estos días Teodoro.
DOROTEA. Calla; que estás enojada.
MARCELA. Mas yo me veré vengada,
ni soy tan necia que ignoro
las tretas de hacer pesar.

Sale FABIO.

FABIO. ¿Está el secretario aquí?
MARCELA. ¿Es por burlarte de mí?
FABIO. ¡Por Dios, que le ando a buscar
que le llama mi señora!
MARCELA. Fabio, que sea o no sea,
pregúntale a Dorotea
cuál puse a Teodoro agora.
¿No es majadero cansado
este secretario nuestro?

384. Conceder favor o beneficio a un personaje. Como se ha dicho, los privados eran validos que gozaban de la confianza de algún gobernante o noble.

FABIO. ¡Qué engaño tan necio el vuestro!
¿Queréis que esté deslumbrado[385]
de los que los dos tratáis?
¿Es concierto de los dos?

MARCELA. ¡Concierto bueno!

FABIO. Por Dios,
que pienso que me engañáis.

MARCELA. Confieso, Fabio, que oí
las locuras de Teodoro,
mas yo sé que a un hombre adoro
harto parecido a ti.

FABIO. ¿A mí?

MARCELA. Pues ¿no te pareces
a ti?

FABIO. Pues ¿a mí, Marcela?

MARCELA. Si te hablo con cautela,
Fabio, si no me enloqueces,
si tu talle no me agrada,
si no soy tuya, mi Fabio,
máteme el mayor agravio,
que es el querer despreciada.

FABIO. Es engaño conocido,
o tú te quieres morir,
pues quieres restituir
el alma que me has debido.
Si es burla o es invención,
¿a qué camina tu intento?

DOROTEA. Fabio, ten atrevimiento
y aprovecha la ocasión,
que hoy te ha de querer Marcela
por fuerza.

FABIO. Por voluntad
fuera amor, fuera verdad.

385. Sin conocimiento de alguna circunstancia, engañado.

DOROTEA. Teodoro más alto vuela,
de Marcela se descarta.
FABIO. Marcela, a buscarle voy.
Bueno en sus desdenes soy
si amor te convierte en carta:
el sobrescrito a Teodoro,
y en su ausencia, denla a Fabio;
mas yo perdono el agravio,
aunque ofenda mi decoro,
y de espacio te hablaré,
siempre tuyo en bien o en mal.

Váyase.

DOROTEA. ¿Qué has hecho?
MARCELA. No sé. Estoy tal
que de mí misma no sé.
¿Anarda no quiere a Fabio?
DOROTEA. Sí quiere.
MARCELA. Pues de los dos
me vengo, que amor es dios
de la envidia y del agravio.

Salen la condesa y ANARDA.

DIANA. Esta ha sido la ocasión,
no me reprehendas más.
ANARDA. La disculpa que me das
me ha puesto en más confusión.
Marcela está aquí, señora,
hablando con Dorotea.
DIANA. Pues no hay disgusto que sea
para mí mayor agora.
Salte allá afuera, Marcela.

MARCELA. Vamos, Dorotea, de aquí.
Bien digo yo que de mí
o se enfada o se recela.

Váyanse MARCELA *y* DOROTEA.

ANARDA. ¿Puédote hablar?
DIANA. Ya bien puedes.
ANARDA. Los dos que de aquí se van
ciegos de tu amor están;
tú en desdeñarlos, excedes
la condición de Anaxarte,[386]
la castidad de Lucrecia.
Y quien a tantos desprecia…
DIANA. Ya me canso de escucharte.
ANARDA. ¿Con quién te piensas casar?
¿No puede el marqués Ricardo,
por generoso y gallardo,
si no exceder, igualar
al más poderoso y rico?
Y la más noble mujer
¿también no lo puede ser
de tu primo Federico?
¿Por qué los has despedido
con tan extraño desprecio?
DIANA. Porque uno es loco, otro necio,
y tú, en no haberme entendido,
más, Anarda, que los dos.
No los quiero, porque quiero,
y quiero porque no espero
remedio.
ANARDA. ¡Válame Dios!
¿Tú quieres?

386. Personaje mitológico que despreció a su amante, Ifis, que se suicidó. Como castigo, Anaxarte fue convertida en piedra.

DIANA. ¿No soy mujer?
ANARDA. Sí, pero imagen de hielo,
donde el mismo sol del cielo
podrá tocar y no arder.
DIANA. Pues esos hielos, Anarda,
dieron todos a los pies
de un hombre humilde.
ANARDA. ¿Quién es?
DIANA. La vergüenza me acobarda
que de mi propio valor
tengo; no diré su nombre,
basta que sepas que es hombre
que puede infamar mi honor.
ANARDA. Si Pasife[387] quiso un toro,
Semíramis[388] un caballo,
y otras los monstros que callo
por no infamar su decoro,
¿qué ofensa te puede hacer
querer hombre, sea quien fuere?
DIANA. Quien quiere puede, si quiere,
como quiso, aborrecer.
Esto es lo mejor: yo quiero
no querer.
ANARDA. ¿Podrás?
DIANA. Podré,
que si cuando quise amé,
no amar en queriendo espero.

Toquen dentro.

387. Mujer de Minos, rey de Creta. Se enamoró de un toro blanco y, de su unión, nació el Minotauro que, más tarde, fue encerrado en el laberinto construido por Dédalo.

388. Supo detener el caballo desbocado del rey Ninus de Asiria. Los habitantes de Nínive la consideraron salvadora de país y el rey se enamoró de ella, convirtiéndose en reina.

¿Quién canta?
ANARDA. Fabio con Clara.
DIANA. ¡Ojalá que me diviertan!
ANARDA. Música y amor conciertan
Bien. En la canción repara.

Canten dentro.

¡Oh quién pudiera hacer, o quién hiciese
que en no queriendo amar aborreciese!
¡Oh quién pudiera hacer, oh quién hiciera
que en no queriendo amar aborreciera![389]

ANARDA. ¿Qué te dice la canción?
¿No ves que te contradice?
DIANA. Bien entiendo lo que dice,
mas yo sé mi condición,
y sé que estará en mi mano,
como amar, aborrecer.
ANARDA. Quien tiene tanto poder
pasa del límite humano.

TEODORO *entre.*

TEODORO. Fabio me ha dicho, señora,
que le mandaste buscarme.
DIANA. Horas ha que te deseo.
TEODORO. Pues ya vengo a que me mandes,
y perdona si he faltado.
DIANA. Ya has visto a estos dos amantes,
estos dos mis pretendientes.
TEODORO. Sí, señora.

389. Estribillo recuperado y recreado por Lope a partir de una canción popular conservada en el *Cancionero de don Alonso Núñez.*

DIANA. Buenos talles
tienen los dos.
TEODORO. Y muy buenos.
DIANA. No quiero determinarme
sin tu consejo. ¿Con cuál
te parece que me case?
TEODORO. Pues ¿qué consejo, señora,
puedo yo en las cosas darte
que consisten en tu gusto?
Cualquiera que quieras darme
por dueño será el mejor.
DIANA. Mal pagas el estimarte
por consejero, Teodoro,
en caso tan importante.
TEODORO. Señora, ¿en casa no hay viejos
que entienden de casos tales?
Otavio, tu mayordomo,
con experiencia lo sabe,
fuera de su larga edad.
DIANA. Quiero yo que a ti te agrade
el dueño que has de tener.
¿Tiene el marqués mejor talle
que mi primo?
TEODORO. Sí, señora.
DIANA. Pues elijo al marqués. Parte
y pídele las albricias.

Váyase la condesa.

TEODORO. ¿Hay desdicha semejante?
¿Hay resolución tan breve?
¿Hay mudanza tan notable?
¿Estos eran los intentos
que tuve? ¡Oh, sol, abrasadme
las alas con que subí,
pues vuestro rayo deshace

las mal atrevidas plumas
a la belleza de un ángel![390]
Cayó Dïana en su error.
¡Oh, qué mal hice en fïarme
de una palabra amorosa!
¡Ay, cómo entre desiguales
mal se concierta el amor![391]
Pero ¿es mucho que me engañen
aquellos ojos a mí
si pudieran ser bastantes
a hacer engaños a Ulises?
De nadie puedo quejarme
sino de mí; pero, en fin,
¿qué pierdo cuando me falte?
Haré cuenta que he tenido
algún accidente grave
y que mientras me duró
imaginé disparates.
¡No más! Despedíos de ser,
oh pensamiento arrogante,
conde de Belflor; volved
la proa a la antigua margen.
Queramos nuestra Marcela;
para vos Marcela baste.
Señoras busquen señores,
que amor se engendra de iguales,
y pues en aire nacistes,
quedad convertido en aire,
que donde méritos faltan
los que piensan subir, caen.

Sale FABIO.

390. Alusión mitológica a la historia de Faetón, ya explicado.

391. La imposibilidad de que el amor se lleve a buen término entre Diana y Teodoro es su desigualdad social; a la postre, lo que sería una falta de decoro.

FABIO. ¿Hablaste ya con mi señora?
TEODORO. Agora,
Fabio, la hablé, y estoy con gran contento,
porque ya la condesa mi señora
rinde su condición al casamiento.
Los dos que viste, cada cual la adora,
mas ella, con su raro entendimiento,
al marqués escogió.
FABIO. Discreta ha sido.
TEODORO. Que gane las albricias me ha pedido.
Mas yo, que soy tu amigo, quiero darte,
Fabio, aqueste provecho. Parte presto
y pídelas por mí.
FABIO. Si debo amarte,
muestra la obligación en que me has puesto.
Voy como un rayo y volveré a buscarte
satisfecho de ti, contento desto.
Y alábese el marqués, que ha sido empresa
de gran valor rendirse la condesa.

Vase FABIO *y sale* TRISTÁN.

TRISTÁN. Turbado a buscarte vengo.
¿Es verdad lo que me han dicho?
TEODORO. ¡Ay, Tristán, verdad será
si son desengaños míos!
Tristán. Ya, Teodoro, en las dos sillas
los dos batanes[392] he visto
que molieron a Dïana,
pero que hubiese elegido,
hasta agora no lo sé.

392. *Batán*: «Máquina generalmente hidráulica, compuesta de gruesos mazos de madera, movidos por un eje, para golpear, desengrasar y enfurtir los paños» (*DLE*, *s. v.* «batán»).

TEODORO. Pues, Tristán, agora vino
ese tornasol mudable,
esa veleta, ese vidrio,
ese río junto al mar
que vuelve atrás, aunque es río,
esa Dïana, esa luna,
esa mujer, ese hechizo,
ese monstruo de mudanzas,
que solo perderme quiso
por afrentar sus victorias.
Y que dijese, me dijo,
cuál de los dos me agradaba,
porque sin consejo mío
no se pensaba casar.
Quedé muerto y tan perdido,
que no responder locuras
fue de mi locura indicio.
Díjome, en fin, que el marqués
le agradaba y que yo mismo
fuese a pedir las albricias.
TRISTÁN. ¿Ella, en fin, tiene marido?
TEODORO. El marqués Ricardo.
TRISTÁN. Pienso
que a no verte sin jüicio
y porque dar aflicción
no es justo a los afligidos,
que agora te diera vaya[393]
de aquel pensamiento altivo
con que a ser conde aspirabas.
TEODORO. Si aspiré, Tristán, ya expiro.
TRISTÁN. La culpa tienes de todo.
TEODORO. No lo niego, que yo he sido
fácil en creer los ojos
de una mujer.

393. Burlarse de alguien.

TRISTÁN. Yo te digo
que no hay vasos de veneno
a los mortales sentidos,
Teodoro, como los ojos
de una mujer.
TEODORO. De corrido,[394]
te juro, Tristán, que apenas
puedo levantar los míos.
Esto pasó y el remedio
es sepultar en olvido
el suceso y el amor.
TRISTÁN. ¡Qué arrepentido y contrito
has de volver a Marcela!
TEODORO. Presto seremos amigos.

Sale MARCELA.

MARCELA. ¡Qué mal que finge amor quien no le tiene!
¡Qué mal puede olvidarse amor de un año!
Pues mientras más el pensamiento engaño,
más atrevido a la memoria viene.
Pero si es fuerza y al honor conviene,
remedio suele ser del desengaño
curar el propio amor amor extraño,
que no es poco remedio el que entretiene.
Mas ¡ay!, que imaginar que puede amarse
en medio de otro amor es atreverse
a dar mayor venganza por vengarse.
Mejor es esperar que no perderse,
que suele alguna vez, pensando helarse,
amor con los remedios encenderse.
TEODORO. Marcela.
MARCELA. ¿Quién es?

394. Con vergüenza.

TEODORO. Yo soy.
¿Así te olvidas de mí?
MARCELA. Y tan olvidada estoy
que a no imaginar en ti,
fuera de mí misma voy.
Porque si en mí misma fuera,
te imaginara y te viera,
que para no imaginarte
tengo el alma en otra parte,
aunque olvidarte no quiera.
¿Cómo me osaste nombrar?
¿Cómo cupo en esa boca
mi nombre?
TEODORO. Quise probar
tu firmeza, y es tan poca
que no me ha dado lugar.
Ya dicen que se empleó
tu cuidado en un sujeto
que mi amor sostituyó.
MARCELA. Nunca, Teodoro, el discreto
mujer ni vidrio probó.
Mas no me des a entender
que prueba quisiste hacer.
Yo te conozco, Teodoro:
unos pensamientos de oro
te hicieron enloquecer.
¿Cómo te va? ¿No te salen
como tú los imaginas?
¿No te cuestan lo que valen?
¿No hay dichas que las divinas
partes de tu dueño igualen?
¿Qué ha sucedido? ¿Qué tienes?
Turbado, Teodoro, vienes.
¿Mudose aquel vendaval?
¿Vuelves a buscar tu igual
o te burlas y entretienes?

Confieso que me holgaría
que dieses a mi esperanza,
Teodoro, un alegre día.

TEODORO. Si le quieres con venganza,
¿qué mayor, Marcela mía?
Pero mira que el amor
es hijo de la nobleza.
No muestres tanto rigor,
que es la venganza bajeza
indigna del vencedor.
Venciste: yo vuelvo a ti,
Marcela, que no salí
con aquel mi pensamiento;
perdona el atrevimiento
si ha quedado amor en ti.
No porque no puede ser
proseguir las esperanzas
con que te pude ofender,
mas porque en estas mudanzas
memorias me hacen volver.
Sean, pues, estas memorias
parte a despertar la tuya,
pues confieso tus victorias.

MARCELA. No quiera Dios que destruya
los principios de tus glorias:
sirve —bien haces—, porfía,
no te rindas, que dirá
tu dueño que es cobardía;
sigue tu dicha, que ya
voy prosiguiendo la mía.
No es agravio amar a Fabio,
pues me dejaste, Teodoro,
sino el remedio más sabio,
que aunque el dueño no mejoro,
basta vengar el agravio.
Y quédate a Dios, que ya

me cansa el hablar contigo,
no venga Fabio, que está
medio casado conmigo.

TEODORO. ¡Tenla, Tristán, que se va!

TRISTÁN. ¡Señora, señora! Advierte
que no es volver a quererte
dejar de haberte querido;
disculpa el buscarte ha sido,
si ha sido culpa ofenderte.
Óyeme, Marcela, a mí.

MARCELA. ¿Qué quieres, Tristán?

TRISTÁN. Espera.

Salen la condesa y ANARDA.

DIANA. ¿Teodoro y Marcela aquí?

ANARDA. Parece que el ver te altera
que estos dos se hablen ansí.

DIANA. Toma, Anarda, esa antepuerta[395]
y cubrámonos las dos.
Amor con celos despierta.
¡Déjame, Tristán, por Dios!

ANARDA. Tristán a los dos concierta,
que deben de estar reñidos.

DIANA. El alcahuete lacayo
me ha quitado los sentidos.

TRISTÁN. No pasó más presto el rayo
que por sus ojos y oídos
pasó la necia belleza
desa mujer que le adora.
Ya desprecia su riqueza,
que más riqueza atesora
tu gallarda gentileza.

395. *Antepuerta*: «Repostero o cortina que se pone delante de una puerta para abrigo u ornato» (*DLE*, *s. v.* «antepuerta»).

Haz cuenta que fue cometa
aquel amor: ven acá,
Teodoro.

DIANA. ¡Brava estafeta
es el lacayo!

TEODORO. Si ya
Marcela, a Fabio sujeta,
dice que le tiene amor,
¿por qué me llamas, Tristán?

TRISTÁN. ¡Otro enojado!

TEODORO. Mejor
los dos casarse podrán.

TRISTÁN. ¿Tú también? ¡Bravo rigor!
¡Ea, acaba! Llega pues,
dame esa mano y después
que se hagan las amistades.

TEODORO. Necio, ¿tú me persüades?

TRISTÁN. Por mí quiero que le des
la mano esta vez, señor.

TEODORO. ¿Cuándo he dicho yo a Marcela
que he tenido a nadie amor?
Y ella me ha dicho…

TRISTÁN. Es cautela
para vengar tu rigor.

MARCELA. No es cautela, que es verdad.

TRISTÁN. ¡Calla, boba! ¡Ea, llegad!
¡Qué necios estáis los dos!

TEODORO. Yo rogaba, mas ¡por Dios,
que no he de hacer amistad!

MARCELA. ¡Pues a mí me pase un rayo!

TRISTÁN. No jures.

MARCELA. Aunque le muestro
enojo, ya me desmayo.

TRISTÁN. Pues tente firme.

DIANA. (¡Qué diestro *Aparte*
está el bellaco lacayo!)

MARCELA. Déjame, Tristán, que tengo
que hacer.
TEODORO. Déjala, Tristán.
TRISTÁN. Por mí, vaya.
TEODORO. Tenla.
MARCELA. Vengo,
mi amor.
TRISTÁN. ¿Cómo no se van,
ya que a ninguno detengo?
MARCELA. ¡Ay, mi bien, no puedo irme!
TEODORO. Ni yo, porque no es tan firme
ninguna roca en la mar.
MARCELA. Los brazos te quiero dar.
TEODORO. Y yo a los tuyos asirme.
TRISTÁN. Si yo no era menester,
¿por qué me hicisteis cansar?
ANARDA. ¿Desto gustas?
DIANA. Vengo a ver
lo poco que hay que fiar
de un hombre y una mujer.
TEODORO. ¡Ay, qué me has dicho de afrentas!
TRISTÁN. Yo he caído ya con veros
juntar las almas contentas,
que es desgracia de terceros
no se concertar las ventas.
MARCELA. Si te trocare, mi bien,
por Fabio ni por el mundo,
que tus agravios me den
la muerte.
TEODORO. Hoy de nuevo fundo,
Marcela, mi amor también,
y si te olvidare digo
que me dé el cielo en castigo
el verte en brazos de Fabio.
MARCELA. ¿Quieres deshacer mi agravio?
TEODORO. ¿Qué no haré por ti y contigo?

MARCELA. Di que todas las mujeres
son feas.
TEODORO. Contigo es claro.
Mira qué otra cosa quieres.
MARCELA. En ciertos celos reparo,
ya que tan mi amigo eres,
que no importa que este aquí
Tristán.
TRISTÁN. Bien podéis por mí,
aunque de mí mismo sea.
MARCELA. Di que la condesa es fea.
TEODORO. Y un demonio para mí.
MARCELA. ¿No es necia?
TEODORO. Por todo extremo.
MARCELA. ¿No es bachillera?
TEODORO. Es cuitada.
DIANA. Quiero estorbarlos, que temo
que no reparen en nada,
y aunque me hielo, me quemo.
ANARDA. ¡Ay, señora, no hagas tal!
TRISTÁN. Cuando queráis decir mal
de la condesa y su talle,
a mí me oíd.
DIANA. ¿Escuchalle
podré desvergüenza igual?
TRISTÁN. Lo primero…
DIANA. Yo no aguardo
a lo segundo, que fuera
necedad.
MARCELA. Voyme, Teodoro.

Váyase con una reverencia MARCELA.

TRISTÁN. ¡La condesa!
TEODORO. ¿La condesa?
DIANA. Teodoro.

TEODORO. Señora, advierte…
TRISTÁN. (El cielo a tronar comienza; *Aparte*
no pienso aguardar los rayos.)

Vase TRISTÁN.

DIANA. Anarda, un bufete[396] llega;
escribirame Teodoro
una carta de su letra,
pero notándola[397] yo.
TEODORO. (Todo el corazón me tiembla *Aparte*
si oyó lo que hablado habemos.)
DIANA. (Bravamente amor despierta *Aparte*
con los celos a los ojos.
¡Que aqueste amase a Marcela
y que yo no tenga partes
para que también me quiera!
¡Que se burlasen de mí!)
TEODORO. (Ella murmura y se queja; *Aparte*
bien digo yo que en palacio,
para que a callar aprenda,
tapices tienen oídos
y paredes tienen lenguas.)

Sale ANARDA *con un bufetillo pequeño y recado de escribir.*

ANARDA. Este pequeño he traído
y tu escribanía.
DIANA. Llega,
Teodoro, y toma la pluma.
TEODORO. (Hoy me mata o me destierra.) *Aparte*
DIANA. Escribe.
TEODORO. Di.

396. *Bufete*: «Mesa para escribir con cajones» (*DLE, s. v.* «bufete»).
397. Dictándola.

DIANA. No estás bien
con la rodilla en la tierra.
Ponle, Anarda, una almohada.
TEODORO. Yo estoy bien.
DIANA. ¡Pónsela, necia!
TEODORO. (No me agrada este favor *Aparte*
sobre enojos y sospechas,
que quien honra las rodillas
cortar quiere la cabeza.
Yo aguardo.)
DIANA. Yo digo ansí:
TEODORO. (Mil cruces[398] hacer quisiera.) *Aparte*

Siéntese la condesa en una silla alta.
Ella diga y él vaya escribiendo.

DIANA. Cuando una mujer principal se
ha declarado con un hombre humilde,
eslo mucho el término de volver a
hablar con otra; mas quien no estima
su fortuna, quédese para necio.
TEODORO. ¿No dices más?
DIANA. Pues ¿qué más?
El papel, Teodoro, cierra.
ANARDA. (¿Qué es esto que haces, señora? *Aparte*
DIANA. Necedades de amor llenas.
ANARDA. Pues ¿a quién tienes amor?
DIANA. ¿Aún no le conoces, bestia?
Pues yo sé que le murmuran
de mi casa hasta las piedras.)
TEODORO. Ya el papel está cerrado,
solo el sobrescrito resta.
DIANA. Pon, Teodoro, para ti,
y no lo entienda Marcela,

398. Santiguarse varias veces es signo de intentar evitar algún mal.

que quizá le entenderás
cuando de espacio le leas.

Váyase y quede solo y entre MARCELA.

TEODORO. ¿Hay confusión tan extraña?
¡Que aquesta mujer me quiera
con pausas, como sangría,[399]
y que tenga intercadencias[400]
el pulso de amor tan grandes!

Sale MARCELA.

MARCELA. ¿Qué te ha dicho la condesa,
mi bien? Que he estado temblando
detrás de aquella antepuerta.
TEODORO. Díjome que te quería
casar con Fabio, Marcela,
y este papel que escribí
es que despacha a su tierra
por los dineros del dote.
MARCELA. ¿Qué dices?
TEODORO. Solo que sea
para bien; y pues te casas,
que de burlas ni de veras
tomes mi nombre en tu boca.
MARCELA. ¡Oye!
TEODORO. Es tarde para quejas.

399. Los físicos y cirujanos —en definitiva, los galenos— de la medicina precientífica realizaban incisiones en los vasos sanguíneos con el fin de que saliera este fluido del cuerpo y, así, mediante su purga, se atajaran algunos males.

400. *Intercadencia*: «Irregularidad en el número de pulsaciones, que consiste en que haya una más en el intervalo que separa otras dos regulares» (*DLE*, *s. v.* «intercadencia»).

Váyase.

MARCELA. (No, no puedo yo creer *Aparte*
que aquesta la ocasión sea.
Favores de aquesta loca
le han hecho dar esta vuelta,
que él está como arcaduz,[401]
que cuando baja, le llena
de agua de su favor
y cuando sube le mengua.
¡Ay de mí, Teodoro ingrato!
Que luego que su grandeza
te toca al arma, me olvidas;
cuando te quiere, me dejas;
cuando te deja, me quieres.
¿Quién ha de tener paciencia?)

Sale[n] el marqués y FABIO.

RICARDO. No pude, Fabio, detenerme un hora.
Por tal merced le besaré las manos.
FABIO. Dile presto, Marcela, a mi señora
que está el marqués aquí.
MARCELA. Celos tiranos,
celos crüeles, ¿qué queréis agora,
tras tantos locos pensamientos vanos?
FABIO. ¿No vas?
MARCELA. Ya voy.
FABIO. Pues dile que ha venido
nuestro nuevo señor y su marido.

Vase MARCELA.

401. *Arcaduz*: «Caño por donde se conduce el agua» (*DLE, s. v.* «arcaduz»).

RICARDO. Id, Fabio, a mi posada, que mañana
os daré mil escudos y un caballo
de la casta mejor napolitana.
FABIO. Sabré, si no servillo, celebrallo.
RICARDO. Este es principio solo, que Dïana
os tiene por crïado y por vasallo
y yo por solo amigo.
FABIO. Esos pies beso.
RICARDO. No pago ansí, la obligación confieso.

Sale la condesa.

DIANA. ¿Vuseñoría aquí?
RICARDO. Pues ¿no era justo,
si me enviáis con Fabio tal recado
y que después de aquel mortal disgusto
me elegís por marido y por crïado?
Dadme esos pies, que de manera el gusto
de ver mi amor en tan dichoso estado
me vuelve loco que le tengo en poco
si me contento con volverme loco.
¿Cuándo pensé, señora, mereceros,
ni llegar a más bien que desearos?
DIANA. No acierto, aunque lo intento, a responderos.
¿Yo he enviado a llamaros, o es burlaros?
RICARDO. Fabio, ¿qué es esto?
FABIO. ¿Pude yo traeros
sin ocasión agora, ni llamaros,
menos que de Teodoro prevenido?
DIANA. Señor marqués, Teodoro culpa ha sido:
oyome anteponer a Federico
vuestra persona, con ser primo hermano
y caballero generoso y rico,
y presumió que os daba ya la mano.
A vuestra señoría le suplico
perdone aquestos necios.

Ricardo. Fuera en vano
dar a Fabio perdón si no estuviera
adonde vuestra imagen le valiera.
Bésoos los pies por el favor y espero
que ha de vencer mi amor esta porfía.

Váyase el marqués.

Diana. ¿Paréceos bien aquesto, majadero?
Fabio. ¿Por qué me culpa a mí vuseñoría?
Diana. Llamad luego a Teodoro. (¡Qué ligero *Aparte*
este cansado pretensor[402] venía
cuando me matan celos de Teodoro!)
Fabio. (Perdí el caballo y mil escudos de oro.) *Aparte*

Váyase Fabio *y quede la condesa sola.*

Diana. ¿Qué me quieres, amor? ¿Ya no tenía
olvidado a Teodoro? ¿Qué me quieres?
Pero responderás que tú no eres
sino tu sombra, que detrás venía.
¡Oh, celos! ¿Qué no hará vuestra porfía?
Malos letrados sois con las mujeres,
pues jamás os pidieron pareceres
que pudiese el honor guardarse un día.
Yo quiero a un hombre bien, más se me acuerda
que yo soy mar y que es humilde barco
y que es contra razón que el mar se pierda.
En gran peligro, amor, el alma embarco,
mas si tanto el honor tira la cuerda,
¡por Dios, que temo que se rompa el arco!

Sale[n] Teodoro *y* Fabio.

402. Pretendiente.

FABIO. Pensó matarme el marqués,
pero, la verdad diciendo,
más sentí los mil escudos.
TEODORO. Yo quiero darte un consejo.
FABIO. ¿Cómo?
TEODORO. El conde Federico
estaba perdiendo el seso
porque el marqués se casaba;
parte y di que el casamiento
se ha deshecho y te dará
esos mil escudos luego.
FABIO. ¡Voy como un rayo!
TEODORO. Camina.
¿Llamábasme?
DIANA. Bien ha hecho
ese necio en irse agora.
TEODORO. Un hora he estado leyendo
tu papel, y bien mirado,
señora, tu pensamiento,
hallo que mi cobardía
procede de tu respeto,
pero que ya soy culpado
en tenerle, como necio
a tus muchas diligencias,
y así, a decir me resuelvo
que te quiero, y que es disculpa
que con respeto te quiero.
Temblando estoy, no te espantes.
DIANA. Teodoro, yo te lo creo.
¿Por qué no me has de querer
si soy tu señora y tengo
tu voluntad obligada,
pues te estimo y favorezco
más que a los otros crïados?
TEODORO. Ese lenguaje no entiendo.

Diana. No hay más que entender, Teodoro,
ni pasar el pensamiento
un átomo desta raya.
Enfrena cualquier deseo,
que de una mujer, Teodoro,
tan principal, y más siendo
tus méritos tan humildes,
basta un favor muy pequeño
para que toda la vida
vivas honrado y contento.

Teodoro. Cierto que vuseñoría,
—perdóneme si me atrevo—,
tiene en el jüicio a veces,
que no en el entendimiento,
mil lúcidos intervalos.
¿Para qué puede ser bueno
haberme dado esperanzas
que en tal estado me han puesto,
pues del peso de mis dichas
caí, como sabe, enfermo
casi un mes en una cama
luego que tratamos desto?
¡Si cuando ve que me enfrío
se abrasa de vivo fuego,
y cuando ve que me abraso,
se hiela de puro hielo!
Dejárame con Marcela,
mas viénele bien el cuento
del Perro del Hortelano:[403]
no quiere, abrasada en celos,
que me case con Marcela,
y en viendo que no la quiero
vuelve a quitarme el jüicio
y a despertarme si duermo.

403. Cita, en este punto, el refrán que proporciona el título a la comedia.

Pues coma o deje comer,
porque yo no me sustento
de esperanzas tan cansadas;,
que si no, desde aquí vuelvo
a querer donde me quieren.

DIANA. ¡Eso no, Teodoro; advierto
que Marcela no ha de ser!
En otro cualquier sujeto
pon los ojos, que en Marcela
no hay remedio.

TEODORO. ¿No hay remedio?
¿Pues quiere vuseñoría
que, si me quiere y la quiero,
ande a probar voluntades?
¿Tengo yo de tener puesto,
adonde no tengo gusto
mi gusto por el ajeno?
Yo adoro a Marcela y ella
me adora, y es muy honesto
este amor.

DIANA. ¡Pícaro infame,
haré yo que os maten luego!

TEODORO. ¿Qué hace vuseñoría?

DIANA. Daros, por sucio y grosero,
estos bofetones.

Sale FABIO *y el conde* FEDERICO.

FABIO. ¡Tente!

Federico. Bien dices, Fabio, no entremos,
pero mejor es llegar.
Señora mía, ¿qué es esto?

DIANA. No es nada, enojos que pasan
entre crïados y dueños.

FEDERICO. ¿Quiere vuestra señoría
alguna cosa?

DIANA. No quiero
más de hablaros en las mías.
FEDERICO. Quisiera venir a tiempo
que os hallara con más gusto.
DIANA. Gusto, Federico, tengo,
que aquestas son niñerías;
entrad y sabréis mi intento
en lo que toca al marqués.

Váyase DIANA.

FEDERICO. Fabio.
FABIO. ¿Señor?
FEDERICO. Yo sospecho
que en estos disgustos hay
algunos gustos secretos.
FABIO. No sé, por Dios. Admirado
de ver, señor conde, quedo
tratar tan mal a Teodoro,
cosa que jamás ha hecho
la condesa mi señora.
FEDERICO. Bañole de sangre el lienzo.

Váyanse FEDERICO *y* FABIO.

TEODORO. Si aquesto no es amor, ¿qué nombre quieres,
amor, que tengan desatinos tales?
Si así quieren mujeres principales,
furias las llamo yo, que no mujeres.
Si la grandeza excusa los placeres
que iguales pueden ser en desiguales,
¿por qué, enemiga, de crueldad te vales
y por matar a quien adoras, mueres?
¡Oh mano poderosa de matarme,
quien te besara entonces, mano hermosa,
agradecido al dulce castigarme!

No te esperaba yo tan rigurosa,
pero si me castigas por tocarme,
tú sola hallaste gusto en ser celosa.

Sale TRISTÁN.

TRISTÁN. Siempre tengo de venir
acabados los sucesos.
Parezco espada cobarde.
TEODORO. ¡Ay, Tristán!
TRISTÁN. Señor, ¿qué es esto?
¿Sangre en el lienzo?
TEODORO. Con sangre
quiere amor que de los celos
entre la letra.[404]
TRISTÁN. ¡Por Dios,
que han sido celos muy necios!
TEODORO. No te espantes, que está loca
de un amoroso deseo,
y como el ejecutarle
tiene su honor por desprecio,
quiere deshacer mi rostro,
porque es mi rostro el espejo
adonde mira su honor
y véngase en verle feo.
TRISTÁN. Señor, que Juana o Lucía
cierren conmigo por celos,
y me rompan con las uñas
el cuello que ellas me dieron,
que me repelen y arañen,
sobre averiguar por cierto
que les hice un peso falso,
vaya: es gente de pandero,[405]

404. Se refiere al refrán de que «la letra con sangre entra».
405. Gente de poca categoría.

de media de cordellate[406]
y de zapato frailesco.
Pero que tan gran señora
se pierda tanto el respeto
a sí misma es vil acción.

TEODORO. No sé, Tristán. Pierdo el seso
de ver que me está adorando
y que me aborrece luego.
No quiere que sea suyo
ni de Marcela, y si dejo
de mirarla, luego busca
para hablarme algún enredo.
No dudes, naturalmente
es del hortelano el perro:
ni come ni comer deja,
ni está fuera ni está dentro.

TRISTÁN. Contáronme que un doctor,
catredático[407] y maestro,
tenía un ama y un mozo
que siempre andaban riñendo.
Reñían a la comida,
a la cena, y hasta el sueño
le quitaban con sus voces,
que estudiar no había remedio.
Estando en lición un día,
fuele forzoso corriendo
volver a casa, y entrando
de improviso en su aposento,
vio el ama y mozo acostados
con amorosos requiebros,
y dijo: «¡Gracias a Dios,
que una vez en paz os veo!».

406. *Cordellwate*: «Tejido basto de lana, cuya trama forma cordoncillo» (*DLE*, *s. v.* «cordellate»).

407. Metátesis.

Y esto imagino de entrambos,
aunque siempre andáis riñendo.

Sale la condesa.

DIANA. Teodoro.
TEODORO. Señora.
TRISTÁN. (¿Es duende *Aparte*
esta mujer?)
DIANA. Solo vengo
a saber cómo te hallas.
TEODORO. ¿Ya no lo ves?
DIANA. ¿Estás bueno?
TEODORO. Bueno estoy.
DIANA. ¿Y no dirás:
«a tu servicio»?
TEODORO. No puedo
estar mucho en tu servicio,
siendo tal el tratamiento.
DIANA. ¡Qué poco sabes!
TEODORO. Tan poco
que te siento y no te entiendo,
pues no entiendo tus palabras
y tus bofetones siento.
Si no te quiero te enfadas
y enójaste si te quiero;
escríbesme si me olvido
y si me acuerdo te ofendo;
pretendes que yo te entienda
y si te entiendo soy necio.
¡Mátame o dame la vida,
da un medio a tantos extremos!
DIANA. ¿Hícete sangre?
TEODORO. Pues… no.
DIANA. ¿Adónde tienes el lienzo?
TEODORO. Aquí.

DIANA. Muestra.
TEODORO. ¿Para qué?
DIANA. Para que esta sangre quiero.
Habla a Otavio, a quien agora
mandé que te diese luego
dos mil escudos, Teodoro.
TEODORO. ¿Para qué?
DIANA. Para hacer lienzos.

Váyase la condesa.

TEODORO. ¿Hay disparates iguales?
TRISTÁN. ¿Qué encantamientos son estos?
TEODORO. ¡Dos mil escudos me ha dado!
TRISTÁN. Bien puedes tomar al precio
otros cuatro bofetones.
TEODORO. Dice que son para lienzos
y llevó el mío con sangre.
TRISTÁN. Pagó la sangre y te ha hecho
doncella por las narices.
TEODORO. No anda mal agora el perro,
pues después que muerde halaga.
TRISTÁN. Todos aquestos extremos
han de parar en el ama
del doctor.
TEODORO. ¡Quiéralo el cielo!

ACTO TERCERO

Salen FEDERICO *y* RICARDO.

RICARDO. ¿Esto visteis?
FEDERICO. Esto vi.
RICARDO. ¿Y que le dio bofetones?
FEDERICO. El servir tiene ocasiones,
mas no lo son para mí,
que al poner una mujer
de aquellas prendas la mano
al rostro de un hombre, es llano
que otra ocasión puede haber.
Y bien veis que lo acredita
el andar tan mejorado.
RICARDO. Ella es mujer y él crïado.
FEDERICO. Su perdición solicita.
La fábula que pintó
el filósofo moral[408]
de las dos ollas, ¡qué igual
hoy a los dos la vistió!
Era de barro la una,
la otra de cobre o hierro
que un río a los pies de un cerro
llevó con varia fortuna;
desviose la de barro

408. En su edición, Kossoff entiende que se trata del autor del *Eclesiastés*, un libro bíblico del Antiguo Testamento que contiene las meditaciones del rey Salomón.

de la de cobre, temiendo
que la quebrase, y yo entiendo
pensamiento tan bizarro
  del hombre y de la mujer,
hierro y barro, y no me espanto,
pues acercándose tanto,
por fuerza se han de romper.

RICARDO. La altivez y bizarría
de Dïana me admiró,
y bien puede ser que yo
viese y no viese aquel día,
  mas ver caballos y pajes
en Teodoro, y tantas galas,
¿qué son, sino nuevas alas?
Pues crïados, oro y trajes
  no los tuviera Teodoro
sin ocasión tan notable.

FEDERICO. Antes que desto se hable
en Nápoles y el decoro
  de vuestra sangre se ofenda,
sea o no sea verdad,
ha de morir.

RICARDO. Y es piedad
matarle, aunque ella lo entienda.

FEDERICO. ¿Podrá ser?

RICARDO. Bien puede ser,
que hay en Nápoles quien vive
de eso y en oro recibe
lo que en sangre ha de volver.
  No hay más de buscar un bravo
y que le despache luego.

FEDERICO. Por la brevedad os ruego.

RICARDO. Hoy tendrá su justo pago
  semejante atrevimiento.

FEDERICO. ¿Son bravos estos?

RICARDO. Sin duda.

FEDERICO. El cielo ofendido ayuda
vuestro justo pensamiento.

Salen FURIO, ANTONELO *y* LIRANO, *lacayos, y* TRISTÁN, *vestido de nuevo.*

FURIO. Pagar tenéis el vino en alboroque[409]
del famoso vestido que os han dado.
ANTONELO. Eso bien sabe el buen Tristán que es justo.
TRISTÁN. Digo, señores, que de hacerlo gusto.
LIRANO. Bravo salió el vestido.
TRISTÁN. Todo aquesto
es cosa de chacota[410] y zarandajas,[411]
respeto del lugar que tendré presto
si no muda los bolos la fortuna:
secretario he de ser del secretario.
LIRANO. Mucha merced le hace la condesa
a vuestro amo, Tristán.
TRISTÁN. Es su privanza,
es su mano derecha y es la puerta
por donde se entra a su favor.
ANTONELO. Dejemos
favores y fortunas y bebamos.
FURIO. En este tabernáculo sospecho
que hay lágrima[412] famosa y malvasía.[413]

409. *Alboroque*: «Agasajo que hacen el comprador, el vendedor, o ambos, a quienes intervienen en una venta» (*DLE*, *s. v.* «alboroque»).

410. *Chacota*: «Bulla y alegría mezclada de chanzas y carcajadas con que se celebra algo» (*DLE*, *s. v.* «chacota»).

411. *Zarandaja*: «Cosa menuda, sin valor, o de importancia muy secundaria» (*DLE*; *s. v.* «zarandaja»).

412. *Vino de lágrima*: «Vino que destila la uva sin exprimir ni apretar el racimo» (*DLE*, *s. v.* «vino»).

413. *Malvasía*: «Uva muy dulce y fragante, producida por una variedad de vid procedente de los alrededores de la ciudad que le dio el nombre» (*DLE*, *s. v.* «malvasía»). El que se obtiene de esa uva es el *vino malvasía*.

TRISTÁN. Probemos vino greco, que deseo
hablar en griego, y con beberlo basta.

RICARDO. Aquel moreno del color quebrado
me parece el más bravo, pues que todos
le estiman, hablan y hacen cortesía.
Celio.

CELIO. Señor.

RICARDO. De aquellos gentilhombres[414]
llama al descolorido.

CELIO. ¡Ah, caballero!
Antes que se entre en esa santa ermita,
el marqués, mi señor, hablarle quiere.

TRISTÁN. Camaradas, allí me llama un príncipe,
no puedo rehusar el ver qué manda;
entren y tomen siete u ocho azumbres[415]
y aperciban dos dedos de formache[416]
en tanto que me informo de su gusto.

ANTONELO. Pues despachad a prisa.

TRISTÁN. Iré volando.
¿Qué es lo que manda vuestra señoría?

RICARDO. El veros entre tanta valentía
nos ha obligado al conde Federico
y a mí para saber si seréis hombre
para matar un hombre.

TRISTÁN. (¡Vive el cielo *Aparte*
que son los pretendientes de mi ama
y que hay algún enredo! Fingir quiero.)

FEDERICO. ¿No respondéis?

TRISTÁN. Estaba imaginando
si vuestra señoría está burlando

414. El plural correcto sería *gentileshombres*, aunque Lope utiliza *gentilhombres* para adaptar el verso a un cómputo silábico oportuno.

415. *Azumbre*: «Medida de capacidad para líquidos equivalente a unos dos litros» (*DLE*; *s. v.* «azumbre»).

416. *Formache*: «Queso» (*DLE*; *s. v.* «formaje»).

de nuestro modo de vivir; pues ¡vive
el que reparte fuerzas a los hombres,
que no hay en toda Nápoles espada
que no tiemble de solo el nombre mío!
¿No conocéis a Héctor?[417] Pues no hay Héctor
adonde está mi furibundo brazo
que si él lo fue de Troya, yo de Italia.

FEDERICO. Este es, marqués, el hombre que buscamos.
Por vida de los dos, que no burlamos,
sino que si tenéis conforme al nombre
el ánimo y queréis matar a un hombre,
que os demos el dinero que quisiéredes.

TRISTÁN. Con doscientos escudos me contento
¡y sea el diablo!

RICARDO. Yo os daré trecientos,
y despachalde aquesta noche.

TRISTÁN. El nombre
del hombre espero y parte del dinero.

RICARDO. ¿Conocéis a Dïana, la condesa
de Belflor?

TRISTÁN. Y en su casa tengo amigos.

RICARDO. ¿Mataréis un crïado de su casa?

TRISTÁN. Mataré los crïados y crïadas
y los mismos frisones[418] de su coche.

RICARDO. Pues a Teodoro habéis de dar la muerte.

TRISTÁN. Eso ha de ser, señores, de otra suerte,
porque Teodoro, como yo he sabido,
no sale ya de noche, temeroso
por ventura de haberos ofendido.
Que le sirva estos días me ha pedido.

417. Aquiles mató a este príncipe de Troya, hijo del rey Príamo, durante la Guerra de Troya.

418. *Frisón*: «Dicho de un caballo: De una casta originaria de Frisia caracterizada por unos pies muy fuertes y anchos» (*DLE*, *s. v.* «frisón»).

Dejádmele servir y yo os ofrezco
de darle alguna noche dos mojadas[419]
con que el pobreto *in pace requïescat*[420]
y yo quede seguro y sin sospecha.
¿Es algo lo que digo?

FEDERICO. No pudiera
hallarse en toda Nápoles un hombre
que tan seguramente le matara.
Servilde pues, y así al descuido un día
pegalde y acudid a nuestra casa.

TRISTÁN. Yo he menester agora cien escudos.

RICARDO. Cincuenta tengo en esta bolsa; luego
que yo os vea en su casa de Dïana,
os ofrezco los ciento y muchos cientos.

TRISTÁN. Eso de muchos cientos no me agrada;
vayan vusiñorías en buen hora,
que me aguardan Mastranzo, Rompemuros,
Mano de Hierro, Arfuz y Espantadiablos,[421]
y no quiero que acaso piensen algo.

RICARDO. Decís muy bien. Adiós.

FEDERICO. ¡Qué gran ventura!

RICARDO. A Teodoro contalde por difunto.

FEDERICO. El bellacón ¡qué bravo talle tiene!

Váyanse FEDERICO, RICARDO *y* CELIO.

TRISTÁN. Avisar a Teodoro me conviene,
perdone el vino greco, y los amigos;
a casa voy, que está de aquí muy lejos.
Mas este me parece que es Teodoro.

419. *Mojada*: «Herida con arma blanca» (*DLE*, *s. v.* «mojada»).

420. «Descanse en paz.»

421. Se trata de una enumeración cómica de nombres de asesinos que no existen.

Sale TEODORO.

TRISTÁN. Señor, ¿adónde vas?
TEODORO. Lo mismo ignoro,
porque de suerte estoy, Tristán amigo,
que no sé dónde voy ni quién me lleva.
Solo y sin alma, el pensamiento sigo
que al sol me dice que la vista atreva.
¿Ves cuanto ayer Dïana habló conmigo?
Pues hoy de aquel amor se halló tan nueva,
que apenas jurarás que me conoce,
porque Marcela de mi mal se goce.
TRISTÁN. Vuelve hacia casa, que a los dos importa
que no nos vean juntos.
TEODORO. ¿De qué suerte?
TRISTÁN. Por el camino te diré quién corta
los pasos dirigidos a tu muerte.
TEODORO. ¿Mi muerte? Pues ¿por qué?
TRISTÁN. La voz reporta
y la ocasión de tu remedio advierte:
Ricardo y Federico me han hablado,
y que te dé la muerte concertado.
TEODORO. ¿Ellos a mí?
TRISTÁN. Por ciertos bofetones
el amor de tu dueño conjeturan,
y pensando que soy de los leones
que a tales homicidios se aventuran,
tu vida me han trocado a cien doblones,
y con cincuenta escudos me aseguran.
Yo dije que un amigo me pedía
que te sirviese y que hoy te serviría,
donde más fácilmente te matase,
a efecto de guardarte desta suerte.
TEODORO. ¡Pluguiera a Dios que alguno me quitase
la vida y me sacase desta muerte!
TRISTÁN. ¿Tan loco estás?

TEODORO. ¿No quieres que me abrase
por tan dulce ocasión? Tristán, advierte
que si Dïana algún camino hallara
de disculpa, conmigo se casara.
Teme su honor, y cuando más se abrasa,
se hiela y me desprecia.

TRISTÁN. Si te diese
remedio, ¿qué dirás?

TEODORO. Que a ti se pasa
de Ulises[422] el espíritu.

TRISTÁN. ¿Si fuese
tan ingenioso que a tu misma casa
un generoso padre te trajese
con que fueses igual a la condesa,
no saldrías, señor, con esta empresa?

TEODORO. Eso es sin duda.

TRISTÁN. El conde Ludovico,
caballero ya viejo, habrá veinte años
que enviaba a Malta un hijo de tu nombre,
que era sobrino de su gran maestre.
Cautiváronle moros de Biserta
y nunca supo del, muerto ni vivo.
Este ha de ser tu padre y tú su hijo,
y yo lo he de trazar.

TEODORO. Tristán, advierte
que puedes levantar alguna cosa
que nos cueste a los dos la honra y vida.

TRISTÁN. A casa hemos llegado. A Dios te queda,
que tú serás marido de Dïana
antes que den las doce de mañana.

Váyase TRISTÁN.

422. Personaje de la antigua Grecia. Fue un héroe. Rey de Ítaca.

TEODORO. Bien al contrario pienso yo dar medio
a tanto mal, pues el amor bien sabe
que no tiene enemigo que le acabe
con más facilidad que tierra en medio.
Tierra quiero poner, pues que remedio,
con ausentarme, amor, rigor tan grave;
pues no hay rayo tan fuerte que se alabe
que entró en la tierra, de tu ardor remedio.
Todos los que llegaron a este punto,
poniendo tierra en medio te olvidaron,
que en tierra al fin le resolvieron junto.
Y la razón que de olvidar hallaron
es que amor se confiesa por difunto,
pues que con tierra en medio le enterraron.

Sale la condesa.

DIANA. ¿Estás ya más mejorado
de tus tristezas, Teodoro?
TEODORO. Si en mis tristezas adoro,
sabré estimar mi cuidado.
No quiero yo mejorar
de la enfermedad que tengo,
pues solo a estar triste vengo
cuando imagino sanar.
¡Bien hayan males que son
tan dulce para sufrir,
que se ve un hombre morir
y estima su perdición!
Solo me pesa que ya
esté mi mal en estado
que he de alejar mi cuidado
de donde su dueño está.
DIANA. ¿Ausentarte? Pues ¿por qué?
TEODORO. Quiérenme matar.
DIANA. Sí harán.

TEODORO. Envidia a mi mal tendrán
que bien al principio fue.
Con esta ocasión te pido
licencia para irme a España.

DIANA. Será generosa hazaña
de un hombre tan entendido,
que con esto quitarás
la ocasión de tus enojos,
y aunque des agua a mis ojos,
honra a mi casa darás.
Que desde aquel bofetón
Federico me ha tratado
como celoso y me ha dado
para dejarte ocasión.
Vete a España, que yo haré
que te den seis mil escudos.

TEODORO. Haré tus contrarios mudos
con mi ausencia. Dame el pie.

DIANA. Anda, Teodoro, no más;
déjame, que soy mujer.

TEODORO. (Llora, mas ¿qué puedo hacer?) *Aparte*

DIANA. ¿En fin, Teodoro, te vas?

TEODORO. Sí, señora.

DIANA. ¡Espera! ¡Vete!
¡Oye!

TEODORO. ¿Qué mandas?

DIANA. No, nada.
Vete.

TEODORO. Voyme.

DIANA. Estoy turbada.
¿Hay tormento que inquïete
como una pasión de amor?
¿No eres ido?

TEODORO. Ya, señora,
me voy.

DIANA. ¡Buena quedo agora!

Vase TEODORO.

¡Maldígate Dios, honor!
Temeraria invención fuiste,
tan opuesta al propio gusto.
¿Quién te inventó? Mas fue justo,
pues que tu freno resiste
tantas cosas tan mal hechas.

Sale TEODORO.

TEODORO. Vuelvo a saber si hoy podré
partirme.

DIANA. Ni yo lo sé,
ni tú, Teodoro, sospechas
qué me pesa de mirarte,
pues que te vuelves aquí.

TEODORO. Señora, vuelvo por mí,
que no estoy en otra parte,
y como me he de llevar,
vengo para que me des
a mí mismo.

DIANA. Si después
te has de volver a buscar,
no me pidas que te dé,
pero vete, que el amor
lucha con mi noble honor,
y vienes tú a ser traspié.
Vete, Teodoro, de aquí;
no te pidas, aunque puedas,
que yo sé que si te quedas
allá me llevas a mí.

TEODORO. Quede vuestra señoría
con Dios.

DIANA. ¡Maldita ella[423] sea,
pues me quita que yo sea
de quien el alma quería!

Váyase.

Buena quedo yo sin quien
era luz de aquestos ojos,
pero sientan sus enojos:
quien mira mal, llore bien.
Ojos, pues os habéis puesto
en cosa tan desigual,
pagad el mirar tan mal,
que no soy la culpa desto.
Más no lloren, que también
tiempla el mar llorar los ojos,
pero sientan sus enojos:
quien mira mal, llore bien.
Aunque tendrán ya pensada
la disculpa para todo,
que el sol los pone en el lodo
y no se le pega nada.
Luego bien es que no den
en llorar: cesad, mis ojos,
pero sientan sus enojos:
quien mira mal, llore bien.

Sale MARCELA.

MARCELA. Si puede la confïanza
de los años de servirte
humildemente pedirte
lo que justamente alcanza,

423. Alude al tratamiento de *señoría* del verso anterior.

a la mano te ha venido
la ocasión de mi remedio,
y poniendo tierra en medio
no verme si te he ofendido.

DIANA. De tu remedio, Marcela,
¿cuál ocasión?, que aquí estoy.

MARCELA. Dicen que se parte hoy,
por peligros que recela,
Teodoro a España, y con él
puedes casada envïarme,
pues no verme es remediarme.

DIANA. ¿Sabes tú que querrá él?

MARCELA. Pues ¿pidiérate yo a ti,
sin tener satisfación,
remedio en esta ocasión?

DIANA. ¿Hasle hablado?

MARCELA. Y él a mí,
pidiéndome lo que digo.

DIANA. ¡Qué a propósito me viene
esta desdichada!

MARCELA. Ya tiene
tratado aquesto conmigo
y el modo con que podemos
ir con más comodidad.

DIANA. (¡Ay, necio honor, perdonad, *Aparte*
que amor quiere hacer extremos!)
Pero no será razón,
pues que podéis remediar
fácilmente este pesar.

MARCELA. ¿No tomas resolución?

DIANA. No podré vivir sin ti,
Marcela, y haces agravio
a mi amor y aun al de Fabio,
que sé yo que adora en ti.
Yo te casaré con él;
deja partir a Teodoro.

MARCELA. ¡A Fabio aborrezco; adoro
a Teodoro!

DIANA. (¡Qué crüel *Aparte*
ocasión de declararme,
mas teneos, loco amor!)
Fabio te estará mejor.

MARCELA. Señora.

DIANA. No hay replicarme.

Váyase.

MARCELA. ¿Qué intentan imposibles mis sentidos
contra tanto poder determinados?
¿Qué celos poderosos declarados
harán un desatino resistidos?
Volved, volved atrás, pasos perdidos,
que corréis a mi fin precipitados:
árboles son amores desdichados
a quien el hielo marchitó floridos.
Alegraron el alma las colores
que el tirano poder cubrió de luto,
que hiela ajeno amor muchos amores.
Y cuando de esperar daba tributo
¿qué importa la hermosura de las flores
si se perdieron esperando el fruto?

Sale[n] el conde LUDOVICO *viejo, y* CAMILO.

CAMILO. Para tener sucesión
no te queda otro remedio.

LUDOVICO. Hay muchos años en medio
que mis enemigos son,
y aunque tiene esa disculpa
el casarse en la vejez,
quiere el temor ser jüez
y ha de averiguar la culpa.

Y podría suceder
que sucesión no alcanzase
y casado me quedase,
y en un viejo una mujer
es en un olmo una hiedra,
que aunque con tan varios lazos
le cubre de sus abrazos,
él se seca y ella medra.
Y tratarme casamientos
es traerme a la memoria,
Camilo, mi antigua historia
y renovar mis tormentos.
Esperando cada día
con engaños a Teodoro,
veinte años ha que le lloro.

Sale un paje.

PAJE. Aquí a vuestra señoría
busca un griego mercader.

Sale[n] TRISTÁN *vestido de armenio con un turbante graciosamente, y* FURIO *con otro.*

LUDOVICO. Di que entre.
TRISTÁN. Dadme esas manos,
y los cielos soberanos,
con su divino poder,
os den el mayor consuelo
que esperáis.
LUDOVICO. Bien seáis venido.
Mas ¿qué causa os ha traído
por este remoto suelo?
TRISTÁN. De Constantinopla vine
a Chipre, y della a Venecia,
con una nave cargada

de ricas telas de Persia.
Acordeme de una historia
que algunos pasos me cuesta,
y con deseos de ver
a Nápoles, ciudad bella,
mientras allá mis criados
van despachando las telas,
vine, como veis, aquí,
donde mis ojos confiesan
su grandeza y hermosura.

LUDOVICO. Tiene hermosura y grandeza
Nápoles.

TRISTÁN. Así es verdad.
Mi padre, señor, en Grecia
fue mercader, y en su trato
el de más ganancia era
comprar y vender esclavos,
y ansí, en la feria de Azteclias
compró un niño, el más hermoso
que vio la naturaleza,
por testigo del poder
que le dio el cielo en la tierra.
Vendíanle algunos turcos
entre otra gente bien puesta
a una galera de Malta
que las de un bajá[424] turquescas
prendió en la Chafalonía.

LUDOVICO. ¡Camilo, el alma me altera!

TRISTÁN. Aficionado al rapaz,
cómprole y llévole a Armenia,
donde se crio conmigo
y una hermana.

424. *Bajá*: «En el Imperio otomano, alto funcionario, virrey o gobernador» (*DLE*, *s. v.* «bajá»).

LUDOVICO. ¡Amigo, espera,
espera, que me traspasas
las entrañas!
TRISTÁN. (¡Qué bien entra!) *Aparte*
LUDOVICO. ¿Dijo cómo se llamaba?
TRISTÁN. Teodoro.
Ludovico. ¡Ay, cielo! ¡Qué fuerza
tiene la verdad! De oírte
lágrimas mis canas riegan.
TRISTÁN. Serpalitonia,[425] mi hermana,
y este mozo —nunca fuera
tan bello—, con la ocasión
de la crïanza que engendra
al amor que todos saben,
se amaron desde la tierna
edad, y a deciséis años,
de mi padre en cierta ausencia,
ejecutaron su amor,
y creció de suerte en ella,
que se le echaba de ver,
con cuyo temor se ausenta
Teodoro, y para parir
a Serpalitonia deja.
Catiborratos, mi padre,
no sintió tanto la ofensa
como el dejarle Teodoro.
Murió en efeto de pena,
y bautizamos su hijo,
que aquella parte de Armenia
tiene vuestra misma ley,
aunque es diferente iglesia.
Llamamos al bello niño
Terimaconio, que queda

425. El monólogo del personaje está plagado de topónimos y antropónimos inventados.

un bello rapaz agora
en la ciudad de Tepecas.
Andando en Nápoles yo,
mirando cosas diversas,
saqué un papel en que traje
deste Teodoro las señas,
y preguntando por él,
me dijo una esclava griega
que en mi posada servía:
«¿Cosa que ese mozo sea
el del conde Ludovico?».
Diome el alma una luz nueva,
y doy en que os he de hablar,
y por entrar en la vuestra,
entro, según me dijeron,
en casa de la condesa
de Belflor, y al primer hombre
que pregunto…

LUDOVICO. ¡Ya me tiembla
el alma!

TRISTÁN. … veo a Teodoro.

LUDOVICO. ¿A Teodoro?

TRISTÁN. Él bien quisiera
huïrse, pero no pudo.
Dudé un poco, y era fuerza,
porque el estar ya barbado
tiene alguna diferencia.
Fui tras él, asile en fin,
hablome, aunque con vergüenza,
y dijo que no dijese
a nadie en casa quién era,
porque el haber sido esclavo
no diese alguna sospecha.
Díjele: «Si yo he sabido
que eres hijo en esta tierra
de un título, ¿por qué tienes

la esclavitud por bajeza?».
Hizo gran burla de mí,
y yo, por ver si concuerda
tu historia con la que digo,
vine a verte y a que tengas,
si es verdad que este es tu hijo,
con tu nieto alguna cuenta
o permitas que mi hermana
con él a Nápoles venga,
no para tratar casarse,
aunque le sobra nobleza,
mas porque Terimaconio
tan ilustre abuelo vea.

LUDOVICO. Dame mil veces tus brazos
que el alma, con sus potencias,
que es verdadera tu historia
en su regocijo muestran.
¡Ay, hijo del alma mía,
tras tantos años de ausencia
hallado para mi bien!
Camilo, ¿qué me aconsejas?
¿Iré a verle y conocerle?

CAMILO. ¿Eso dudas? ¡Parte, vuela,
y añade vida en sus brazos
a los años de tus penas!

LUDOVICO. Amigo, si quieres ir
conmigo, será más cierta
mi dicha; si descansar,
aquí aguardando te queda,
y dente por tanto bien
toda mi casa y hacienda,
que no puedo detenerme.

TRISTÁN. Yo dejé, puesto que cerca,
ciertos diamantes que traigo,
y volveré cuando vuelvas.
Vamos de aquí, Mercaponios.

FURIO. Vamos, señor.
TRISTÁN. *Bien se entrecas*
el *engañifo.*
FURIO. *Muy bonis.*
TRISTÁN. *Andemis.*
Camilo. ¡Extraña lengua!
Ludovico. Vente, Camilo, tras mí.

Váyanse el conde y CAMILO.

TRISTÁN. ¿Trasponen?
FURIO. El viejo vuela,
sin aguardar coche o gente.
TRISTÁN. ¿Cosa que esto verdad sea,
y que este fuese Teodoro?
FURIO. Mas ¿si en mentira como esta
hubiese alguna verdad?
TRISTÁN. Estas almalafas[426] lleva,
que me importa desnudarme,
porque ninguno me vea
de los que aquí me conocen.
FURIO. Desnuda presto.
TRISTÁN. ¡Que pueda
esto el amor de los hijos!
FURIO. ¿Adónde te aguardo?
TRISTÁN. Espera,
Furio, en la choza del olmo.
FURIO. Adiós.

Váyase FURIO.

TRISTÁN. ¡Qué tesoro llega
al ingenio! Aquí debajo

426. *Almalafa*: «Vestidura moruna que cubría el cuerpo desde los hombros hasta los pies» (*DLE*, *s. v.* «almalafa»).

traigo la capa revuelta,
que como medio sotana
me la puse, porque hubiera
más lugar en el peligro
de dejar en una puerta
con el armenio turbante,
las hopalandas[427] greguescas.[428]

Salen RICARDO *y* FEDERICO.

FEDERICO. Digo que es este el matador valiente
que a Teodoro ha de dar muerte segura.
RICARDO. ¡Ah hidalgo! ¿Ansí se cumple entre la gente
que honor profesa y que opinión procura
lo que se prometió tan fácilmente?
TRISTÁN. Señor…
FEDERICO. ¿Somos nosotros, por ventura,
de los iguales vuestros?
TRISTÁN. Sin oírme,
no es justo que mi culpa se confirme.
Yo estoy sirviendo al mísero Teodoro,
que ha de morir por esta mano airada,
pero puede ofender vuestro decoro
públicamente ensangrentar mi espada.
Es la prudencia un celestial tesoro
y fue de los antiguos celebrada
por única virtud. Estén muy ciertos
que le pueden contar entre los muertos.
Estase melancólico de día
y de noche cerrado en su aposento,
que alguna cuidadosa fantasía

427. *Hopalanda*: «Vestidura grande y pomposa, particularmente la que vestían los estudiantes que iban a las universidades» (*DLE*, *s. v.* «hopalanda»).

428. *Greguesca*: «Calzón muy ancho que se usaba en los siglos XVI y XVII» (*DLE*, *s. v.* «gregüesco»).

le debe de ocupar el pensamiento.
Déjenme a mí, que una mojada fría
pondrá silencio a su vital aliento,
y no se precipiten desa suerte,
que yo sé cuándo le he de dar la muerte.

FEDERICO. Paréceme, marqués, que el hombre acierta.
Ya que le sirve, ha comenzado el caso.
No dudéis, matarale.

RICARDO. Cosa es cierta.
Por muerto le contad.

FEDERICO. Hablemos paso.[429]

TRISTÁN. En tanto que esta muerte se concierta,
¿vusiñorías no tendrán acaso
cincuenta escudos? Que comprar querría
un rocín, que volase el mismo día.

RICARDO. Aquí los tengo yo; tomad, seguro
de que en saliendo con aquesta empresa
lo menos es pagaros.

TRISTÁN. Yo aventuro
la vida que servir buenos profesa.
Con esto, adiós, que no me vean procuro
hablar desde el balcón de la condesa
con vuestras señorías.

FEDERICO. Sois discreto.

TRISTÁN. Ya lo verán al tiempo del efeto.

FEDERICO. Bravo es el hombre.

RICARDO. Astuto y ingenioso.

FEDERICO. ¡Qué bien le ha de matar!

RICARDO. Notablemente.

Sale CELIO.

CELIO. ¿Hay caso más extraño y fabuloso?

FEDERICO. ¿Qué es esto, Celio? ¿Dónde vas? Detente.

429. En voz baja.

CELIO. Un suceso notable y riguroso
para los dos. ¿No veis aquella gente
que entra en casa del conde Ludovico?

RICARDO. ¿Es muerto?

CELIO. Que me escuches te suplico.
A darle van el parabién, contentos
de haber hallado un hijo que ha perdido.

RICARDO. Pues ¿qué puede ofender nuestros intentos
que le haya esa ventura sucedido?

CELIO. ¿No importa a los secretos pensamientos
que con Dïana habéis los dos tenido
que sea aquel Teodoro, su crïado,
hijo del conde?

FEDERICO. ¡El alma me has turbado!

RICARDO. ¿Hijo del conde? Pues ¿de qué manera
se ha venido a saber?

CELIO. Es larga historia,
y cuéntanla tan varia, que no hubiera
para tomarla tiempo ni memoria.

FEDERICO. ¿A quién mayor desdicha sucediera?

RICARDO. Trocose en pena mi esperada gloria.

FEDERICO. Yo quiero ver lo que es.

RICARDO. Yo, conde, os sigo.

CELIO. Presto veréis que la verdad os digo.

Váyanse y salga[n] TEODORO *de camino*
y MARCELA.

MARCELA. En fin, Teodoro, ¿te vas?

TEODORO. Tú eres causa desta ausencia,
que en desigual competencia
no resulta bien jamás.

MARCELA. Disculpas tan falsas das
como tu engaño lo ha sido,
porque haberme aborrecido
y haber amado a Dïana

lleva tu esperanza vana
solo a procurar su olvido.

TEODORO. ¿Yo a Dïana?

MARCELA. Niegas tarde,
Teodoro, el loco deseo
con que perdido te veo
de atrevido y de cobarde:
cobarde en que ella se guarde
el respeto que se debe,
y atrevido, pues se atreve
tu bajeza a su valor,
que entre el honor y el amor
hay muchos montes de nieve.
Vengada quedo de ti,
aunque quedo enamorada,
porque olvidaré, vengada,
que el amor olvida ansí.
Si te acordares de mí,
imagina que te olvido,
porque me quieras, que ha sido
siempre, porque suele hacer
que vuelva un hombre a querer
pensar que es aborrecido.

TEODORO. ¡Qué de quimeras tan locas,
para casarte con Fabio!

MARCELA. Tú me casas, que al agravio
de tu desdén me provocas.

Sale FABIO.

FABIO. Siendo las horas tan pocas
que aquí Teodoro ha de estar,
bien haces, Marcela, en dar
ese descanso a tus ojos.

TEODORO. No te den celos enojos
que han de pasar tanto mar.

FABIO. En fin, ¿te vas?
TEODORO. ¿No lo ves?
FABIO. Mi señora viene a verte.

Sale[n] la condesa, DOROTEA *y* ANARDA.

DIANA. ¿Ya, Teodoro, desta suerte?
TEODORO. Alas quisiera en los pies;
cuanto más, señora, espuelas.
DIANA. ¡Hola! ¿Está esa ropa a punto?
ANARDA. Todo está aprestado y junto.
FABIO. ¿En fin, se va?
MARCELA. ¿Y tú, me celas?
DIANA. Oye aquí aparte.
TEODORO. Aquí estoy
a tu servicio. *Aparte los dos*
DIANA. Teodoro,
tú te partes, yo te adoro.
TEODORO. Por tus crueldades me voy.
DIANA. Soy quien sabes, ¿qué he de hacer?
TEODORO. ¿Lloras?
DIANA. No, que me ha caído
algo en los ojos.
TEODORO. ¿Si ha sido
amor?
DIANA. Sí debe de ser.
Pero mucho antes cayó
y agora salir querría.
TEODORO. Yo me voy, señora mía;
yo me voy, el alma no.
Sin ella tengo de ir,
no hago al serviros falta,
porque hermosura tan alta
con almas se ha de servir.
¿Qué me mandáis? Porque yo
soy vuestro.

DIANA. ¡Qué triste día!
TEODORO. Yo me voy, señora mía;
yo me voy, el alma no.
DIANA. ¿Lloras?
TEODORO. No, que me ha caído
algo, como a ti, en los ojos.
DIANA. Deben de ser mis enojos.
TEODORO. Eso debe de haber sido.
DIANA. Mil niñerías te he dado,
que en un baúl hallarás;
perdona, no pude más.
Si le abrieres, ten cuidado
de decir, como a despojos
de vitoria tan tirana,
«aquestos puso Dïana
con lágrimas en sus ojos».
ANARDA. ¡Perdidos los dos están!
DOROTEA. ¡Qué mal se encubre el amor!
ANARDA. Quedarse fuera mejor.
Manos y prendas se dan.
DOROTEA. Dïana ha venido a ser
el perro del hortelano.
ANARDA. Tarde le toma la mano.
DOROTEA. O coma o deje comer.

Sale[n] el conde LUDOVICO *y* CAMILO.

LUDOVICO. ¿Bien puede el regocijo dar licencia,
Dïana ilustre, a un hombre de mis años,
para entrar desta suerte a visitaros?
DIANA. ¡Señor conde! ¿Qué es esto?
LUDOVICO. Pues ¿vos sola
no sabéis lo que sabe toda Nápoles,
que en un instante que llegó la nueva,
apenas me han dejado por las calles,
ni he podido llegar a ver mi hijo?

DIANA. ¿Qué hijo? Que no te entiendo el regocijo.
LUDOVICO. ¿Nunca, vuseñoría, de mi historia
ha tenido noticia, y que ha veinte años
que enviaba un niño a Malta con su tío
y que le cautivaron las galeras
de Ali Bajá?
DIANA. Sospecho que me han dicho
ese suceso vuestro.
LUDOVICO. Pues el cielo
me ha dado a conocer el hijo mío
después de mil fortunas que ha pasado.
DIANA. Con justa causa, conde, me habéis dado
tan buena nueva.
LUDOVICO. Vos, señora mía,
me habéis de dar, en cambio de la nueva,
el hijo mío, que sirviéndoos vive,
bien descuidado de que soy su padre.
¡Ay, si viviera su difunta madre!
DIANA. ¿Vuestro hijo me sirve? ¿Es Fabio acaso?
LUDOVICO. No, señora, no es Fabio, que es Teodoro.
DIANA. ¿Teodoro?
LUDOVICO. Sí, señora.
TEODORO. ¿Cómo es esto?
DIANA. Habla, Teodoro, si es tu padre el conde.
LUDOVICO. Luego ¿es aqueste?
TEODORO. Señor conde, advierta
vuseñoría…
LUDOVICO. No hay que advertir, hijo,
hijo de mis entrañas, sino solo
el morir en tus brazos.
DIANA. ¡Caso extraño!
ANARDA. ¡Ay, señora! ¿Teodoro es caballero
tan principal y de tan alto estado?
TEODORO. Señor, yo estoy sin alma de turbado.
¿Hijo soy vuestro?
LUDOVICO. Cuando no tuviera

tanta seguridad, el verte fuera
de todas la mayor, qué parecido
a cuando mozo fui.

TEODORO. Los pies te pido
y te suplico…

LUDOVICO. No me digas nada,
que estoy fuera de mí. ¡Qué gallardía!
¡Dios te bendiga! ¡Qué real presencia!
¡Qué bien que te escribió naturaleza
en la cara, Teodoro, la nobleza!
Vamos de aquí; ven luego, luego toma
posesión de mi casa y de mi hacienda;
ven a ver esas puertas coronadas
de las armas más nobles deste reino.

TEODORO. Señor, yo estaba de partida a España,
y así me importa.

LUDOVICO. ¿Cómo a España? Bueno,
España son mis brazos.

DIANA. Yo os suplico,
señor conde, dejéis aquí a Teodoro
hasta que se reporte y en buen hábito
vaya a reconoceros como hijo,
que no quiero que salga de mi casa
con aqueste alboroto de la gente.

LUDOVICO. Habláis como quien sois, tan cuerdamente.
Dejarle siento por un breve instante,
mas porque más rumor no se levante,
me iré rogando a vuestra señoría
que sin mi bien no me anochezca el día.

DIANA. Palabra os doy.

LUDOVICO. ¡Adiós, Teodoro mío!

TEODORO. Mil veces beso vuestros pies.

LUDOVICO. Camilo,
venga la muerte agora.

CAMILO. ¡Qué gallardo
mancebo que es Teodoro!

Ludovico. Pensar poco
quiero este bien, por no volverme loco.

Váyase el conde y lleguen todos los criados a Teodoro.

Dorotea. ¡Danos a todos las manos!
Anarda. Bien puedes, por gran señor.
Dorotea. Hacernos debes favor.
Marcela. Los señores que son llanos
conquistan las voluntades;
los brazos nos puedes dar.
Diana. Apartaos, dadme lugar,
no le digáis necedades.
Deme vuestra señoría
las manos, señor Teodoro.
Teodoro. Agora esos pies adoro
y sois más señora mía.
Diana. Salíos todos allá,
dejadme con él un poco.
Marcela. ¿Qué dices, Fabio?
Fabio. ¡Estoy loco!
Dorotea. ¿Qué te parece?
Anarda. Que ya
mi ama no querrá ser
el perro del hortelano.
Dorotea. ¿Comerá ya?
Anarda. Pues ¿no es llano?
Dorotea. Pues reviente de comer.

Váyanse los criados.

Diana. ¿No te vas a España?
Teodoro. ¿Yo?
Diana. ¿No dice vuseñoría:
«Yo me voy, señora mía,;
yo me voy, el alma no»?

TEODORO. ¿Burlas de ver los favores
de la fortuna?

DIANA. Haz extremos.

TEODORO. Con igualdad nos tratemos
como suelen los señores,
pues todos los somos ya.

DIANA. Otro me pareces.

TEODORO. Creo
que estás con menos deseo:
pena el ser tu igual te da.
Quisiérasme tu crïado,
porque es costumbre de amor
querer que sea inferior
lo amado.

DIANA. Estás engañado,
porque agora serás mío
y esta noche he de casarme
contigo.[430]

TEODORO. No hay más que darme.
¡Fortuna, tente!

DIANA. Confío
que no ha de haber en el mundo
tan venturosa mujer.
Vete a vestir.

TEODORO. Iré a ver
el mayorazgo que hoy fundo,
y este padre que me hallé
sin saber cómo o por dónde.

DIANA. Pues adiós, mi señor conde.

TEODORO. Adiós, condesa.

DIANA. ¡Oye!

TEODORO. ¿Qué?

430. El impedimento para casarse, la diferencia de clase social, ya no existe. Ahora los dos, Diana y Teodoro, son de alta cuna.

DIANA. ¿Qué? Pues ¿cómo a su señora
así responde un crïado?

TEODORO. Está ya el juego trocado
y soy yo el señor agora.

DIANA. Sepa que no me ha de dar
más celitos con Marcela,
aunque este golpe le duela.

TEODORO. No nos solemos bajar
los señores a querer
las crïadas.

DIANA. Tenga cuenta
con lo que dice.

TEODORO. ¿Es afrenta?

DIANA. Pues ¿quién soy yo?

TEODORO. Mi mujer.

Váyase.

DIANA. No hay más que desear. ¡Tente, fortuna,
como dijo Teodoro, tente, tente!

Salen FEDERICO *y* RICARDO.

RICARDO. ¿En tantos regocijos y alborotos
no se da parte a los amigos?

DIANA. Tanta
cuanta vuseñorías me pidieren.

FEDERICO. De ser tan gran señor vuestro crïado
os las pedimos.

DIANA. Yo pensé, señores,
que las pedís, con que licencia os pido,
de ser Teodoro conde y mi marido.

Váyase la condesa.

RICARDO. ¿Qué os parece de aquesto?
FEDERICO. ¡Estoy sin seso!
RICARDO. ¡Oh, si le hubiera muerto este picaño![431]

Sale TRISTÁN.

FEDERICO. Veisle. Aquí viene.
TRISTÁN. Todo está en su punto.
¡Brava cosa que pueda un lacaífero[432]
ingenio alborotar a toda Nápoles!
RICARDO. ¡Tente, Tristán, o como te apellidas!
TRISTÁN. Mi nombre natural es Quitavidas.
FEDERICO. ¡Bien se ha echado de ver...!
TRISTÁN. Hecho estuviera
a no ser conde de hoy acá este muerto.
RICARDO. Pues ¿eso importa?
TRISTÁN. Al tiempo que el concierto
hice por los trecientos solamente,
era para matar, como fue llano,
un Teodoro, crïado mas no conde.
Teodoro conde es cosa diferente
y es menester que el galardón se aumente,
que más costa tendrá matar un conde
que cuatro o seis crïados, que están muertos
unos de hambre y otros de esperanzas
y no pocos de envidia.
FEDERICO. ¿Cuánto quieres?
¡Y mátale esta noche!
TRISTÁN. Mil escudos.
RICARDO. Yo los prometo.
TRISTÁN. Alguna señal quiero.
RICARDO. Esta cadena.

431. *Picaño*: «Pícaro, holgazán, andrajoso y de poca vergüenza» (*DLE*, *s. v.* «picaño»).

432. Neologismo de Lope derivado del término *lacayo*.

TRISTÁN. Cuenten el dinero.
FEDERICO. Yo voy a prevenillo.
TRISTÁN. Yo a matalle.
Oyen…
¿Qué quieres más?
Todo hombre calle.

Váyanse y entre TEODORO.

TEODORO. Desde aquí te he visto hablar
con aquellos matadores.
TRISTÁN. Los dos necios son mayores
que tiene tan gran lugar.
Esta cadena me han dado,
mil escudos prometido
porque hoy te mate.
TEODORO. ¿Qué ha sido
esto que tienes trazado?
Que estoy temblando, Tristán.
TRISTÁN. Si me vieras hablar griego,
me dieras, Teodoro, luego
más que estos locos me dan.
¡Por vida mía, que es cosa
fácil el greguecizar![433]
Ello, en fin, no es más de hablar,
mas era cosa donosa
los nombres que les decía:
Azteclias, Catiborratos,
Serpelitonia, Xipatos,
Atecas, Filimoclía.[434]
Que esto debe de ser griego,
como ninguno lo entiende,
y en fin por griego se vende.

433. Imitación del habla griega.
434. Topónimos y antropónimos inventados.

TEODORO. A mil pensamientos llego
que me causan gran tristeza,
pues si se sabe este engaño,
no hay que esperar menos daño
que cortarme la cabeza.
TRISTÁN. ¿Agora sales con eso?
TEODORO. Demonio debes de ser.
TRISTÁN. Deja la suerte correr
y espera el fin del suceso.
TEODORO. La condesa viene aquí.
TRISTÁN. Yo me escondo, no me vea.

Sale la condesa.

DIANA. ¿No eres ido a ver tu padre,
Teodoro?
TEODORO. Una grave pena
me detiene, y finalmente
vuelvo a pedirte licencia
para proseguir mi intento
de ir a España.
DIANA. Si Marcela
te ha vuelto a tocar al arma,[435]
muy justa disculpa es esa.
TEODORO. ¿Yo Marcela?
DIANA. Pues ¿qué tienes?
TEODORO. No es cosa para ponerla
desde mi boca a tu oído.
DIANA. Habla, Teodoro, aunque sea
mil veces contra mi honor.
TEODORO. Tristán, a quien hoy pudiera
hacer el engaño estatuas,
la industria, versos, y Creta

435. *Tocar al arma*: «Es tocar à prevenirle los soldádos, y acudir a algun puesto. Oy le dice tambien tocar un arma» (*Aut.*, *s. v.* «arma»).

rendir laberintos, viendo
mi amor, mi eterna tristeza,
sabiendo que Ludovico
perdió un hijo, esta quimera
ha levantado conmigo,
que soy hijo de la tierra,
y no he conocido padre
más que mi ingenio, mis letras
y mi pluma. El conde cree
que lo soy, y aunque pudiera
ser tu marido y tener
tanta dicha y tal grandeza,
mi nobleza natural
que te engañe no me deja,
porque soy naturalmente
hombre que verdad profesa.
Con esto, para ir a España
vuelvo a pedirte licencia,
que no quiero yo engañar
tu amor, tu sangre y tus prendas.

Diana. Discreto y necio has andado:
discreto, en que tu nobleza
me has mostrado en declararte;
necio, en pensar que lo sea
en dejarme de casar,
pues he hallado a tu bajeza
el color que yo quería,
que el gusto no está en grandezas,
sino en ajustarse al alma
aquello que se desea.
Yo me he de casar contigo;
y porque Tristán no pueda
decir aqueste secreto,
hoy haré que cuando duerma,
en ese pozo de casa
le sepulten.

TRISTÁN. *(Detrás del paño.)* ¡Guarda afuera!
DIANA. ¿Quién habla aquí?
TRISTÁN. ¿Quién? Tristán,
que justamente se queja
de la ingratitud mayor
que de mujeres se cuenta.
Pues, siendo yo vuestro gozo,
—aunque nunca yo lo fuera—,
¿en el pozo me arrojáis?
DIANA. ¿Que lo has oído?
TRISTÁN. No creas
que me pescarás el cuerpo.
DIANA. Vuelve.
TRISTÁN. ¿Que vuelva?
DIANA. Que vuelvas.
Por el donaire te doy
palabra de que no tengas
mayor amiga en el mundo,
pero has de tener secreta
esta invención, pues es tuya.
TRISTÁN. Si me importa que lo sea,
¿no quieres que calle?
TEODORO. Escucha.
¿Qué gente y qué grita es esta?

Salen el conde LUDOVICO, FEDERICO, RICARDO, CAMILO, FABIO, ANARDA, DOROTEA, MARCELA.

RICARDO. Queremos acompañar
a vuestro hijo.
FEDERICO. La bella
Nápoles está esperando
que salga, junta a la puerta.
LUDOVICO. Con licencia de Dïana
una carroza te espera,
Teodoro, y junta, a caballo,

de Nápoles la nobleza.
Ven, hijo, a tu propia casa.
Tras tantos años de ausencia
verás adónde naciste.

DIANA. Antes que salga y la vea
quiero, conde, que sepáis
que soy su mujer.

LUDOVICO. ¡Detenga
la fortuna, en tanto bien,
con clavo de oro la rueda![436]
Dos hijos saco de aquí,
si vine por uno.

FEDERICO. Llega,
Ricardo, y da el parabién.

RICARDO. Darle, señores, pudiera
de la vida de Teodoro,
que celos de la condesa
me hicieron que a este cobarde
diera, sin esta cadena,
por matarle mil escudos.
Haced que luego le prendan,
que es encubierto ladrón.

TEODORO. Eso no, que no profesa
ser ladrón quien a su amo
defiende.

RICARDO. ¿No? Pues ¿quién era
este valiente fingido?

TEODORO. Mi crïado, y porque tenga
premio el defender mi vida
sin otras secretas deudas,
con licencia de Dïana
le caso con Dorotea,

436. Entiéndase, con esta expresión, que la nueva situación quede bien fijada y no vuelvan a repetirse los hechos anteriores.

pues que ya su señoría
casó con Fabio a Marcela.[437]

RICARDO. Yo doto a Marcela.

FEDERICO. Y yo
a Dorotea.

LUDOVICO. Bien queda,
para mí, con hijo y casa,
el dote de la condesa.

TEODORO. Con esto, senado noble,[438]
que a nadie digáis se os ruega
el secreto de Teodoro,
dando, con licencia vuestra,
del *Perro del hortelano*
fin la famosa comedia.

Fin de la famosa comedia del Perro del hortelano.

437. En la comedia barroca era típico que, siguiendo a los desposorios de los amos, los criados de estos también se casaran.

438. Típica fórmula con la que finalizan las obras teatrales barrocas, que sirve para pedir disculpas al público (el *senado*) y solicitar su benevolencia.